笭菁作品

苓菁作品

苓菁作品

苓菁作品

# 末日審判

異遊鬼簿III

笭菁 著

笭菁作品55

# 目錄

CONTENTS

※本書人物及故事情節純屬虛構，如有雷同純屬巧合※

# 楔子

閒靜的夜晚，一對男女帶著微醺離開了露天咖啡座，他們很大方的給了不少小費，女孩子嬌笑著圍上圍巾，些微踉蹌的走出咖啡廳外，迎著冷風卻也不感到冷。

巴黎的甜品實在太美味了，紅酒也醉人，這是個愜意的夜晚。

男孩上前摟住她，兩人悠閒的漫步在香榭大道上，香榭大道貫穿協和廣場與凱旋門，是條詩情畫意的大道；兩旁的梧桐樹葉因時序入冬而飄落一地，但另有一種蕭瑟之美；落葉散落兩旁，平添詩意；男孩牽著女孩的指尖，在路上轉圈跳舞，自成一天地，幸福無比。

已近深夜，路上行人寥寥，這是個動盪的年代，世界各地天災不斷，部分島國甚至直接沉入海中，強震、海嘯、火山爆發、水災、旱災齊發，經濟迅速衰敗，許多國家已經發生暴動，未發生的也在醞釀當中，畢竟天災人禍綿延不斷，民心思反、仇富心態高揚，全球秩序朝著極速崩壞前進。

而這種狀況下，依然富者益富，貧者益貧，現在能出國旅遊的人多是富裕之輩，這對熱戀中的男女亦然，香榭大道上的名品店人潮仍然絡繹不絕，高級餐廳裡的燈火依舊，巴黎仍是奢華的、享受的、浪漫的。

「我們在巴黎再待一個月好不好？」女孩撒嬌般的偎在男孩肩頭，「我好喜歡這裡！」

「呃……可是……」男孩面有難色，他沒有這麼多錢啊！就連這趟來旅行也都是女友出的錢。

他根本是個無業遊民，不過長得不錯，又有好口才，第一次在東區看見全身名牌的她時，就千方百計的接近，不然哪有這些好日子可以過？現在這種景氣別說工作了，要混口飯吃都很困難！

「不要擔心錢的問題！我有的是錢！」女孩仰起下巴，甜美的望著男孩。「現在越動盪，我們賺得越多，嘻……」

是啊，男孩勉強擠出微笑，在失業率高到嚇人又天災不斷的情況下，從事糧食業的他們不僅囤積居奇，還合力調漲市場價格，國內的農作物都在天災中毀於一旦，讓他們反而大發利市。

政府能干預救助的有限，天災連綿一整年，再多的存糧也有耗盡的時候。

有時，他會很討厭女孩這樣的人，從困苦的人身上搾財，可是當他進入了她的生活之後，才發現原來現在全世界都是這樣，有權有錢者掌控了一切。

也正是如此，才開始有仇富潮流，所謂平衡與秩序急速崩壞，連他都不知道現在這一刻平靜的巴黎，下一秒會變成什麼樣子？

「咦？好熱鬧啊！」順著香榭大道往下走，他們抵達了協和廣場，那兒竟聚滿了人，黑壓壓一片。

協和廣場相當寬廣，上頭滿是各式雕塑和噴泉，其中最著名就屬方尖碑，在過去的歷史中，這兒便是有名的革命廣場，法國大革命時斷頭台架設於此，法國國王路易十六、皇后瑪麗・安東尼及其他名人都是在這兒處決的！當斷頭台處決犯人時，總是聚集了無數喝采的民眾。

在數百年前，形容革命廣場血流成河一點都不為過，最高峰時曾一個月內處死逾一千三百人，爾後因為革命趨向溫和，政府才將斷頭台從廣場上移走，爾後並更名為協和廣場，意義在於法國大革命度過混亂之後，終於走向民族和解。

「怎麼有這麼多人？」男孩皺起眉，人多到他見不到噴泉、看不到雕塑，只能看見方尖碑啊！「是不是在辦什麼活動？」叫囂聲震耳欲聾，的確還滿像演唱會的！

「去看看嘛！」女孩拉過他的手，踩著不穩的腳步往廣場上奔去。

他們來到外圍，只看到一大群人激動的伸著手在吶喊，當然喊什麼根本聽不懂，講的應該是法文，他們英語勉強還行，法文未免太吃力了！

隨著接近人群，男孩留意到不尋常之處，這是個什麼扮裝派對還是演唱會主題嗎？因為參與的人穿的都是電影裡那種十八世紀的衣著呢！

「對不起！」女孩大方的輕拍了前方一個女孩的肩，用英語問著。「請問這是什麼活動啊？」

「……」女孩停頓數秒，然後出口成串的法文，他們兩個誰都聽不懂。

但是，他們有眼睛，可以看到回首的女孩有著一張乾瘦的臉、瘦骨嶙峋的身子，還有自頭頂流下的鮮血，以及額頭上一條縱裂開來的傷口。

她死氣沉沉的眼睛望著他們，下眼瞼滲出涔涔鮮血。

這……男孩僵住了，腦袋一片空白，這根本不是人吧！這怎麼可能是人！他震驚的朝四周察看，該不會……他們該不會誤闖了什麼地方吧！

「@#^&！」下一刻，她突然指著女孩放聲嘶吼起來。

「咦？」女孩根本都傻了，她驚慌的縮著身子往男孩身邊靠過去，與此同時，廣場上的人幾乎都回過頭！

那些臉一張張慘綠、絕對不是人類的面貌！

「快走！」男孩不假思索的拉過女孩，他們誤闖鬼的活動了嗎？

後頭只有尖叫與叫嚷聲，而人……不，是眾鬼們從四面八方湧來，他們伸長了血肉模糊的手，往他們這兒包圍，他們根本無路可走，就這樣被圍在中間。

「不！不！」男孩大聲喊著，他被迫蹲低身子護著自己。「對不起！我們不是故意要打擾你們的，我們是……」

「呀——救命！哇呀！」女孩刺耳的尖叫傳來，抱頭蹲地的男孩看見一雙又一雙的腳掠過自己面前，人潮朝他的右方前進。

然而，沒有任何人抓住他？

「奇！」女孩嘶吼著他的名字，他倏地向右看去，看見的是被拖走的女孩，還有圍向她的成群鬼眾！

為什麼？他站了起來，根本沒有人圍在他身邊，他們歡呼著、興奮般的嚷著，與女孩驚恐的尖叫聲形成強烈的對比！

「你們做什麼！放開我！放開！」女孩死命掙扎著，卻徒勞無功。

「不不……」男孩慌張的想向前，可是根本不敢擠進那重重的人群裡，那可都不是人吶！

他慌亂的四處張望，決定從外圍切入，協和廣場四周都是馬路，他即刻先過馬路到無人的對面去，先跑到人少的另一端，看能不能再進入廣場救出女孩！

夜晚的巴黎沒有太多車，他顧不得紅燈就先穿越過去，馬路很短，他奔到對面後，看見在嘻笑的人們，他們彷彿沒有注意到廣場裡詭異的現象，只顧著聊得開懷。

只有他看得見嗎？他緊張的攔住一個男人，僵硬的問他，這裡是否是協和廣場？

男人看起來相當正常，臉色因為喝酒而紅潤，他綻開笑容笑得有點尷尬，點了點頭指向廣場，說：這就是協和廣場。

他們沒看見！沒看見這密密麻麻的人群跟叫喊嗎？

他尷尬的道謝，黑夜中瞧不清他蒼白的臉色與滑下的冷汗，男孩要邁開的腳步遲疑了，既然……既然沒有鬼要對付他，他這麼順利的過來了，還要再踏進去嗎？

還要……群眾的叫囂聲忽然到了一個高點，男孩緊張的抬首往前望去，卻看見一個他無法想像的景象。

那不該、也不可能存在於這個時代、這個廣場上啊！

一座電影裡才看得到的斷頭台架在一個高台上，就立在方尖碑旁，剛剛還摟在懷裡的女孩被推了上去，她的雙眼曾幾何時已被布條蒙住，踉蹌的被往前推著。

「Nooooo！」她掙扎著扭動身子，看起來雙手也已經被反綁了。「奇！」

「……不不！！」男孩緊握著雙拳，無論如何，她還是他的女朋友！

而且失去她的話，他要怎麼回台灣呢？她可是金主啊！

他焦急的往前奔，到前方另一端的斑馬線去，路人困惑的望著他，不懂這男人隻身一人在深夜叫嚷什麼？怕只是喝多了。

紅燈，連著有幾輛車經過，男孩終於穿越馬路回到廣場上，而女孩卻已經被好幾個粗壯的男人，押上了那刀刃高舉的斷頭台！

「這什麼！這是什麼——」她尖叫著，趴在那與頸子密合的凹口。

「住手！你們搞錯了！搞錯了！」男孩不顧一切的推開人群，「我們只是觀光客，我們不是故意的！sorry！sorry！」

沒有人意識到他的存在，而當男孩的手穿過某個婦人的頭顱時，他又意識到了，他……只是看得見，並沒有參與其中！

仰起頭，他帶著恐懼與悲傷的神情，看著尖叫聲不絕於耳的上方。

劊子手放開繩子，那彷彿泛著紅光的刀刃眨眼間唰的落下——剎！

「不——」他緊閉起雙眼痛苦得大喊，整個人咚的跪上了地。

不不不，怎麼會這樣？為什麼會有斷頭台？為什麼要殺她！

「哈囉？」肩上一陣輕觸，男孩嚇得大喊一聲，整個人滾到一旁。「我沒有錯我——」

「你還好嗎？」剛剛被問路的男人皺著眉看他，他的身邊還有好幾個友人。「你怎麼了？」

「我……我……」男孩說不出話，眼淚卻拚命的滾落。

一個穿著短裙的女孩踩著靴子往前踱步，然後是石破天驚的尖叫聲，劃開了協和廣場上該有的和平寧靜。

有具屍體趴在地上，頸子的斷口處乾淨俐落，大量的鮮血溢流一地，也灑上了附近的噴泉。

如果那女人再往前一點，就可以看見噴泉裡載浮載沉的，少女的頭顱。

『鮮血再度染上協和了……呵呵……』

『終於啊……終於……』

# 第一章

車子在路上高速行駛，車裡每個人都帶著疲憊的神色，卻沒有人闔眼休息，從義大利到巴黎不過幾個小時，可是對於負傷在身的人來說，只要休息不夠都是一種負擔。

靠窗的季芮晨心裡極度忐忑，她不喜歡這樣被操控著行動，被安排去向，而且她甚至不知道到巴黎做什麼！

若不是有身邊的男人在，她會想逃，她會不顧一切、千方百計，不惜利用自己身邊的亡靈們作祟也要逃離！

四十八小時前，她還是個領隊，一個帶著團到威尼斯參加旅行團的領隊；四十八小時後，她的團員們因為到威尼斯島嶼群的死亡之島去採訪探險，導致身故受傷，剩下待在威尼斯的團員們，也已經隨著威尼斯島沉到了深海底。

威尼斯島不見了、團員們不見了，這災變震撼全世界，也震撼了她。

「我們要去哪裡？」季芮晨問著，這是她第十次開口問前座的女人，但也從未得到過答案。

「蓮姊。」身邊的男人總算也開了口，「妳這樣什麼都不說，就要我們糊裡糊塗的跟妳走，這未免也太……」

「我不會害你們的。」副駕駛座的女人微側首，「快到了。」

季芮晨皺著眉，萬分不快的別過頭往窗外看去，表姊！對，就衝著那女人是小林的表姊，她才會一直忍著。

所有發生的事情都代表著麻煩與危險，季芮晨心裡明白，她身邊的亡者們也都知道，死亡之島上發生的事情、威尼斯的沉沒，甚至是勾嘴大夫——開車那位的身分，都讓她感到極度不安。

她叫季芮晨，就是個平凡的領隊，但是命格卻並不平凡……在不懂事的年紀，她覺得她是 Lucky Girl，不管遇上什麼重大車禍或意外，總會是唯一的倖存者，甚至能夠毫髮無傷。

她聽得見亡者的聲音，不一定看得見、可是一定能聽得到，再微小的聲音都能一清二楚，然後……亡者也聽得到她似的，一個接著一個的跟著她，圍繞著她，不管她願不願意。

她在一場駭人的車禍中失去了父母，又是唯一生還者，陪伴她長大的便是一整票數也數不清的亡魂；亡魂們來來去去，有路過的、有短暫停留的，也有真正陪伴她一路成長的。

歷經這麼多事故，她已經知道自己命格異於常人，所謂的「Lucky Girl」根本是將幸運建築在他人的死亡上頭，因為造成事故的，根本就是她。

她擁有「負闇之力」，是一種能將事情牽引到更壞更糟的力量，只要她到哪兒，就能活躍當地的靈體，地縛靈力道增強、亡者變惡鬼、厲鬼得到強大的力量，得以恣意妄為。

這不是她選擇的，這簡直像是一種受到詛咒的命運，像有人天生幸運、有人天生帝王命，而她卻是天生的負闇之命！

她沒有任何選擇的權利，就像一個災星，只要一個不好的念頭，就會助長亡者厲鬼的氣燄！前些年到日本，就引發了可怕的火災，那時她更明白，自己前世曾間接引起江戶大火，因為她助長了某個為愛偏執的女鬼。

這只讓她體認到，就算有前世今生或是有轉世這檔子事，她也一直是那個負闇之力的命格。

這種體認讓她感到恐懼，除了擔心自己所在乎的人會受傷、甚至死亡之外，更擔心的是——如果被別人知道呢？

如果有靈能者甚至更厲害的人，發現她所到之處總會非自願且不經意的引發巨大的災厄時，那該怎麼辦？

她會被視之為什麼？

她根本不敢深思，她只知道她也是一個人，一個擁有正常生活權利的人，她要做的是降低自己負面的思想，降低任何可能引發亡魂激動的因素，設法反利用這種力量讓亡者幫她，並且不要造成任何災害。

但她還是要過日子，她不會因為這樣把自己關在家裡，什麼以天下興亡為己任的躲藏，她相信命。

俗話說，命定的就是註定，該死者就是會死，她或許是個增幅器、或許因為她產生了災難，但那是因為某些人註定身故。

就像發生在義大利死亡之島上的事情，或許如果記者團員沒去死亡之島的話，她也就不會跟著去，然後給予島上惡靈力量，緊接著團員們一一遭到毒手……但如果是團員們註定命已該絕呢？

還有待在威尼斯島上那些沒有前往險境的團員們，或許正在慶幸自己沒踏上那兇惡鬧鬼的島嶼，而在死亡之島上生還的團員正在感激上天給予一線生機，但是——當威尼斯島在她面前沉沒時，她就更加確定，生死有命這件事。

威尼斯島上舉辦熱鬧奢華的嘉年華會，聚集了世界各國的人，那是一年一度的盛會，他們彷彿是刻意聚集到這個島上，在威尼斯最絢爛的時刻一同毀滅。

而與她在死亡之島上歷經生死關頭，九死一生的團員們，卻因為這樣活下來了！所以，即使惡靈亡者們因為她而擁有更大的力量，但還是決定不了生死！

生與死，是註定的！不是她的錯！

如果不這樣想的話，那她連身為一個「人」的日子都不能擁有了！

「別擔心，我表姊是靈力很高的人。」小林輕撫她緊繃的背，小晨一路上都相當緊張。

「她知道很多事的。」

「也包括我的？」她蹙眉回首望向他，她是在問什麼廢話？小林一直都在她身邊，怎麼可能沒跟家人說這件事？「你說的那個萬應宮……」

「嗯，我家開的。」小林說得有點心虛，「我不是故意騙妳的，不過我因為什麼力量都沒有，所以我沒有涉入廟裡的事，因此我把它當個求平安的廟來說。」

季芮晨緊咬著唇，無可奈何的偎上他的肩頭。

小林也是領隊，本名叫林祐琎，但是她習慣叫他小林；他們在一次旅途中相遇，他雖說沒有能力，但卻有很多法器，過去總說是一間很有名的廟求來的，現在看來……就是從他家拿的，那些法器的確有用、具有保護的作用。

爾後，有過巧遇、有過刻意遇上，她無法否認心裡對小林的感覺越來越深，他陽光、他開朗、細心又溫柔，而且瞭解她的一切，不管是負闇之力，或是內心的掙扎。

除了跟在身邊的亡者外，從來沒有人如此明白她，而且，也從來沒有人能成為她的依靠。

但她不該有依靠的。

有了在意的人，就會患得患失，深怕他因為自己帶來的災厄而受傷……就像現在，他身上帶著傷，就讓她心疼不已。

威尼斯島沉沒後，他們意外的受到幫助，出面幫助她的竟然是早就看出她負闇之力的義大利男人，那男人之前戴著勾嘴大夫的面具出現在威尼斯，質問過她：她是什麼東西！

「東西」，曾幾何時，她已經不算是人了？

原本以為是威脅的勾嘴大夫卻出手相援，駕著大船來接他們離開已成廢墟的死亡之島，島上深埋的數百至數千年亡魂，已盡數被她帶進了地獄之中；船醫為傷者治療，而最令人訝異的不速之客，是她過去在希臘帶團時遇到的奇人，令葑蓮小姐，而她竟是小林的表姊！

「街頭有點冷清，前幾天這裡發生事情。」勾嘴大夫開著車，取下面具的他看上去不過四十多，指著窗外說著。

大家跟著向右看去，車子經過了一個廣場，季芮晨看見方尖碑便知，那是協和廣場。

「又出事？」令葑蓮擰著眉看向前方，「整個巴黎都籠罩在陰氣當中，不見天日。」

「黑氣重重，我看不只是人們對現狀的怨氣，還有不乾淨的東西在暗處甦醒。」勾嘴大夫沉重的說著，「世界各地這種狀況越來越嚴重，我們深信有魔物之屬的東西竄出來了。」

「亞洲大陸也不平靜，人鬼界都已失衡。」令葑蓮顯得有點焦慮，「我占了好幾次卦，都是大凶。」

「蓮姊，妳什麼時候占卦的？妳有回家嗎？」小林忽然有點緊張的趨前問著。

令葑蓮只是微微回頭，並沒有回答他的問題。

妳有回家嗎？這句話問得真奇怪，彷彿令葑蓮滿常不回家的樣子……季芮晨回想著她與令葑蓮的相識過程，她的確看起來有著超乎年紀的滄桑，裝備上看來也像是隻身旅行。

更妙的，是她身邊的「那個」。

令葑蓮跟她一樣，身邊都有亡靈跟著，只是她是一大掛，而令葑蓮身邊只有一個。

一個男性亡者，看上去非常優雅，是那種謙謙公子型。

「到了。」車子停了下來，勾嘴大夫回首。「你們兩個直接進屋，不要停留。」

「不必這樣，越從容越好。」令葑蓮出聲制止，「街上現在也沒什麼人。」

「路上沒人，不代表窗子裡也沒人，凡事留意的好。」勾嘴大夫不以為然，氣氛變得緊繃。

「那個，我們到底在防什麼？」小林不解的問，「帶我們到這裡來做什麼？」

身邊的女孩嘆了一口氣，「防我吧。」

勾嘴大夫跟令葑蓮不約而同的看向她，眼神裡藏著無限心思。「不針對妳，針對所有異能者……我們要防患未然。」

「嗯……當作我們是觀光客不就好了？」小林直起身子，「外套會掩蓋我身上的傷，我們就假裝是來這兒玩的，姊說得對，越自然越好。」

勾嘴大夫皺眉，令葑蓮根本懶得理他，逕自一推門就下了車。

他們停在一個小空地邊上，附近都是高樓大廈，像是台灣的社區，只是中間的廣場大得許多，大門外站了一對夫妻，他們顯得有點緊張，卻又擠著笑容。

「歡迎！一路辛苦了！」亞裔女人說著一口標準中文，非常親切的上前。「這裡會不會很難找？」

「不……不會。」季芮晨有些遲疑，對方好熱絡。

女人左顧右盼著，「行李在後車廂嗎？」

「啊，我自己來就可以了！」領隊魂上身，季芮晨下意識的就走到車廂去。

「我來我來！」她的外籍老公用著有趣的腔調說著中文，趕忙上前到後車廂去拿行李。

受傷的小林不方便行動，令葤蓮倒是一步上前拉過季芮晨，再往女人面前推。「這民宿我之前住過，他們夫妻人很好的！」

民宿？咦？季芮晨往上瞧，安排他們住在這裡嗎？

老外老公拎過兩只行李箱，那是在義大利那不勒斯添購的東西，從頭到腳都是全新品，簡單的衣物跟用品，他們連打開來看都沒看過，是勾嘴大夫送來的。

「車子先停在停車場好了，上來坐坐吧！」女人邀著令葤蓮他們，「難得幫我們介紹客人，來聚聚吧！」

「也好！」令葤蓮笑著點頭，季芮晨覺得這根本是故意的吧？

勾嘴大夫先去停車，這對民宿夫妻就帶著他們上樓去，一樓的對講機邊有著密碼，輸入密碼後大門才會開啟；一樓不寬，就是三座電梯，每座電梯有固定抵達樓層，畢竟樓太高，要是每部電梯每層樓都停，只怕通勤時段大家會等到抓狂。

十五樓有兩間住戶，一到樓上太太就比了一個噓，要他們盡可能小聲，不要在公共空間影響到其他住戶。

在引領之下進屋，走道極狹，那是個與門同寬的廊道，約莫兩公尺寬，走在前頭的小林暗暗哇了一聲。

季芮晨好奇的探頭，短廊沒走幾步便豁然開朗，瞧見的是約二十坪大的空間，陳設簡單雅致，沙發、櫃子、餐桌，就是個還算寬敞的客廳。

但她知道小林在驚嘆什麼了，因為這個家從牆壁到窗戶，都寫滿了像符咒般的東西，就連窗簾根本是符紙的顏色，黃底加上硃砂紅字，寫滿窗簾，也遮掩了窗戶。

她下意識回首看著關上了的門，門上果然也有符、八卦鏡，客廳裡還端坐著佛像呢！

「好了，最近有什麼狀況嗎？」令葑蓮一進去，口吻就不再溫和。「我聽說協和廣場也出事了？」

「嗯，上星期發生的。」太太也斂起笑容，「兩位先坐，你們都有傷，多休息。」

小林跟季芮晨都不瞭解現在的狀況，太太旋身到廚房去準備茶點，他們聽見杯子的聲音；令葑蓮脫下外套，走到窗邊輕掀窗簾一角，看起來很謹慎。

「我覺得你表姊應該有要事跟我們說。」季芮晨忍不住向小林低語，誰叫這氣氛太詭異了。

太太從廚房裡端著托盤出來，上頭擺放滿杯子，外籍丈夫也從房裡走出，看來已經安置好他們倆的行李；季芮晨仔細數算著托盤上的杯子，一共有七個，但事實上就算勾嘴大夫上來，他們應該只有六個人。

第七個，是誰？還有人嗎？

「蓮姊。」小林望向令葑蓮，「別對我隱瞞事情。」

她瞥了他一眼，「不會的。」

幾分鐘後，勾嘴大夫停妥車子後便走上來，他進入屋內時同樣相當的嚴肅，他跟令葑蓮就近坐在窗子旁的餐桌，太太則仔細的為大家斟茶。

「我叫季芮晨，他是小林。」季芮晨主動發問，打破這僵持的沉默。「怎麼稱呼您？」

「啊，我是蕾娜，他是杜軒，我老公。」她和藹的笑著，「我知道你們的名字，這些日子就要委屈你們了。」

「委屈？怎麼會，這裡感覺還滿舒適的。」季芮晨客氣的回答，「只是我不太懂為什麼我們要到這裡住？要住多久？不能回台灣嗎？」

「如果可以，我是很想讓你們回去，但是季芮晨的危險性太高了。」令葑蓮突然接口，「妳應該知道自己的負闇之力有多可怕。」

季芮晨緊繃著身子，警戒的看著令葑蓮。

「這是什麼意思？把小晨帶到這裡是要軟禁她嗎？」小林也直起身子，「就因為她的命格？」

「這命格是會影響到很多人、很多事的，威尼斯島都沉了你眼睛瞧不見嗎？」令葑蓮厲聲斥責小林，「誰也不能否認跟她有關！」

「但不能證明跟我有關！」季芮晨顫抖著聲音喊道，「不能把什麼事都推到我身上！這種負闇之力是不能證明的，是——」

忽然一陣響亮的拍掌聲打斷了他們的爭執，勾嘴大夫皺著眉看向大家，緊接著用英語向令葑蓮說不要爭吵，並且請他們用英語。

「你們都知道世界這兩年來的劇變，除了不止的天災外，還有經濟與秩序的崩壞，很多地方的人心都在思反，也有類似革命的狀況發生……而且不只是人類，我們還發現鬼魅跟惡靈的活躍……有時連平常的除靈都無法成功。」令葑蓮流利的用英語解釋著，「我們覺得連陰陽兩界的秩序也在崩解，惡靈作祟的狀況很嚴重，許多地方的暴動跟殺戮，都被我們歸因於附身作亂。」

「……附身？」小林有些驚愕，「妳是說有邪靈附在人身上製造動亂？」

「是的，各種直接間接的證據都證實了這一點。」勾嘴大夫趨前，將手上的 iPad 遞出。「新德里的連續殺人、雅典的排富暴動、西班牙上個月集體將七十六個婦人活活打死，還有連義大利都發生了火燒政府機構的事，這些照片，都拍下了惡靈。」

小林接過，用指尖滑過一張又一張的相片，他看見的是大批暴動的人民、血跡斑斑的道路與廣場，還有被高高吊起的屍體，一具具屍體都被剝光衣服，身上根本皮開肉綻，鮮血淋漓，從臃腫的中年男人到婀娜的女人、甚至是少女都無一倖免！

滑到其中一張，頭破血流的竟然還是個孩子！

季芮晨挨在他身邊擰著眉，她看到的是……暴民們的身上纏繞著無數張臉與身體，是眾多複雜靈魂的聚合體，陰氣上衝於天，形成的是猙獰狂笑的臉。

「好可怕的臉……」她喃喃唸著，指尖往螢幕上撫去。

雖然不是每一張都能瞧見，但只消幾張便已足夠，血腥得令人不快，他們說得沒有錯，就算不是附身，活躍的惡靈也能操控人的心智，讓忿怒加乘、讓不滿升溫，兩軍對峙之際，只要一顆石子滾落，就會引發槍戰。

「這是因為我嗎？」季芮晨忍不住呢喃的說，「可是我最近沒有去過這些國家……」

「我們不確定，如果確定的話，就不會把妳帶來這裡了。」勾嘴大夫低沉的說著，「不過擁有靈力的人不只我們，分散在世界各地，已經有人提出了異端說……在威尼斯港口時妳也聽見了。」

數日前甫到威尼斯時，的確看到有一群人舉著牌子，高喊世界末日說，喊著因為有異端，所以世界瀕臨滅亡。

「我已經確定有人開始在找關鍵人士，也有人認定現在世界的崩解是來自於某個『人』。」令葑蓮盯著季芮晨，「把那個人找出來，就能夠解決天災人禍的問題。」

「人……」季芮晨心臟忽地緊窒，雙手發冷。「這是怎麼……怎麼下的定論？」

她這份負闇之力，怎麼可能影響到世界？一直以來都是發生在身邊，或是她走到哪兒、哪兒也得片刻的時間才會出事啊！

世界的崩壞是兩年前開始的，與她何干！

「怎麼下定論的不得而知，但連梵諦岡也開始在注意這件事，或許……」勾嘴大夫看向令葑蓮，頷了首。「跟預言有關。」

「預言？」小林皺緊眉頭，「難道有人預言這一切是因為某個人？」

「或許吧！」令葑蓮聳了聳肩，「過程不得而知，但你們要知道當人生活困苦難受時，什麼狗屁倒灶的事都會信……尤其是宗教這檔子事，很容易滲入脆弱的人心。」

偏偏宗教又分為好與不好，這當中的差別可就大了。

「我第一眼看到妳就覺得不祥。」勾嘴大夫凝視季芮晨，一點也不委婉。「妳身邊跟了大量的亡者，而且帶著災厄！」

小林不悅的微傾身子，把季芮晨往後拉去。「請問一下，災厄這麼抽象的東西你怎麼看見的？」

「不祥就是災厄，我眼中的她，根本連個人形都沒有，我看見的是無以計數的亡者糾纏，以她為圓心，方圓數公尺的陰森！」勾嘴大夫當下指了指這間屋子，「就像現在，整間屋子像處在黑色的迷霧裡，只有你們幾個是光點，我依然看不清她的模樣。」

她是一團黑霧？季芮晨下意識握緊雙拳，她身上的亡靈竟有如此之多嗎？

「她長得很清秀，人也很可愛，就是個很迷人的女孩。」小林不悅的瞪著勾嘴大夫說。

「祐珊，現在不是在講氣話的時候。」令葑蓮將椅子拖前湊近他們，「Diego 之所以沒有立刻把她送出去，就是因為不能確定傳言是真，他還持保留態度。」

Diego？勾嘴大夫的名字嗎？

「這種事怎麼能當真！」小林低吼。

「為什麼不能？她去過的地方哪裡沒出過事？連死亡之島上幾百年的怨魂都能送回地獄

去了，你們以為梵諦岡沒有試圖處理過嗎？」Diego 嚴肅的朗聲，「我們送去的驅魔師非死即失蹤，結果季芮晨一去……不但能有生還者，甚至還解決了所有怨魂。」

「那……我算幫了梵諦岡一個大忙？」季芮晨挑眉，雖然看起來並不是。

「這只是證實妳很可怕而已。」Diego 冷冷的，不帶情感的說著。

她很可怕……季芮晨難以逃避這另人厭惡的詞，她討厭這個 Diego，也不喜歡令葑蓮的態度，他們根本將她視為洪水猛獸！

「我不想待在這裡。」她深吸了一口氣，「我要回台灣。」

「妳哪裡也去不了，現在妳在梵諦岡的監護之下，我不會讓妳出國的。」Diego 嚴聲厲語，威勢十足。

「是嗎？」小林率先站了起來，「我現在就帶她離開，看你們誰攔得住我！」

小林立刻拉了季芮晨起身，她被他的怒火嚇著，還來不及叫他冷靜，令葑蓮已經冷不防的來到他面前，狠狠推他一把。

「哇啊！」傷口劇疼得讓小林彎下身子，痛苦的跌回沙發，又是一陣刺痛。

季芮晨緊張的連忙探視他的傷勢，安撫他的傷處，一邊不可思議的回首瞪向那面若冰霜的女人。「妳幹嘛！」

「就憑這個樣子，能去哪裡？」令葑蓮冷哼一聲，「現在不是誰想走就能走的狀況，你是聾了嗎？剛剛才說有人到處在找異端者，你以為別人就看不到季芮晨身上的異樣嗎？」

季芮晨一凜，都是因為這些亡靈嗎？「那如果我能叫他們走呢？」

令葑蓮忍不住笑了起來，「哈哈哈，季芮晨，別把我當傻子，他們不會走的！要能走，就不會跟在妳身邊二十幾年了。」

「我並不希望他們在，這不是我召來的、也不是我願意的！」

「但他們就是在。」令葑蓮打斷了她的不爽，「不只是妳，現在有靈力的人岌岌可危，機場佈滿了眼線，一旦被抓到，就幾乎人間蒸發！」

「這是、這是誰策畫的？」季芮晨咬了咬唇，「連機場都能佈眼線？僅僅只是這種流言就開始行動了？誰准許的？」

令葑蓮向右看了一眼正襟危坐的 Diego，扯扯嘴角。

「梵……你們？」季芮晨有些錯愕，「可是你不也是——」梵諦岡的一員啊！

「唉……」至此，Diego 第一次出現氣忿之外的神情。「正是如此，我們專注於解決問題，卻沒有注意到我們自身就存在著問題。」

梵諦岡的驅魔師，多少人不是具有靈力者？梵諦岡開始注意並軟禁所謂的靈能者，但到頭來，說不定這些驅魔師每個都遭殃啊！

「你們……該不會仗著自己是梵諦岡、神的使徒？有教宗的庇護所以就能打著神的旗號亂抓人？」季芮晨忿忿不平，「你們怎麼會有這種權利！」

「當大家都認為世界的災禍是因人而起時，每個人都有權利！」意外的，是杜軒出了聲，帶著顫抖的他不停絞著雙手。「你以為我們為什麼行事這麼低調？為什麼在門上窗上都寫滿咒語？就連我們這個社區都有人認定災難是因為異端，要我們檢舉所有奇怪的人、或是可以驅魔的人！」

帶著緊繃的精神壓力，他低吼出聲，雙眼裡盈滿恐懼。

「你們……誰有陰陽眼或是能力者嗎？」小林捱了好一陣痛，總算能出聲了。

蕾娜上前緊緊抱住丈夫，也難受的搖了搖頭，此時，在沙發右手邊的房門陡然開了。

季芮晨嚇了一大跳，她緊張的往小林身邊靠，看著清瘦的男人走出來，三十多歲的成熟男人，滿臉鬍碴，相當清瘦，兩頰略微凹陷，臉色相當死白，戴了副無邊眼鏡。

「是我。」

# 第二章

濃厚的方言腔出口，季芮晨立刻知道這是大陸人，男子戴著無邊眼鏡，向令葑蓮跟Diego 頷了首，也拉開椅子坐下。

「兩位好。」他客客氣氣的說著，「我叫楊景堯，是這兒的寄宿者。」

「您好。」他們兩個異口同聲的回應，「我是小晨，他是小林。」

「我剛在裡面都聽到了。」他笑得很和善，但也很虛弱。「我是令小姐帶來的人，她救了我一命。」

季芮晨蹙眉，「你……有陰陽眼。」

楊景堯搖了搖頭，「我平時看不見鬼，也沒撞見過，但是我會做夢：預知夢。」

哇塞！季芮晨悄悄的看了小林一眼，他們都沒遇過這種人；就算身在特別世家的小林，家裡也沒人有預知能力啊！

「他不是能力很強的人，也不是每個夢都是預知夢，所以必須過濾與考證，但是很多事都要發生後，才能確定當初某個夢是預知夢，不過這也就是為什麼他一直沒有太過醒目的原因。」令葑蓮用英語接著解釋，「不過他有一個數據相當驚人，那就是他只預知大災害，而且預知夢的準確度高達百分之百。」

百分之百預知道大災難？季芮晨用一種同是天涯淪落人，相逢何必曾相識的眼神望著他，這跟她有得比啊，而且心理壓力上沒有比較小耶！

「我夢過台灣的九二一、南亞大海嘯、日本三一一海嘯……還有，威尼斯的沉沒。」因為Diego，所以楊景堯出口便是英語，口吻很輕鬆，面容卻很哀淒。

「那怎麼不通知一下？」小林不解，「先說的話，或許當局可以提前驅散民眾，死傷會比較小一點！」

「呃……我……」楊景堯愣了一下，縮了縮頸子

「就怕你們這種人。」令葑蓮嘖了一聲，「誰會信這種胡言亂語？要是他說了事情又真的發生，那他人生還要不要過啊？」

「而且他並不知道自己的預知夢是真，直到最近一年才確認。」Diego無奈地嘆口氣，因為這一年來的天災太多了，他總是不停的做惡夢，不停的看見有人死亡、有人慘叫，從夢中驚醒。

然後再在電視上看著夢境發生。

「他之前在南法遊學，你們應該知道普羅旺斯已經成了一片廢墟，大火延燒了兩個月，肇因於有人要淨化邪靈。」令葑蓮一彈指，「邪靈，就是他。」

楊景堯低下了頭，「我只是習慣把夢境畫下來而已……」

他遊歷各國，到南法也是為了寫生，然後很快的被人發現他的畫與災禍相符，所以異端

派的人便要將他抓住，表示要終止災禍。

「怎麼終止？放火燒？」季芮晨心涼了半截，「這像是十六世紀的女巫獵殺吧？抓到後一律火刑，用火淨化一切。」

咦？杯子從楊景堯的手滑出，落上左手托著的瓷盤裡，他吃驚的望著季芮晨，臉上血色盡褪。

「他夢見了。」Diego 語重心長的說道，「人們把其他人一個個吊上去，用火燒死，群眾鼓譟著，每個吊上去的都是具有靈力的人，大家認為這能讓世界變得平和。」

季芮晨全身開始發冷，腦子裡閃過的是：他的預知夢準確度高達百分之百。

小林摟住了季芮晨，他知道她現在比誰都危險，也意識到事態嚴重，原來就是有一個擁有預知能力的人，表姊才會斬釘截鐵的確定會發生事情，並將他們藏在這裡。

「時間？」季芮晨幽幽的問。

「沒有時間，我不知道時間。」楊景堯搖了搖頭，「我只知道會發生這件事，有可能是下一秒、有可能是十年後……像九二一地震，那是在我很小的時候夢見的，直到看到畫面才想起。」

「情況大致上是如此，這陣子就請你們好好待在這裡吧！可以任意進出，當作度假就好。」Diego 站起身，「我得先走一步，蓮，剩下的麻煩妳。」

「嗯。」令葑蓮也站了起來，「你們兩個跟我過來。」

她大步往左手邊的房間走，那個應該是他們倆的房間。

季芮晨深呼吸幾次後，才勉強起身，攙著小林往房間走去，她不必有預知能力也知道，事情大條了。

「請先不必收拾。」季芮晨回首對蕾娜說，「我等等還想喝，吃點點心都好，謝謝！」

「啊啊啊！」蕾娜微笑，「那配點蛋糕吧！我昨天做了慕斯呢！大家都來一點吧！」

甜點最能撫慰人心，她現在非常需要來一塊。

走進準備妥當的房間，大概有五坪大小，比較尷尬的是只有一張床，桌子跟衣櫃都很齊全，雖然沒有衛浴設備，但也乾淨舒適，窗簾上照例全寫滿了咒文。

他們一進入，令葑蓮就把門給關上，從口袋裡拿出一個小錢包。

「這裡面有一張黑卡，你們都簽我的名字沒有關係，無限使用。」她拉開錢包拉鍊，「這裡有現金兩萬歐元，省著點花，能刷卡就刷卡，應該是夠撐一陣子。」

她掏出一疊厚鈔，兩萬歐元，快八十萬台幣啊！

「表姊，這麼多……」小林嚇了一跳。

「放心，能用就用，等世界毀滅的那天再多錢也沒用了。」她把拉鍊拉好，塞進小林手裡。「把這當成度假，放心的過生活，越正常越好。」

小林望著錢包，凝重且若有所思。

令葑蓮又從口袋裡拿出另一小包東西，「我查過季芮晨的生辰八字，為她配了專屬的護身符，還有封印住其他魍魎的護符。」

餘音未落，季芮晨下意識的後退，令葑蓮滿臉狐疑的瞅著她。

「只是封住不讓別人看得見妳身上的氣，不是把亡者趕走。」她嘆了口氣，「祐珊跟我說過，妳之前遲遲不願到萬應宮的原因。」

萬應宮，是小林家族開設的宮廟，據說裡面從上到下個個都具有能力，再淺也能制伏普通妖鬼。

「他們沒有傷害過我。」季芮晨瞪著那包護身符瞧，遲疑著。「甚至也在危難中保護過我。」

「我知道，祐珊也受他們照顧了。」令葑蓮露出一抹打自心底的笑容，「不是每個亡靈都是惡質的，我比誰都清楚。」

嗯？季芮晨不明白這句話的真意，只在意那護身符會不會讓 Martarita 他們難受；遲疑了好一會兒才勉強伸手接過，接過的那瞬間，什麼尖叫與反抗的痛楚都沒有，她才鬆了一口氣。

「姊，妳什麼時候幫梵諦岡做事了？」小林沉吟良久，這是他心裡翻攪許久的疑問。「我不認為妳是會幫人做事的人。」

「我沒有幫誰做事，只是互利。」她果然回得輕描淡寫，「不過在某種機緣下相識、現在有著共同利益或目標，才一起做事罷了。」

令葑蓮親自為小林掛上護身符，季芮晨看得出來，他們的感情不會太差，但是卻有種奇怪的生疏感……與怒氣！

對，是怒火，火源來自於小林，從初見令葑蓮開始，他在驚愕後滿懷的就是不悅與怒氣，他盯著令葑蓮看時總會皺眉，帶著不解、忿怒，偶爾還有煩躁。

「妳好幾年沒回去了。」小林輕聲的說，「大家都很想念妳。」

「何必？現在不是有他在？萬應宮早就不需要我了。」令葑蓮細心的為他將護身符往衣裡藏，再拉起他的手腕，綁上看起來很普通的幸運繩。「我定時會打電話回去，我知道大家都好，這些年我也過得很好，不需要擔心。」

小林擰起眉瞪著自己的手，看著令葑蓮為他打結，她重新揚首時露出一抹淡淡笑意，帶著疼惜般的撫著小林的臉。

小林複雜的臉色全寫在臉上，欲言又止，卻像不知道該怎麼說，任令葑蓮輕撫著，最終也只是低垂下頭。

「情況很糟嗎？」他最後不再提家裡的事。

「很糟，我沒有梵諦岡的保護也很難出入國境，有不少預言者都已經預測了很可怕的未來。」令葑蓮收手，再度換上討論公事的臉色。「不出三個月，世界會全面崩壞——在我們找出解決方法之前。」

「方法？」季芮晨再度感到全身發冷，「如果這是天災呢？就像過去什麼馬雅預言一樣，或許天災是因為溫室效應、而地球差不多也到了一個循環……」

令葑蓮定定的望著她，「我真的希望只是如此，小晨，誠心希望。」

咦？這話是什麼意思？季芮晨眉心都皺了好幾層，下意識的踉蹌向後。「難道不是嗎？恐龍都能一夕之間滅絕……」

「但我們知道這是有源頭的。」令葑蓮嚴正說著，「東西方不管哪個宗教、哪個門派，正或邪的巫師靈力者，都得到相同的訊息及占卜結果：世界的浩劫，其來有因！陰間的亡靈與惡靈厲鬼都已經竄出，陰陽兩界都在失序，我們要一扇一扇的把崩壞的門關起來，然後找到主因，關上它。」

季芮晨眼神不自主的亂瞟，主因……為什麼她想到的是自己？她實在沒有任何理由說服自己，說自己跟這一切毫無關係！

因為她就是有讓一切事情變壞的負闇之力啊！

「我的天哪……是我嗎？為什麼會這樣？我並沒有到過世界各地，而且我的影響通常在我離開後就，我……」她癱軟坐下，「以前只有車禍，這一次是威尼斯島整個沉沒，我的能力根本就在增幅中……不，我沒有能力，我什麼都不會，但是事情就是會發生啊！」

小林趕忙湊上前摟過她，她全身不住的顫抖，立即往他肩上靠，不停的說該怎麼辦該怎麼辦？這是她不願意卻還是會發生的事啊！

「沒事，噓……又沒說是妳，妳不要自己嚇自己。」

「不，我覺得就是她。」令葑蓮毫不猶豫的接口，「她身上的負闇之力太強了，而且我們幾乎找不到一樣命格的人、歷經這麼多事，而且每一次都能倖存下來？她就像颱風眼，只有自己是風平浪靜的！」

「姊！」小林不悅的揚聲，「這種事不能亂說的，無憑無據。」

「有沒有關係我們自己心知肚明。」她嚴肅的看著季芮晨，「在人失去理智的情況下，只要指著一個人說是禍源，根本不必什麼證明，他就可以被燒死。」

「那是過去民智未開的時候，現在是什麼時代了——」

「文明也是會崩解的。」令葑蓮打斷小林的話，「當人為了生存，就只剩本性了。」在楊景堯的預知夢裡，十六世紀的女巫獵殺、那殘忍的行刑，將會重複上演，甚至有過之而不及；這就是為什麼開始在隱匿靈力者的主因，即使能力小到只看得見模糊的影子，大到像他們這些能驅魔之輩，在人們文明俱毀時，全部都有危險。

小林瞪大了眼睛，倏地擋在季芮晨之前。「我不會讓妳碰她的。」

「拜託，我如果要對付她，直接把她扔進威尼斯海域不就好了？」令葑蓮挑高了眉。

「可是……」

「我只是想要更多的證明而已，還有在不傷害她的前提下阻止這一場浩劫。」令葑蓮旋身往門邊去，「再怎麼說，她也是我寶貝弟弟的女朋友，我多少要護著點對吧？」

咦咦咦？季芮晨立刻直起身子，推開小林，面紅耳赤的別過頭，什麼女朋友來著，拜託一下，他們什麼都還不是，而且現在是危急存亡之秋，是談這檔子事的時候嗎？

「姊，不要鬧啦，胡、胡說八道！」小林也漲紅著臉站起身，「現在哪有閒情逸致談這個啦！」

「再不談就沒時間了喔！預知夢裡的世界只會越來越可怕，而且以無法想像的速度開始暴動，所以我如果是你們的話……」令葑蓮打開門，拋出一朵笑靨。「就會趁這時候好好休假，把自己當有錢的觀光客，悠閒的過兩人世界嘍！」

「表姊！」小林尷尬的低吼，門外卻傳來令葑蓮的笑聲，然後是關門聲。

這就是她之前一直說要帶他們到巴黎度假的原因嗎？季芮晨絞著衣角，他們哪裡也去不了，被安排在這裡躲藏著，利用剩餘的時間過悠閒的日子？跟……小林兩個人？

她抬起頭，望著耳根子都漲紅的男人背影，現在明明一切都還好好的，為什麼令葑蓮說得一副世界末日眨眼即至的感覺？

到底有什麼事，是她不知道、令葑蓮又不說的？

「妳不要聽我姊亂說喔！」小林回首隨口說著，嘖了一聲立刻追出去。「姊！」

門再度被甩上，冰冷的觸感來自於她的肩頭，腳邊跪坐著身著和服，白皙可愛的女孩，這是日本女孩天海櫻，是死於日本江戶時代的亡者，她銜著季芮晨頑皮的眨了眼，看起來一點都不如她憂慮。

而身後的紅髮女子搭著她肩頭，像是在給她安慰一般。

「你們知道些什麼？」她沉吟著，自從遇到令葑蓮後，跟在她身邊多年的亡靈們幾乎沒有開過口。

『知道很多事，必然會發生的事，無可避免的事。』Martarita 輕聲回著，口吻卻帶著笑意。『這是天機，不能說的！』

「你們果然知道！快告訴我！」季芮晨緊張的看向 Martarita，「這是我生活的世界，我希望盡全力保住啊！」

『小晨，妳認為未來是可以改變的嗎？』小櫻用日語說著，『我覺得啊，很多事都是註定好的，就像我被燒死在四百年前，然後又遇上妳……』

『就像我註定在死亡之島上失去我的玩伴，最終又重回死亡之島一樣，就算我已經死了，命運之輪還是沒有停止轉動。』Martarita 蹲下身，永遠是那麼豔麗。『妳想再多也沒有用，唯有跟著命運走。』

「跟著……」季芮晨喃喃唸著，「但是我不想跟著命運走啊！如果這一切是我造成的呢？你們說……這跟我有關嗎？」

美豔無雙的 Martarita 只是勾著嬌媚的笑容，逐漸消失在季芮晨面前，小櫻用著日語說道：『不知道耶……』然後也消失了。

「Kacper！」季芮晨怒了，她雙拳緊握的站起身。「你出來，告訴我！」

軍刀聲喀喀兩聲，但只聞其聲不見其人，季芮晨知道這二戰軍官亡靈就在她附近，可是不願現身。

「你們究竟是為什麼！」季芮晨顫抖著聲音低吼，「這樣不說，根本就是給了我答案！」

房裡一陣靜默，她知道每個人都在，不過就是沒人願意開口；這樣的沉默代表的是不願說？不想說？還是已經默認了她的猜測？

『如果真是妳呢？』沉穩的聲音終於響起，『世界的崩壞、天災、陰陽兩界的失衡都是因為妳，妳會怎麼做？』

咦？Tony……是她身邊感覺最沉穩睿智的亡者，嗜愛閱讀，鮮少開口，但似乎總是知道所有事。

如果真的是她，她會怎麼做？這問題她沒深思過，她只顧著糾結在否認跟她有關係，因為如果真的跟她有關，就太扯了。

「不……不可能吧？」她緊張的問著，「我是一個人，世界是世界——」

『專注回答我的問題。』Tony 打斷她的話語，口吻不容她遲疑。『如果是因為妳，世界會崩壞，妳怎麼辦？』

「……怎麼辦？」季芮晨腦袋一片空白，能怎麼辦？

『妳，會願意自殺，救全世界嗎？』

自殺？自我了斷讓這個世界恢復正常嗎？季芮晨倒抽一口氣，這個選擇——她為什麼要選擇！

叩叩，兩聲敲門聲響，跟著走進小林，季芮晨驚恐的回首看向他，臉上的死白透露了她的慌張。

「怎麼了？」小林果然立即察覺到不對勁，掃視了房間一圈。「又是誰講什麼嚇妳嗎？Martarita？還是小櫻？」

季芮晨顫巍巍的搖著頭，小林趕忙到她身邊，她不自禁的往他身上偎去，緊緊抓著他的上臂，渴求他支持的擁抱。

有了依賴就不想放手，過去的她不管遇上什麼事，就只有一個人跟身邊的亡靈，Martarita、Kacper、小櫻他們三個就夠商量了，雖然他們也只會提點意見，做決定的永遠都是自己。

她一直只有一個人，所以必須往前走，遇到任何困難也只有自己可以解決，沒得依賴。

自從發現自己身邊災禍不斷，卻總能成為唯一生還者之後，她就益發遠離人群，不與人交心或是深入交往，避免再一次參加只有自己活下來的葬禮；這就是她認識小林之後，拚命遠離他的原因。

不想害他死於非命、不希望參加他的葬禮，不要他在自己面前死去……但是命運總讓他們一再相遇；到後來，小林甚至自發性的參加她帶的團，就為了要跟她在一起……然後，惡夢成真了。

他在死亡之島被惡靈一刀捅穿背部，在她面前鮮血淋漓，那是她一直以來的惡夢，活生生上演在自己面前，她痛苦得幾乎發狂。

季芮晨伸長雙手，輕輕擁住小林，這樣子的撫觸，可以摸到他背後層層包紮的紗布，因為她所受的傷。

「走到今天這一步，都是因為我。」她幽幽的說，「我為了救在死亡之島的大家，使用負闇之力支持了惡靈、發揮更陰沉的力量，把所有怨魂都帶進地獄裡，然後害得梵諦岡注意到我、害威尼斯島沉沒，現在又很有可能害得世界崩壞……」

「噓……別亂說，世界崩壞不關妳的事！」小林憐惜的說著，「威尼斯本來就快沉了，妳是為了救大家、為了自保才將厲鬼解決掉，妳事先並不知道威尼斯會因此沉沒。」

負闇之力的發展便是如此，她利用了自己的命格讓負闇之力強大，就會影響到周遭的人事物，甚至讓一個島沉入海底，幾十萬人的生命在瞬間葬送大海。

「我認真覺得，令小姐跟 Diego 懷疑的有理，如果我能讓一個威尼斯沉沒，那要引起天災也不是難事……我是說假設像我很討厭印度的強暴婦女事件，我就希望恆河氾濫……這是很符合邏輯的。」

她已經抓到利用命格的訣竅了，命格是不能選擇的，可是她可以控制想法、願望，還有如何讓事情更糟……雖然還沒有經過更仔細的練習……她也覺得不要比較好，但是，如果可以保命的話，她不在乎沉沒幾個威尼斯島。

對，季芮晨深深呼吸，扶著小林坐下，犧牲這兩個字太難了，她不會也不想學，她從來就不是什麼偉大的人物，她只知道，自己也有生存權。

她有重視的人、她想要活下去，過去的她或許什麼都沒細想過，但是現在的她腦海裡卻已經有未來的藍圖……當然，這藍圖不包括崩毀的世界。

「我有點累，想休息一下。」小林笑得很勉強，雖然傷口復原良好，但畢竟縫了幾十針，又是被厲鬼所傷，雖有令葑蓮幫助淨化，但元氣沒辦法短時間恢復。

「來，我扶你……等等喔！」季芮晨忙不迭的到床邊把被子掀開，回身時小林已經走了過去。「欸！」

「我沒有那麼脆弱！只是容易累而已！」他苦笑，「麻煩妳幫我拿被子鋪在旁邊沙發上就好了。」

「咦？沙發？」她錯愕的往窗邊的兩人沙發上望去，一愣一愣。「你睡沙發幹嘛？」

嗯……小林有些尷尬的用眼尾瞟著那張大床，這房裡只有一張大床，卻要睡他們兩個人，但是他實在不願意睡地板。

『嘻！』小櫻的竊笑聲傳來，『幹嘛這麼克制啦！他都說喜歡妳了不是？』

『嘖！真是一點都不熱情的男人！』Martarita 不耐煩的輕嘖，『要是他兩秒內不走過來吻妳，這種就直接 OUT 了！』

……喂！季芮晨瞬間面紅耳赤，他現在有傷在身，是要怎麼走過來吻她啦！不對！這跟吻不吻她有什麼關係！不要鬧！

「小晨？」小林望著緊閉起雙眼正在晃頭的她，又怎麼了？

「啊？唉唷，都是 Martarita 她們啦！沒事沒事！」她咬著唇走過來，「你呀，病人給我好好的睡在床上，睡什麼沙發啊！」

「咦？那妳要睡哪裡？」小林不怎麼想動，卻被推著走。

「床……床這麼大，一人睡一邊不就好了。」她沒好氣的推他坐下，引起他一陣輕咳。

「看你這模樣，諒你也不能對我怎麼樣！」

小林皺眉，可是沒有太多時間說話，就被季芮晨往床上擺，他只能側睡或是趴著睡，不宜給傷口太多的壓力，所以她墊了枕頭在旁，再為他蓋上被子。

唉，小林嘆口氣，這根本不是會不會對她怎麼樣的問題，這是卡在心裡折磨的問題啊，嗚……

「令小姐走了嗎？」她把被子蓋得密密的，不能讓小林再感冒！

「嗯，姊說還有事要辦……」小林側躺著，眼神沉了下去。「她變了好多，真不知道這幾年她一個人到底怎麼過的。」

「她好像不是一個人耶！」季芮晨抿了抿唇，「她跟我一樣，身邊有亡靈跟著。」

兩年前她在希臘見過，令葑蓮的身邊真的有一個長得很好看，一點都不可怕、也沒有死狀的鬼。

「啊……斐學嗎？」小林淺笑，「她就是因為那個鬼離開家裡的。」

「啊？」季芮晨不明白，因為那個鬼就離開家裡？那她身邊這一大掛該怎麼辦？「但是我沒有感覺到對方是厲鬼還是惡靈啊，跟 Martarita 他們感覺是類似的。」

「他不是，有力量但不是厲鬼也不邪惡。」小林虛弱的半閉上眼，「我改天再跟妳說我家的事，也該讓妳知道了。」

「對不起，不該吵你的！」她撐著床緣站起，小林卻忽然扣住她的手。

她低首望著被握住的手，小林力道不大，僅僅只是輕觸她的手背而已，卻讓她覺得手背好燙，還有些不知所措。

「在這裡陪我一下好嗎？」他往上看，有些吃力。

季芮晨泛出笑容，坐上了地毯，反過來緊緊握住小林的大手，她想起在船上他們十指交扣，她喜歡那種感覺。

指頭與指縫，明明手的大小差這麼多，但為什麼會契合得剛剛好？

「我就在這裡。」她輕趴在床緣，望著近在咫尺，笑起來會像陽光的臉龐。

她好喜歡小林，壓抑克制的結果是更加掩不住的愛意，他現在已經變成她極度在乎的人，而一旦有了在乎的人，她將不想在意其他人。

她是 Lucky Girl，不管接下來或發生什麼事，她都要用這份能力，保護小林！

# 第三章

北風冷冽，吹拂在臉上時有種刺痛的凍裂感，尤其在國外廣大的地域中，隨處都刮著強勁的風勢；若不是今天太陽露臉，帶來些許溫暖，只怕會更冷。

經過三個星期的休養，小林已經好得差不多了，有「醫生」到家裡看過，傷口已經拆線、肌膚表面癒合良好，醫生說已經可以自由活動，但還是避免劇烈活動，肉的內層還沒好全，不小心只怕內部傷口會再度裂開。

只是小林老早就躺不住了，不過季芮晨顧得很牢，根本不許小林拿啞鈴健什麼身，他悶都快悶死了！

而法國也連下了兩個星期的雨，山區災情慘重，處處淹水，巴黎狀況不甚嚴重；所以這兩天好不容易天氣轉好，小林就說非外出不可，莫名其妙的是小櫻他們還幫腔？他們是鬼，愛出去就出去啊，竟然敢跟她說悶壞了。

他們已經決定暫時放下一切，令葑蓮跟 Diego 離開後沒有再回來，在無法離開又不知如何是好的情況下，除了把握當下外，他們也沒有別條路可以走。

觀光吧！如果將來巴黎會像預言一樣的陷入災害中，那就要把握時間，好好的把美景觀賞一次！

首站，就是巴黎聖母院。

「鐘樓怪人是真的還是假的？」季芮晨咕噥著，「有許多特別的妖怪雕像讓我很不安。」

「嗯？那些不過是排水處，只是雕刻得稍稍藝術點。」

嗯……話是沒錯，但古蹟通常代表著故事，也代表著可能會有一些魍魎或是古老的靈魂存在，而她的負闇之力又輕易能給他們力量，說實在話，她最不該出門逛古蹟。

但是，她又不想屈服於這件事，不想因此犧牲自己的喜好與意願。

她想去，想逛巴黎所有知名景點，負闇之力無法阻止她，因為早在很久很久以前，她就已經決定要按照正常人的生活方式了！

至於，會不會影響到其他人……季芮晨嘆了口氣，她不去想這一點，否則難受的是自己，再想下去什麼都做不了。

搭上複雜的巴黎火車與地鐵線，巴黎火車一共有十四條外，一個月台也不是只有一個方向的車，所以要非常留意；而火車則是上下兩層的設計，座位相當足夠，只是在這個通勤與觀光人數驟減的時代，車廂裡根本空空如也。

他們兩個選擇一個僻靜的角落坐下，看著窗外的旖旎景色；小林牽握著季芮晨的手，她泛著淡淡的笑容，輕輕靠在他肩頭，這樣的日子好幸福。

小林看著肩頭闔眼的女孩，他不由得微蹙眉頭，對於未來他非常的不樂觀，尤其連表姊都介入的話，事情一定很糟糕！這三個星期他聽到好幾次隔壁房的慘叫聲，預知夢侵蝕著楊景堯，他的臉色越來越差，也漸漸的不到外面飯桌一起用餐。

新聞中也沒有好事，天災人禍不間斷，現在在蕾娜家裡，已經沒有人看新聞了！小晨更是如此，因為她看了勢必胡思亂想，乾脆杜絕所有資訊，也要求大家不要提起。

所以她並不知道，印度恆河真的因暴雨氾濫成災，已經奪走了六千條人命。

他也很想說服自己這一切跟小晨無關，可是靜下心來思考發生過的事情，只讓他更加不安……就算不完全是小晨的緣故，可是至少在巴黎發生的一切跟她脫不了關係。

也或許世界上有很多個季芮晨，擁有相同的命格，一樣的負闇之力，在同時間威力越來越強大，所以才導致不間斷的災變。

因此，他大膽的做個實驗，就聽從表姊的話，好好的出來散心觀光，他想確定外面的狀況。

他們很快抵達聖母院，決定先爬上赫赫有名的鐘樓，再慢慢的觀賞內部；在以前，因為上鐘樓有人數限制，外頭總是大排長龍，但時至今日，根本不需要排隊。

小林觀察過四周根本只有一個旅行團，其他都是散客。「欸，我覺得我們有點突兀。」

「咦？」季芮晨不解的看向他，「什麼？」

「我們穿得太隨便了，這年頭出來的都是好野人，我們反而太像背包客。」小林挑了挑眉，「下午先去香榭大道買衣服。」

「唉唷，有錢能付旅費就好，不一定要多顯眼嘛！就是因為世界經濟差，太招搖才容易被搶呢！」季芮晨認真的瞇起眼。

「說的也是……」小林不自覺的往廣場上望去，有好幾個人在他看過去時別過了頭。

就是這樣，他覺得有許多目光都投在他們身上，像是觀察、又像是監視，盯著他們不放；照理說有表姊的護身符應該不會輕易被看出來，除非……小林瞥向季芮晨，這裡有能確定她的負闇之力的人？

「走了！」季芮晨笑著，三步併作兩步的走進通往鐘樓的小窄門。

聖母院的鐘樓是一圈又一圈的樓梯，向上仰望無限綿長，由於是古老的建築，所以空間狹窄、梯面也很小，每一步都得踏得留意；前頭的旅客足音噠噠，聊天跟嬉鬧聲在裡頭迴盪著，燈光昏暗，並不適合拍照。

由於擔心小林的身體，所以他們殿後，這樣就不會因為後面的人還要往上爬而擋到人。

「好累喔！沒有可以休息的地方嗎？」上頭的旅客們開始氣喘吁吁。

「我不行了，我要休息一下……請先走！」步伐聲越來越少，大家爬了一段都原地靠牆休息。

基本上身為領隊的季芮晨或是小林，他們都有一定的體力，即使小林因傷休養，但體力依然優於這些散客，他們也不趕時間，慢慢的往上走，一邊回味著鐘樓怪人的故事。

只是，過多的細瑣聲音讓季芮晨無法專心，她蹙著眉往斑駁的牆上看去，這個窄小的樓梯間裡，鬼比人還要多出好幾倍，不，好幾十倍。

『她搶了我工作……為什麼？就因為她長得比較漂亮？』

『他在背後說我是失敗者，表面還跟我稱兄道弟，真是虛偽極了！』

『有錢了不起嗎？他竟然還請大家到巴黎玩、每天炫耀他的錢？』

碎唸聲不絕於耳，各式語言嗡嗡的重複著，跟平常會聽見的恨意不同，這些鬼抱怨的是微不足道之事；可別告訴她，有人就因為這樣的事自殺？或是含怨而死，然後靈體就在這附近飄蕩！

這裡不是聖母院嗎？下頭有聖母瑪利亞在，怎可令他們如此猖狂？

「小晨，這裡很不乾淨。」小林也感受到了，明明沒有靈力的他，因為跟她在一起久了，磁場相互影響，也變得容易感應了。

他沒有這麼敏感，聽不見這些聲音，不過卻可以感受到不適。

「嗯，感覺不像厲鬼，但也不祥。」季芮晨有些不安的往上瞧，螺旋式的樓梯由下往上看，就像是個同心圓一般，令人眼花的圈圈相疊。

而在靠近頂端的位置，她根本只瞧見一堆青綠色的霧。

好像沒有遇過這種類型的鬼？死亡之島那種恨意滿身、怨氣十足的厲鬼很容易分辨，就是只有殺殺殺，不必現身就令人全身發毛；可是現在這種只像是有時路邊的地縛靈碎碎唸，但又……

季芮晨有種說不出的感覺，明明感受不到殺氣，但她依然全身發冷，而且心跳得非常快。

終於爬上了頂端，一陣強風即刻刮來，頂樓上的風驚人的強，但是視野也豁然開朗！

「哇……」驚呼聲此起彼落，因為站在樓頂，可以俯瞰整個巴黎市區，塞納河、甚至是遠處的巴黎鐵塔，所有景物盡收眼底。

所有人都拿出相機開始拍照，樓頂的走道並不寬，僅能容一人通過，後頭就緊鄰著聖母院的建築主體，而所謂的女兒牆是石砌矮牆，最經典的是鑲在牆垣、角落中一個又一個奇特的石像鬼。

這些石像鬼各異其趣，都有著妖獸的模樣，俯瞰著巴黎，其實這些全是排水孔的末端，是為滴水嘴怪，主要是將屋簷排水系統匯集的水，自這些怪獸的嘴裡排到地面上去。

只是工匠巧思，將這些滴水處雕成了各式各樣的怪獸，似妖魔似鬼獸，也有避邪用途的說法。

女兒牆矮及腰，不知道是否因擔心遊客危險，全面圍上了鐵絲網，對於拍照而言非常影響鏡頭，都得把相機從鐵網方格中伸出去才能拍到巴黎市景。

很難想像要是人多時，大家哪有時間慢慢拍照，走道擠成這樣，停下來拍照到處都是人吶！

「雖然不是青山綠水的美景，但還是很棒！」小林由衷的讚嘆著，「我們改天也坐船遊塞納河吧！」

下方的河道上剛好有船經過，夜遊塞納河一直是旅行必玩行程之一！「好哇，現在是冬天。天黑得快，夜遊塞納河一定更有情調！」

「來，我幫妳拍！」小林要她站好，好幫她跟後方景色合照一張。

「不必不必！」季芮晨連忙伸手，「後面是鐵絲網，拍起來很醜！」

「那我拍妳跟石鷹就好！」小林笑著，移動腳步到側邊，幫她跟排水口的一隻詭異石鷹拍張特寫。

季芮晨一時尷尬的不知道該擺什麼姿勢才好，這可是第一次……跟小林單獨出來玩，只有他們兩人的拍照，不是公事，而是、像約會一樣的場景耶！

這也是她打從娘胎以來，第一次約會，一個她喜歡的男生拿著相機幫她拍照，眼裡鏡頭裡都只有她……季芮晨笑得甜孜孜的，不知道為什麼覺得很不好意思。

小林還在調整最佳角度，的確鐵絲網入鏡一點都不美，將鏡頭轉到最好的位置，小晨、石鷹與天空，再帶一角不遠處的沉思怪獸的排水孔，這樣的角度就完美了……

尤其當那隻石鷹轉過來時，還能完全捕捉到正面，配合度真是高得驚人！

手擱在快門上的小林僵住了，他根本按不下去，他瞪圓眼望著螢幕裡的畫面，那原本也似俯瞰巴黎的石鷹真的轉過來了！發紅的眼神斜睨著他，慵懶般的動了一下石雕的羽翅，鳥喙也正開闔。

季芮晨也聽見了！詭異的摩擦聲自耳邊傳來，她看著小林不自然的神情，緩緩縮起身子，不再靠在石牆邊，因為聲音如此貼近右耳……甚至還有些許的風。

小林猶豫著該拍照還是該放下相機，他不確定對方知不知道他看見了。食指微微往前移動，他想起在快門邊，還有個快速錄影的按鈕，或許這樣比較不那麼明顯？

從鏡頭望出去，這影框裡所有的雕像，都浮現著或綠或紅的眼睛，每一尊都動了起來，那似鷹的怪物還露出猙獰笑意，回首望著站在石牆邊拍照的人們。

『好好吃啊……看起來每個都很美味！』

『好久沒感到這麼舒暢了！』石像鬼抖擻著精神，『力量源源不絕的進來。』

電光石火間，季芮晨倏地回首看向那尊石鷹，快到小林連制止都來不及！

她轉過去時剛好跟石鷹四目相交，那石鷹用一種微慍的眼神瞪著她，其他人像是看不見這股異象似的，小林緩緩的把相機放下，環顧四周，每尊雕像都呈戒備狀態的望著他們。而每一尊都讓人打從心底感到不祥！

『原來是妳……』石像鬼放聲笑了起來，『我說誰能讓我們伸個懶腰，還準備了這麼多的食糧呢！』

「我？」季芮晨詫異的開口，又不想太明目張膽，因為其他人根本沒有發現。

沒有再多說什麼，只是石鷹倏地展翅，拔地而起，季芮晨嚇得即刻踉蹌退回小林身邊，附近幾個遊客都覺得他們怪異，冷淡的瞥了一眼，便繼續專注在拍照上。

那石鷹在空中盤旋了兩圈後，咻的飛進了一旁的木製建築裡，沒有任何碰撞聲，像是從窗子進去一般。

「那是什麼？」季芮晨不可思議的看著消失的石鷹，還有正在扭著頸子的其他鬼雕像。

「有什麼東西存在這裡嗎？」

「我想據表姊的說法，整個巴黎早就蓋滿了魍魎鬼魅吧？剛剛走上來時妳應該也有感覺吧？」

陰森之氣開始從每尊雕像身上冒出，它們還不能自由，只是伸長了手想抓攫；走道很小，他們根本退無可退，小林回身往入口看去，可惜路線規劃得很嚴謹，每條路都是單向，他們必須往前走才能夠抵達另一邊，硬要闖是折返不了的。

「走！」小林推著季芮晨往前，閃躲掉長手的攫取，只是看在旁人眼裡，他們邊走邊閃的模樣相當荒誕。

一路喊著借過，他們從觀光客背後往前擠，先行通過，沒幾步來到石鷹飛進去的建築物裡，這木造房的門口非常的小，如同窗子一般，門口的管理人員要他們彎下身子，往裡頭去。

往裡去？季芮晨遲疑著，剛剛石鷹不是進去了？現在進這裡好嗎？她拉著小林的手，決定婉拒參觀這個項目。

「我們要直接……」

『妳憑什麼搶走我的工作！』

咦？季芮晨顫了一下身子，倏地往右手邊的建築裡看，好可怕的尖叫聲，滿是怒火與不滿，就在這裡面？

「小晨？」小林狐疑的扯扯她的手。

「進去一下好了，裡面有狀況。」她深吸了一口氣，壓低身子鑽進那矮門。

基本上，他覺得有異就不該進去……小林無奈的跟著鑽入，裡頭光線相當昏暗，木造樓梯就在眼前，有幾個遊客在裡面拍照，順著樓梯往上看，便能瞧見開啟的氣窗。

石鷹是從那裡飛進來的嗎？小林思忖著，謹慎的望著附近，卻沒有瞧見任何石鷹的蹤影。

「到底怎麼了？」小林低聲問著，他認為此地不宜久留。

「有人在吶喊，從上樓梯時我就聽見了，剛剛又在這裡面聽到……」她仰首，邁步往樓梯上走去。「很奇怪的怨氣，而且聲音聽起來比較像人……」

那不像鬼的聲音，地縛靈或鬼會有一種空洞的聲音，喜歡重複如同跳針般，而且語言中可以感受得到非人的氣息，但是這個對別人有意見的聲音，就像只是一個人在耳邊碎碎唸而已。

明明是像人在說話，可是卻能傳這麼遠，而且只有她聽得見……拾級而上，原來這兒就是所謂鐘樓，一口大鐘固定在一旁，看來已經沒有在使用。

「Dorsa！幫我們拍一下！」一對情人站在大鐘邊，對著旁邊一個牛仔褲裝的女人說，並把相機遞過去。

Dorsa 低垂著頭，動作有些遲緩，季芮晨停下腳步，怎麼這樣看那女人像是……她閉起一隻眼，誰叫那女人看起來是層層疊疊影組成的？

像是六、七個女人疊在一起，有些模糊又有些錯位，卻都是同一個人的身影，怎麼會有這種模樣的人？

「好……」Dorsa 說話有氣無力，低沉得很。

「Dorsa？妳幹嘛？怎麼今天都怪怪的？」金色捲髮的女人皺著眉走近，「身體不舒服嗎？」

『我不舒服？不舒服還不是因為妳！』其中一個身影忽然咆哮了，只有一個。

『搶走我升遷的機會，還有臉裝作我好朋友！』第二個身影咬牙切齒，雙拳還緊握。

『而且當初明明知道我喜歡 Jason，卻故意接近他，跟他在一起！』第三個影子伸手，指著金髮美女叫罵著。『還要我祝福你們！』

真是神奇的畫面！季芮晨暗暗讚嘆，那個女人身上疊了六、七個自己的身影，然後每個影子像是獨立的靈魂一般，會吶喊、會說話，還有著不同的情緒！

她有七個靈魂？共居在同一個人身上？還是靈魂分裂成七個？哇喔，她想到某本知名奇幻小說，只是對方是把切割的靈魂分開寄放在各個不同的地方，為了防止自己掛掉，但這個女人的「分身」卻是黏在自己身上哩！

「小晨，妳有看見……嗎？」小林一字字緩緩的說，「應該不是我亂視吧？」

「咦？你也看到了？」季芮晨很是驚訝，「我第一次看到這種狀況。」

餘音未落，第四個影子倏地轉過來瞪向他們。『你們吵什麼！閉嘴！你們根本不懂她的心情有多恨多難過，還要假裝很快樂！』

咦咦咦？季芮晨瞠目結舌，那個靈體說「她」，表示這幾個並不是牛仔褲女人的靈魂啊！會有這種事嗎？難道是外來的……這瞬間有個要不得的想法流過了季芮晨的腦子。

陰陽兩界的破壞，甚至有邪靈附體……

『她真的太過分了，還要妳裝成好朋友，妳還在想什麼？』第五個開始在女人耳邊低喃，『要是我就會恨不得殺掉她。』

『殺掉她殺掉她……』第六個人揚起笑容，開始鼓吹。『為什麼要忍氣吞聲？她就能過得這麼自在，別人就得忍？』

『是啊，妳連反擊都不會，妳還是人嗎？』第七個扶起了她的右手，『不爽就殺掉她，讓她從世界上消失，那麼工作跟男人，就通通都是妳的了！』

七個晃動的身影們，用著與女人同樣的臉及聲音在她耳邊說著，儘管季芮晨首先想到多重人格，但是依照現在世勢的變化，她很難不想到另外一層，例如：附身？

「那是被什麼纏身嗎？一二三四五六……七？也太多了吧？」連小林都倒抽一口氣，「她們在說什麼，妳聽得見嗎？」

「你聽不見？」季芮晨愣了一下，小林搖了搖頭。

所以，只有她聽得見靈體一人一句的在鼓吹，像是催眠一般讓陰沉的女人倏地握緊右手的相機繩，卻鬆開左手讓相機往下垂吊，再抬起頭來。

「閉嘴——」她忽然歇斯底里的大吼出聲，「全部都給我閉嘴！」

「Dorsa？」金髮女孩詫異的望著她，眼神充滿不解。

Dorsa下一秒高舉右手，甩著繩子，相機直接朝金髮女孩的頭顱敲了下去！

咚！

# 第四章

血珠頓時四濺，相機的鏡頭玻璃甚至因為重擊而飛了出來，金髮女人咚的跪地，右額上方凹了下去。

「啊！」一旁的男人驚恐大吼，被濺了一臉鮮紅血珠，驚愕僵住。

血從額頭上的裂口流下，金髮女人連尖叫都來不及，鐘樓裡所有遊客們都衝過來看，大家只看到倒下的女人、呆站在一旁卻滿臉鮮血的男人，還有垂掛著、正在滴血的相機。

「對！為什麼我要忍？妳消失吧，消失在我眼前！」Dorsa 激動的將相機繩纏繞上手心兩圈藉以縮短繩子，然後使勁的繼續往已經倒下的金髮女孩頭上狠狠揮去。

一下又一下，女人倒下去時，碎裂的頭骨彷彿飛出，而駭人的骨頭撞擊聲響也迴盪在這窄小的空間裡。

但是 Dorsa 沒有停手，她瘋也似的不停敲擊，看著那美麗的臉變形，看著金髮女孩自以為傲的頭骨全部凹裂，看著乳白色的腦漿飛濺，沾上了她的相機還是不肯罷手，因為那張臉還在，那完美的顴骨怎麼說也應該要敲平才對啊！

「哇呀——」尖叫聲終於傳開，人群紛紛朝外衝去。

而在季芮晨耳裡，她聽見的是在尖叫聲外……一種更加刺耳的狂笑聲，Dorsa 身上那七個疊影象徵她此刻的心情，正歡愉的仰天長笑，笑到全身都在顫動，欣喜若狂。

血染紅了她的臉，她卻笑得喜不自勝，地板上那個死透的金髮女人，頭顱已經縮小了一半，從這裡看去，她只看到一個碗狀的頭在那兒。

「報警！先報警好了！」下方有個人在喊著，拿出手機。

「說得真對，為什麼要忍？」莫名其妙的，他身邊的男性冒出這麼一句。「他媽的我活在這世界上，為什麼要忍受別人！」

咦？小林緊張的回身奔去，卻看見拿著手機的男人驚愕的望著朋友，然後被狠狠的推下樓——他的身體撞上了架住鐘的橫樑木，轉眼壓斷，大鐘喀的失去支架，砰磅的傾斜。

鐺——沉穩窒悶的鐘聲響了起來。

『嘎呀呀——』緊接著，展翅飛翔的石鷹倏地現身，優雅的停在鐘的上方。

季芮晨呆站在原地，看著 Dorsa 將那金髮頭顱敲到僅剩殘骸，看著那坐在地上已經嚇得失神的男人，這時，Dorsa 身上的疊影開始消失，往男人身上溜過去；在觸及男人身體的一瞬間，原本 Dorsa 的分身疊影們眨眼間化身成男人的模樣。

『她瘋了！她殺了你最愛的女人！』

『你們不是要結婚了嗎？這個女人竟然殺死她了！』

『幫未婚妻報仇啊！你還是不是男人？』

『你現在不動手，等她把那頭顱都敲成爛泥後，她就會回來殺你了！』

『你這是自保、自保自保……』

季芮晨退後了一步，再一步，不對……這狀況太詭異了！

「哇啊啊啊！」男人倏地跳起，發狂的眼神一把撲倒Dorsa，抓住她的頭髮，不顧一切的扣著她的頭往鐘上撞。「去死去死去死！妳休想殺我！」

換Dorsa連叫都來不及，整顆頭往鐘上撞下去，眨眼間血花四濺。

噹——噹噹噹——急促的鐘聲響起，Dorsa的前額越來越扁，停在上方的石鷹報以得意的笑容，季芮晨朝上看去，氣窗邊攀爬來一個又一個石像鬼的身影，他們都已經活動自如了，正以陶醉的眼神，望著其下血跡斑斑的一切。

「小晨！走！」小林回身一把拉過她的手，「這裡的人都瘋了！」

她還沒回神就被抓著往外跑，鐘樓裡剛剛奔出去的人根本都沒離開，他們在裡頭扭打嘶吼，一聲又一聲的抱怨與恨意都傳進她的耳裡，她看著滿屋的疊影，這些人都被控制了！

鑽出鐘樓矮門時，外面傳來尖叫聲，鐵絲網竟被扯開，有個男人抓起自己手上的孩子，高舉過頭，七、八歲大孩子嚇得掙扎哭喊，

「這不是我的孩子對不對！妳那時明明跟亞蒙在一起的！」

「你在胡說什麼，快把孩子放下來！」妻子在一旁扯著他的手。

「我不要私生子！」男人一聲叱吼，「不要的東西就得丟掉！」

男人說著，竟把孩子拋了出去。

事！」

「不——」季芮晨驚恐的大喊，孩子的慘叫聲幾乎劃破天際！

『哈哈哈！丟得好丟得好！』石像鬼們手舞足蹈，『開飯了開飯了！』

他們飛快的順著聖牆往下爬，『我要吃腦漿，這次換我吃了！換我……』

「小晨，不能停留！」小林再度拉過她，「這些人都被控制了，再待下去連我們都會出事！」

「我們……」季芮晨趕緊回首看著小林，全身不住的顫抖，還是逼自己深呼吸。「不會的，有我在，不會有事的！」

她這麼說，每個字卻都在抖，她從來沒有想過，在聖母院竟有這麼大量的怨鬼可附身？但是他們沒有要復仇或是不滿的對象，反而更像是……巴不得天下大亂似的？

小林拉著她離開鐘樓，往旁邊的出口走去，他們再度走向一層又一層螺旋般的樓梯，從上方往下看，可以看見頸子趺斷的警衛之一。

「天哪……」季芮晨往樓下望去，「我什麼都看不見，這裡感覺很可怕啊！」

「總比待在這裡好！等他們殺紅了眼，不會放過別人的！」小林緊緊握著她的手，「我們有護身符，妳請Martarita他們出來保護妳，不會有事的。」

是，她有亡靈們保護！他們必須這樣相信，然後儘快離開鐘塔！

他們雙雙往樓梯下奔去，跳過了趺斷頸子的警衛屍體後，才知道樓梯間屍體處處，斑駁的牆上滿是鮮血，咆哮怒吼聲越來越近，下面有人還在大開殺戒；在季芮晨聽來，她感受到的是這些人心中多有不滿，而惡鬼們將那份不滿無限上綱，催眠他們任意殺人。

「誰！是誰！」繞過一個彎時，有個渾身是血的男人倏地伸開雙臂，擋住他們的去向。

若不是小林眼明手快，及時撐著牆面煞車，就怕已經被他手上握著的尖銳鐵杆刺穿了。

「沒事……借過一下好嗎？」季芮晨趕緊開口，對方是觀光客，說的是德語。

「觀光……」男人的眼神極度不正常，打量著季芮晨跟小林。「騙人！你們為什麼要這樣看我！你們也瞧不起我對不對！」

瞧不起什麼？根本沒人聽得懂，但是對方那染滿血的鐵杆二話不說就刺了過來！

「哇啊！」小林往旁閃去，一個踩空直接往樓梯下摔去，而男人歇斯底里的就朝季芮晨這兒衝過來！

鏗鏘軍刀聲響，波蘭軍官亡靈倏地現身，在男人刺及季芮晨之前，被莫名的力量給往後彈去，硬是踉蹌滑了兩階。

『別搞錯對象了。』Kacper 英姿颯颯的現身，軍刀橫在面前。『沒有她，你還能如此猖狂？』

咦？季芮晨驚愕的望向 Kacper，他說這話什麼意思？

「啊啊，原來……」男人抹抹臉上的血，「我沒看清楚，真是抱歉啊！」他回身往下看，「剛剛那男人呢？」

語畢，男人旋身往樓下走去。

剛剛的誰？這傢伙在指小林嗎？「Kacper！你在幹什麼，不能讓他傷害小林，幫我保護他！」

Kacper緩緩轉了過來，表情平靜。『小晨，我們只保護妳，小林與我們無關。』

「欸！」季芮晨咬著唇，氣急敗壞的往下追！

樓下還在咚咚咚，小林滾了好幾階才因為撞到東西止住滾雪球般的跌勢，他全身都痛得生疼，撐起身子，沒有錯過剛剛上頭小晨的驚叫聲！伸手撐著梯面，卻感到有點詭異，才發現自己撐著梯面的手指像插在一堆什麼液體裡……

小林回首往下方瞧去，發現有個蜷縮的女孩狼狽的亙在階梯上，小林戰戰兢兢的前傾身子，看見自己的手指就插在她臉上……那深黑血紅的窟窿——她的眼睛被挖出來了！

喝！小林立刻想到剛剛那男人鐵杆上的不明組織，天哪，他捅瞎這女孩的眼睛嗎？天！小林立刻抽回手指，血管與莫名液體沾黏在手指上，讓他一陣反胃，女孩連後腦勺都有兩個洞，普通男人哪有這種力量，能一口氣從眼窩刺穿頭骨？

那個傢伙不僅失了理智，恐怕身上有什麼東西附體！小林緊握雙拳飛快的往上衝，卻在一個轉彎處遇上亦衝下來的男人！

伴隨著咆哮大吼，男人擎著手上的鐵杆就往他眼睛刺來，毫不猶豫！

速度跟反應快到根本不像平常人——小林借力使力的擋下滿是鮮血的杆子，順勢把男人往樓下一推，手使勁推上他的背部時，有某個疊影倏地從男子背上彈了出來。

『嗚呃！』影子狀似痛苦的自男人身上分離，那是一張極其醜陋噁心的臉，跟樓上的雕像竟有幾分神似……不，更加詭異，根本不像是人！『你這傢伙身上有什麼！居然敢把我逼出來！』

不是人！直覺閃過小林腦海，即刻壓上胸膛，表姊有給他很多護身符的！

「瞧不起我瞧不起我……」被附身的男人止住跌勢卻更加抓狂，回身扭曲的大叫，殺氣騰騰。

「住手！」伴隨著腳步聲，季芮晨衝了下來。「不許你動他！」

也不知道是季芮晨的話有效果，還是她身邊的亡靈動了什麼手腳，只見那男人殺氣稍歇，剛彈出的惡鬼又附回，身子微轉了幾度，開始往上走去。

「對，沒錯……我最討厭瞧不起我的人了，沒工作又不是我願意的……」他逐步拾級而上，卻沒有進行攻擊，一直到掠過季芮晨身邊為止。

「這是……」小林不可思議，仰首望著季芮晨。

「我也不知道，我只是不希望他傷害你……」

小林搖了搖頭，現在不是釐清這些事情的時候，他奔上前再度拉過她。「我們先離開再說，在警察來之前，一定要離開這裡。」

「警察？為什麼？啊對，做筆錄好麻煩的！」她心神不寧，心緒也不定。

「筆錄是最小的事。」小林極其無奈，小晨還沒有會被當成全世界公敵的體認嗎？

表姊千方百計的把他們藏著，就是不希望他們曝光，一旦在這裡受到矚目，就容易變成焦點，聖母院鐘樓一片血腥，所謂的生還者是怎麼回事？除了筆錄外，他最怕的是有人去挖出季芮晨的過去。

表姊要他們好好玩，在這種四處有惡鬼附體的情況下，是要怎麼度假啦！

「哇呀——啊啊——」樓上不時傳來慘叫聲，總會讓季芮晨不自覺的停下腳步，而小林就是負責逼她繼續走的那個。

一邊走，他不忘拿出濕紙巾擦去滿是鮮血的手，把身上臉上帶血的地方全給抹去，回身察看季芮晨，她也不能留有任何血痕。

快走到樓下時，可以聽見外面的喧鬧聲，小林謹慎的先行往外探去，警衛果然不在，大家幾乎都聚集到聖母院前的廣場，圍觀那從上頭落下的屍體；他們兩人佯裝無事的走出，原本想順勢繞進右手邊的巷子，但是卻有人往這兒走來，一旦走出去就會被發現是從聖母院旁走下的。

「那邊。」季芮晨看見旁邊有個小縫，換她帶著小林鑽進柱子的空隙，從人群後方經過，順道走進唯一的入口。

這才發現，他們進入了聖母院。

有別於外頭的喧譁，聖母院裡依然莊嚴肅穆，眾多雕刻的神像環繞著，彩繪玻璃藉著光透出五彩繽紛的聖經故事，耶穌、瑪利亞，如此神聖的象徵在此，其上卻是惡鬼當道。

「那是鬼嗎……」季芮晨忍不住停下腳步，「那跟我遇過的鬼都不一樣，他們的執念來自於那個人本身，像是在說他的心裡話！還有分成好幾個一樣的人……」

「記得 Diego 跟表姊都說過邪靈當道的事嗎？」小林緊皺著眉，「我覺得那很像是惡靈之類的東西，控制人的心智、蠱惑人心。」

「蠱惑……是很像！他們彷彿抓到了那個人心裡的不滿，然後在旁加以催眠放大，或是鼓勵他……」不管是叫 Dorsa 的，或是剛剛那個認定他人瞧不起他的男人。「天哪，我以前沒看過除了鬼之外的東西，多半都是靈體、亡魂……」

「我也沒見過，不過表姊他們都看過，他們說多數妖、魔之輩，都很渴望到人界來，所以總是有偷偷溜來的，或是有人愚蠢召喚，最後都演變得一發不可收拾。」這些事情多半在社會新聞都找得到，只是唯有專家才看得到事情背後的真相。

「那是人有辦法解決的嗎？」季芮晨有些恐懼，光是厲鬼每次都讓他們遍體鱗傷了。

小林凝重的搖了搖頭，「當然很難，只是人死後有念變成厲鬼都能傷害人了，更何況其他族類？只有很高強的人才有辦法解決。」

「像你表姊？」令葑蓮，那個的確只要站著就有極大存在感的女人。

「嗯……還有我堂弟。」小林笑了起來，「他高中的時候就自己除掉一個超惡質的妖怪喔！」

「哇塞！」季芮晨由衷佩服，「可是他人在台灣嗎？」她的意思是，遠水救不了近火。

「嗯，應該吧！但他最近很常出門，我想他們早就注意到世界的變化了。」他露出一抹苦笑，「像我這種家族的怪胎，什麼都感受不到。」

「別這樣說，你很好。」她泛出笑容，如果他感受得到，或許小林就不會跟她在一起了。

小林呼了口氣，其實那是他自己放不開，有嬸嬸那種絕緣體在，他根本不必介意什麼，但是嬸嬸沒有血緣相承，本來就沒有靈力……可是他不一樣，爸媽都有，他一直覺得自己也應該要有些力量，而不是個普通人。

可是，現在覺得當普通人也沒什麼不好，這樣就不會感應到小晨身上的亡靈，不會產生抗拒，而且能選擇自己要走的路；為了小晨，他願意努力的學習，不管是咒語或是經文，只要對她有幫助，他都願意。

就算沒有靈力，這世界也一定有只有他能做的事情。

「我們等一下就假裝是觀光客離開吧！」小林打量了一下周遭，裡面還是有不知道或不理外面喧鬧的人們。

季芮晨頷了首，不經意往一旁望去，卻注意到幾個神父正凝視著她。

她回以僵硬的微笑後別過頭，低首以髮覆面，一點都不希望被記住；小林也留意到了注目，他大方的頷首，上前緊握住她的手。

「放輕鬆就好。」他低語，經過聖母像時停了下來。「等等，我想祈願。」

季芮晨抬首，看著慈愛的聖母瑪利亞，有點難受。「我想我還是不要對誰許願會比較好。」

負闇之力會讓她傾向的人事物，變得更加糟糕。

小林點亮小小的蠟燭，虔誠的跪上軟墊，對著聖母像祈禱著，季芮晨則站在外圍等待，每個國度的宗教都不同，信仰隨著人各異，既身在巴黎，那這裡的神與鬼都是西方之屬吧？所以小林想要祈禱，為他們？還是為更多人？

咻……一陣無名風刮來，凍得讓季芮晨打了個寒顫，她狐疑的往手邊看去，那一整盤燃燒的蠟燭在轉瞬間熄滅了火苗。

小林倏地睜眼，雞皮疙瘩已經排排站立了。

她直覺不對勁的仰首，看著那慈憐的聖母瑪利亞曾幾何時有了雙目，她吃力的轉過頭來，凝視著她，然後悲傷的眨了眼。

鮮紅色的眼淚滑下她白淨的臉，僵硬如木偶的手緩緩指了過來，朝她伸出手。

季芮晨瞪圓了雙眼，她不懂……聖母是什麼意思？為什麼要用這樣悲傷的神情看著她？為什麼要朝她伸出手？是希望她搭上嗎？這是救贖？還是……

「呀——」後頭的人留意到瑪利亞雕像的異狀，驚恐的發出尖叫。「瑪利亞流淚了！神蹟！出現神蹟了！」

人們大喊著，神父回應並疾步走來。

季芮晨腦袋一片空白，她狐疑蹙眉，與聖母瑪利亞四目相交，總覺得她應該搭上……應該搭上這隻救贖的手……

「走！」溫暖的大掌瞬間包覆了她伸出的手，二話不說就往旁邊鑽走，進入圍觀的人群之中。

咦？季芮晨錯愕的跟著小跑步，丈二金剛摸不著頭腦，她剛剛是怎麼了？為什麼有點閃神？

「請留步！請等等！」身後傳來呼喚聲，季芮晨回首看去，是一臉焦急的神父。

「不要停！」小林頭也不回的越走越快，「小晨，一出去就準備跑了！」

「……好。」她還沒辦法思考，但是聽小林的就沒錯！

不顧後面的叫喚，他們離開了聖母院，圍觀的人群越來越多，昏暗的天空中盤旋著巴黎街頭原本就無以計數的鴿子們，他們兩人從側邊繞離，聽著人們在討論，掉下來的不止一個人。

而且她再次觀望，看見許多疊影也處在人群當中。

「異端！」冷不防的，聖母院外傳來緊張的大吼。

咦？季芮晨拽住了小林，剛剛誰喊了什麼？已經在轉角的他們雙雙回首，看著好幾個神父們焦急的指著他們的方向大喊著。

「異端！快點，有異端——」他們的聲音在廣場前迴盪，「毀滅世界的惡魔，在那裡啊！」

在哪裡？季芮晨瞠目結舌，神父的面前，就有好幾個被惡鬼控制的人們啊！為什麼近在眼前的不以為意，卻要針對她啊！

警察奔上前，順著神父指的方向尋找，人群也開始躁動，季芮晨慌張的推著小林，要他快走、快走，再不走他們說不定真的會被抓住！

「異端？是之前有人預言的嗎？」

「誰？在哪裡！真的是因為有人害情況變得這麼慘嗎？」

「在哪裡！在哪裡！」一堆人紛紛順著這方向尋找過來，「惡魔！惡魔！」

「長什麼樣子！神父！」

一人一語的高聲喊著，突然有個人往反方向一指，高聲齊呼。「我知道！我看見他們往那邊去了！」

「不不，等等！」神父伸長頸子看過來，人潮眾多，季芮晨趕緊低下頭，不讓自己輕易被發現。

「走！這邊！」那個高喊著的人立即邁開步伐跑離，他身上卻有著惡靈的身影，將人群引至反方向奔離，離去前，惡靈回頭，對著她笑了起來。

惡靈，在保護他們？刻意引開群眾，要讓他們離開？

小林聽不懂法文但也察覺得出不對勁，一樣低首牽著季芮晨離開，他們已在轉角，輕易的利用街樹就能擋去身影，隱沒在人潮之中。

唯有神父緊張不已，他憂心如焚的眺望著，剛剛那女孩不尋常啊！

「神父。」身後傳來聲響，神父回首，是警察。

「怎麼了？孩子？」他蹙著眉，「我剛剛看到的異端，是往那邊走了……一定要找到他們，他們身上有著不祥，瑪利亞已經顯現神蹟了！」

「我有罪。」警察低垂著頭，根本沒有回應神父。

「什麼罪？」

喀噠，撞針聲響，警察堆滿笑容，擎起槍指著神父。「我殺了神父。」

砰！

剎剎剎剎剎——眾人驚愕的回首，只看見聖母院的方向，有著成群的鴿子飛起，那兒傳來駭人的槍聲，又讓人們不安的交頭接耳，並且朝著聲音的方向而去。

只有小林他們，加快腳步的往地鐵的方向走，離開這裡，他們現在必須離開這兒越遠越好！

「剛剛神父說了什麼？」聽不懂法文的小林，至此才問了。

「那個神父要警察抓我們，說我們是……異端。」

不，不是我們……季芮晨臉色刷白，是「我」。

噹……噹噹……鐘樓的鐘聲再度響起，頭一次聽見聖母院的鐘聲，竟是這樣淒涼愴然。

# 第五章

蕭瑟的樹葉落在香榭大道上，冬日褐色的枯枝看起來雖然淒涼，但數大便是美，當一整條香榭大道上都是這樣的樹景時，反而添了一種獨特美感。

他們進入地鐵後，隨便搭上一班車，只想著快點離開聖母院的範圍，車子啟動時，還能見到從樓梯奔下來的警察們，彷彿抓賊般的陣仗。

小林只是緊緊扣著她的手，低聲說著沒關係沒關係，不知道是說給自己聽的，還是安慰她的。

接著他們在某個大站被擠出來，就在香榭大道上，這兒本是名品街，觀光正盛時整條街車水馬龍，但現在可能只有往年的一半甚至更少，但經過 LV 店外時，依然還是有排隊的人潮。

先找了間露天咖啡廳坐下，咖啡廳有座位設在寬大的人行道上，不但有帆布屋簷可以遮風避雨，而且設計得小巧精緻；雖然位子與位子間看起來擁擠，但因為人不多，所以坐起來還算寬敞。

服務生笑容可掬的遞上菜單，季芮晨以流利的法文回應著，盡可能裝作若無其事，然後迅速點了熱茶，再跟著服務生進餐廳的冰櫃挑選蛋糕甜點小林趁她離開時，拿出表姊先前私下交給他的手機，用 LINE 簡短的說明了剛剛在聖母院發生的一切。

令葑蓮回覆得相當迅速，要他們萬事小心，不要過於突兀，並且最末特意交代了——

『祐玭，盡量不要去協和廣場。』

協和廣場？小林下意識往左方看去，從香榭大道筆直走下去，就會抵達協和廣場，照理說是巴黎必看景點之一。

不過他沒問為什麼，因為他記得表姊帶他們到巴黎那天便有提及協和廣場出事的消息。

小林將手機收起，不經意發現服務生們竟站在外頭交頭接耳，不停的往他這兒看來。

曝光了嗎？難道他們身上還有血跡沒有擦掉？

走！應該要立刻走，但是這樣離開又未免過度突兀，表姊剛剛才交代過……正思考時，服務生走近送上茶點跟水果塔，季芮晨也已經步回。

她看著堆成山的草莓塔，跟服務生道謝。「謝謝你！」

「嗯，不會！」服務生堆起僵硬的笑容，「請享用。」

他這麼說著，卻用不安的眼神瞥了他們一眼，回頭向外走時還在低語。「一樣的茶點，一樣的位子……」

嗯？季芮晨聽見了，她回頭看向服務生，人卻已步出小棚。

「一樣的茶點一樣的位子？」她喃喃說著，「那個服務生在說什麼？」

「他說了什麼嗎？不過那兩個從剛剛就一直打量我們。」小林望著桌上兩壺熱奶茶跟草莓水果塔，看起來相當美味。「一樣的位子發生過——」

餘音未落，一隻血淋淋的手忽然越過桌面，摸索著雪白的瓷壺。

小林正盯著桌面瞧，看著那隻手從對面伸來，半透明的晃悠，從手形跟指甲油看來，應該是個女孩，但那並不是小晨的手，因為對方裸著手臂，並沒有任何衣袖遮掩；他悄悄的抬睫，看著那女孩的手認真的捧起一杯幻影茶杯，然後他瞧見了胸膛上一片的血紅。

杯子朝上，卻沒有聽見喝茶的聲音……他不是在期待什麼，只是覺得如果是有靈體遊蕩，應該多少會繼續動作才是。

女孩的另一隻手執小叉子往草莓塔來，狀似要叉一塊，小林終於抬起頭，打算搞清楚那亡靈究竟想幹嘛？

只是才抬頭，他沒見到季芮晨，見到的是一個血跡斑斑的女孩……一個沒有頭的女孩子！

頸部的斷口平整得驚人，一點撕裂傷也無，就像被利刃一刀切過的模樣，血如湧泉般不停的噴湧而出，他終於知道，為什麼她沒有喝茶的聲音了，因為她根本沒有嘴喝茶啊！

咚咚咚……腳邊忽然傳來連續不斷的聲響，小林下意識低首往右手邊望去，在不遠處的桌腳下，竟有個球狀物正在滾動，滾過窄小空間裡的桌腳與椅腳，一路來到他的腳邊，因為碰撞上才不得不停下。

小林難以動彈，他低首看著腳邊，只看見一團毛茸茸的球狀體……腦子裡想過無數種答案，怎麼想都只有一種東西！

那是一顆覆滿亂髮的頭顱，頭正在搖晃、自體緩慢的滾動，直到他看見彷彿眼睛的部位自亂髮中出現，然後是鼻尖，接著是嘴，全隱藏在滿臉棕髮之下，隱隱約約！

但是，這還是一顆頭啊！

『你……你有看見……我的身……體……嗎……』嗚咽的、痛苦且沙啞的聲音從那顆頭傳來，帶著悲淒語調。『你有沒有看見我的身體啊啊啊……』

小林闔上雙眼，決定當她不存在，但是那顆頭卻開始再度滾動，使勁的朝他的腳跟撞來。

『我、說，你、有、看、見、我、的、身、體、嗎——』

小林驚慌的意欲站起，誰知那頭顱的嘴竟然張大，似乎打算狠狠咬下什麼！這太誇張了！

鏗——刹——一把軍刀倏地刺穿那女孩的頭顱，即使是死靈，小林還是看見戳穿頭骨的濺血，還有彷彿被軍刀逼迫而凸出的眼珠，被串在軍刀上的頭顱驚恐的嘴依然張大，但是卻叫不出聲，拚命瞪著他不放。

小林看向桌邊，只見俊朗的波蘭軍官擎起插著頭顱的軍刀，淡淡的瞥了他一眼。

他根本目瞪口呆！望著 Kacper 把玩著刀子旋身往外走去。刀子上的頭顱還盯著他，好像想說什麼似的！

啪！眼前忽一彈指，逼得他回神。

「小林！」季芮晨這次改成擊掌，「不要再看了！」

他立即正首，清楚的看見眼前的季芮晨，她正一臉擔憂的望著他，探身扳過他的下巴。

「剛剛……」

「我知道，是流連的亡魂。」季芮晨也看見了，「這裡滿滿是她的思念。」

「那個女孩，沒有頭。」小林在意的是這個，「但是她穿著毛衣，很現代的款式，頸子切口卻平整得驚人。」

「感覺有點像是被一刀砍下的痕跡……」季芮晨忖度了幾秒，忽然回首看向外頭的服務生，他們立即留意到的步入。

「嗨，有什麼需要嗎？」

「我想請問，最近這裡有發生什麼事嗎？」季芮晨單刀直入，「為什麼你們會談論我坐的位子跟點的餐點？」

「咦？」服務生明顯怔住，旋即面有難色的一再致歉。「真的很抱歉，我不是有意要這麼說的。」

「不，沒關係，我只是想知道為什麼。」她盡可能笑得很不在乎，「有誰跟我一樣，也喜歡奶茶跟草莓塔嗎？」

「呃，沒有……」服務生往外看去，像是在跟同伴求救似的。「只是巧合，我們只是覺得很巧，剛好有一對男女朋友也坐在這兒，點了一樣的東西罷了。」

他邊陪著笑，豆大的汗珠從鬢角滑下，另一名服務生跟著走進，聽到話尾大概也感覺到什麼，面色凝重的看了過來，男人低聲跟他說了季芮晨的問題，他們的臉色就更難看了。

小林就算聽不懂法文也感覺得到，他們在說謊。

「那是他們發生什麼事了嗎？」季芮晨忽然語出驚人，「因為我看見一個無頭女孩就坐在我身邊。」

一邊說，她一邊大方直指身邊的座位。

「咦？」兩個服務生瞬間刷白了臉色，嚇得踉蹌倒退數步，眼神裡盈滿恐懼，望著季芮晨身邊那把椅子，兩個人倒抽了一口氣。

「就是這位。」她微微一笑，煞有其事的比向一旁的椅子。「你們竊竊私語是不是在討論她？」

「妳、妳是說……」服務生緊張的嚥了口口水，瞪著那張空椅子瞧。「她、她在這裡？」

季芮晨點了點頭，「她只是在喝茶，沒有惡意，可是我想知道發生了什麼事，可以請您偷偷告訴我嗎？」

「這個……」服務生交換了神色，緊皺著眉頭，他們眼神滿是恐懼，最終頷首示意，外頭的服務生走了出去。「請您等等。」

男人客氣的說著，明顯得不敢靠近季芮晨這一桌，小林聽不懂他們的對話，可是感受得到驚懼之情。

當那服務生再回來時，用微顫的手遞過報紙，季芮晨尷尬的接過！這可好玩了，她精通各國語言，但大多數只限於聽、說，讀、寫就是大礙了。

『別擔心，我唸給妳聽。』沉穩的聲音在耳邊響起，季芮晨雙眼一亮，是Tony！

Tony這位亡靈向來博學多聞，但不知道在流利的英文下，他還會法文呢！

「謝謝。」她向服務生道謝，攤開報紙看著。

小林也起身繞到季芮晨身邊去，法文報紙他一個字也看不懂，不過報上卻有一張馬賽克的照片，照片裡有個血跡斑斑的噴水池，跟地上一個覆著白布的屍體。

『在三個星期前午夜十二點多，有位亞裔女孩在協和廣場被殘忍的斬首，頭部落在水池裡，身體位於方尖碑下，現場沒有找到任何兇器。』Tony的聲音相當清楚，小林詫異的發現自己也聽得見。『事發當時廣場附近都有人，但沒有人知道發生什麼事，女子的男友案發前曾歇斯底里的向路人求救，神色慌張，案發後精神崩潰，向警方說女友是被斷頭台所斬殺。』

斷頭台？季芮晨跟小林不由得面面相覷，這是哪門子的說法？

『法醫勘驗後確定女子的頸部是被利刃一刀切過，中間毫無停頓痕跡，證實是高速砍下；詭異的是，驗屍結果的兇器與男友所說相符，與古時的斷頭台所造成的死亡痕跡相同。』

「斷頭台？」小林不可思議的喃喃唸著，「協和廣場有斷頭台？」

「剛剛 Tony 不是說了，兇器還不明，協和怎麼會有那種東西？」季芮晨回頭看向都躲到門口去的服務生，「所以你們就是說這女孩……這對情人曾經到這裡來，坐在這個位子，點了跟我們一樣的茶跟點心嗎？」

服務生痛苦的點著頭，「我們只是覺得巧合，不過妳……那女孩真的在這裡嗎？」

看來服務生恐懼的，還是那個未知的斷頭女孩。

季芮晨視線自然的往旁一瞥，倒不是在看那把椅子，看的是地上爬行的身軀，女孩的衣著破爛，雙手拚命刨著地面，渾身抽搐不止，碗口大的頸部切面正對著她，裡頭依然不停的湧出鮮血，隨著她爬行的動作血珠四濺。

她並沒有坐在位子上喝什麼下午茶，而是在尋找她的頭，既慌亂又恐懼的抽動身子，如果她有頭，只怕正在歇斯底里的哭喊。

「嗯……」她點了點頭，打算離開前再跟他們說，女孩已經離開。

「Jésus……」服務生們在胸口畫著十字，驚恐的比劃著。

小林困惑的坐回位子，為季芮晨斟滿熱茶，心緒紊亂，他有非常非常不好的預感。

這就是表姊不讓他們去協和廣場的原因嗎？在那兒被斬首的女孩，卻成了地縛靈存在於咖啡廳裡，再加上表姊刻意叮嚀，他就覺得不尋常了。

他現在看不見那個女孩，但是閉上眼剛剛的景象依然清晰，斷頭台三個字讓他渾身不對勁，這個年代能有什麼斷頭台？可是她卻被利刃一刀斬斷頭顱，又是誰會做這種事？

還有，誰有這種力量？

頸骨可不如一般人想像的脆弱，儘管似乎很容易扭斷，但是要一刀俐落連皮帶骨的砍斷，還是需要相當大的氣力，不見古時劊子手個個人高馬大孔武有力？而且要練就一刀斷頭也得練個數年方能出師？

再者刀子也不能太小，這樣的情況下，刀子能藏到哪兒去？有個人拎著把大刀在巴黎街頭走，沒人注意到？

「是邪靈惡魔之輩做的嗎？」季芮晨喃喃出聲，也在思考一樣的事情。「記得剛到巴黎時，令小姐提過協和廣場出事，感覺她很重視那個案子。」

「這樣才合理。如果比惡鬼更可怕的東西開始操縱人，引起最近一連串的兇殺案……以剛剛在聖母院的情況來說，正常人沒有那種力量跟殘忍。」小林深深吸了口氣，他也沒有忘記指尖插進人雙眼窟窿的觸感，又是一陣反胃湧上。

「我倒是看不到邪靈。」季芮晨專注望著地板那個雙手都扒出鮮血的女孩，「我只看見一個沒有頭的女孩。」

「她……還在這裡？」嗯？剛剛 Kacper 不是串著拿走了？

「嗯，正在歇斯底里。」季芮晨吁了口氣，捧起茶喝著。「誰可以告訴我，關於那些什麼邪靈惡魔的事？真的是他們在擾亂人間嗎？」

她在問身邊的亡靈們，卻得到好一陣子的沉默。

『我覺得妳一點都不需要擔心這個！』日本女孩的聲音率先響起，『要是我啊，只會想好好的逛逛巴黎，血拼一番！』

「現在是血拼的時候嗎？妳到底知不知道嚴重性啊，感覺世界都要崩壞了，而且說不定……說不定跟我有關係！」季芮晨一口流利的日文，擰著眉叨唸著。

『如果啊，真的跟妳有關，妳很在意嗎？』小櫻的聲音有些不在乎，『這種事根本無關緊要。』

「無關緊要？」小林也聽得懂日文，他詫異的皺眉。「這麼大的事情為什麼無關緊要？」

『因為小晨不會有事啊！』她嘟囔著，『你是比較需要擔心啦，可是小晨根本不必怕不是嗎？！』

咦？季芮晨跟小林同時愣住了——小晨根本不必怕？

『小櫻！不要亂說話！』Martarita 的聲音忽然切進來，『我贊成不要花心神去想這件事，未來會怎樣還不知道呢，不是嗎？現在就把事情想得這麼嚴重，毫無意義。』

「可是，小櫻說得很有道理啊，如果真的發生重大災害，我、我是無礙的……」等等，季芮晨僵住，這言下之意——不就代表真的跟她有關係？

因為她的負闇之力招致毀滅，所以她才會平安無事啊！

季芮晨手滑倒了杯子，臉色蒼白的望著同樣僵硬的小林，他們兩個面面相覷，腦子盤算的事情都一樣。

小林做了個深呼吸，將茶斟滿一口氣灌進嘴裡，季芮晨趕緊切開草莓塔，急速的吞著配奶茶，兩個人不發一語，只顧著把桌上的餐點囫圇吞棗的吃完，還得無視於一旁顫抖尋頭的亡者。

吃東西時桌下有這種傢伙存在，總是難以心安。

但不管要做什麼，總是得先吃飽喝足，茶暖了胃也讓身體整個熱起來，小林起身前往餐廳買單。

只是在等待找錢時，他卻看見另一個服務生正在講手機，一邊講還一邊瞄向他，當四目相交時，甚至別過了身子。

有問題。是為了棚內有無頭女鬼而感到不安？還是因為他們正在聯絡的那通電話？打給誰？

季芮晨塞入最後一口草莓，軍刀的聲響再度從身邊傳來。『小晨，該走了。』

嗯？她錯愕的直起身子，朝右邊的人影望去，穿著軍服的 Kacper 直挺挺的站在她身邊，依然挺拔帥氣，眼神凌厲嚴肅。

該走了！她倏地起身，一把抓過外套，旋身就往門口的小林走去！

小林見她走來立即伸長手讓她牽握，欣喜於這般不需言語的默契，並不知道是 Kacper 從中提醒。

「不必找了。」小林對著店裡的服務生說，這找錢未免找得太慢，讓他更加不安。

他拉著季芮晨即刻離開，還可以聽見服務生吆喝等等的聲音，季芮晨回首看著服務生的慌亂，還往裡面在吆喝什麼。

「他們在幹什麼嗎？」她擰眉，Kacper 剛剛那是警告。

「我看他們在打電話，相當侷促不安的望著我們。」小林加快腳步在香榭大道上疾走，「因為表姊讓我草木皆兵，我會覺得他們是不是在打電話通風報信。」

「通風報信給那些認為有人該對世界異變負責的人嗎？」

小林凝重的回首瞥了她一眼，旋即伸手將她摟到身邊，天底下現在最不安的應該就是她了，這份負闇之力根本是她的詛咒，他心底有譜，多少跟她脫不了關係。

「妳放寬心，妳知道妳得盡量保持心情愉悅！」既然已經會利用自己的命格，就該留意這些細節。

季芮晨微微點頭，她喜歡被小林摟著的感覺，溫暖而安心，這足以減輕她的恐懼與不安；或許，剛剛在聖母院時，就是因為她潛意識在思考某些負面的事情，所以驅動那些雕像、才讓邪靈惡鬼能操控人類。

他們一路疾走，只想著要閃躲注目，此時，左手邊的馬路適巧綠燈，走過來一大群人，她立刻推著小林閃進那群人中，他們小跑步的以人群做掩護跨過馬路，然後順勢進入對街的一間服裝店。

店內正在折扣，人潮是一路走來最多的，他們倆一路往二樓、三樓走去，決定在那兒避一下風頭，順道買幾件衣服，乾脆就地換裝好了。

黑卡在手，刷卡就沒什麼顧慮了，他們各自買了不少，而且的確也立刻換上新衣，讓服務人員剪標做結帳的動作；有別於進門時的背包客裝扮，當他們結完帳時，看起來就像是有財力能出國的好野人了。

小林一身雅痞造型，季芮晨穿上了罕見的長裙，感覺甚是尷尬的她，不時拉著自己的裙子，總覺得走起路來好不習慣。

「很好看！」小林一雙眼都笑瞇了，難得看到裙裝的小晨，原本就算清秀的她，現在多了幾分甜美，他突然覺得被跟蹤似乎也是有好處的。

季芮晨旋過身對著鏡子照了又照，她極少穿這樣柔和的鵝黃色，又是長裙飄逸的，腳上穿了矮跟靴，看著鏡子裡的人，她都認不得了。

接過她手上的帽子，小林親暱的為她戴上，淺褐色的貝雷帽上有著些許鉚釘，並不顯眼，小林動手取下她的髮束，再將帽子戴上，長髮披肩佐以甜美的貝雷帽，季芮晨自己都錯愕了。

「妳其實很適合做這樣的裝扮，以後跟我出來約會都穿這樣如何？」小林大言不慚，講得一副他們已經有多長足的進展似的。

季芮晨滿臉通紅，看著鏡子裡的他。「什麼約會？亂來！」

「亂來？」小林笑得一臉燦爛，「我還沒有亂來喔，可別冤枉我！」

季芮晨不免一驚，一旁的店員們只是微笑著看著他們的親密，卻足以讓她又羞又窘的推開小林，疾步往樓下去；小林倒是比誰笑得都開心，沒跨兩步就逮著了她，緊緊握住她的手，不容她鬆開。

她咬著唇望著身邊的他，心裡湧出的是無法克制的甜蜜，但伴隨在這份甜美感的背後，卻是更深的恐懼……今天從出門開始，就一點兒都不順遂，其他的情人們遇到的不順最多是吵架、坐錯車，或是一些小事。

不會是遇上詭異的惡靈現身，聖母院上的惡魔雕像展翅高飛，遊客們突然間將心中怨恨付諸實行進行殘殺，或是連到香榭大道上吃道地法式甜點，都能遇上尋找頭顱的女鬼。

每一次都危及性命，現在緊握著她手的男人，在幾個小時前差一點點死於瘋狂的遊客之手，只因為那遊客覺得全世界的人都瞧不起他。

從她身邊跟著的亡靈可以感受到，這些秩序的崩壞，似乎跟她脫不了關係……只是她不想承認，畢竟她只是一個人，怎麼可能造成世界性的問題？

亡魂、厲鬼也就罷了，惡靈是怎麼回事？人心的變化又是？她沒有操控人心的力量啊！

「別想了。」小林忽然拽拽她的手，「我們現在只是一對普通的戀人，到巴黎來遊玩。」

季芮晨蹙眉，「我哪有心情玩啊！」

「跟我在一起不開心嗎？」小林伸手把她眉間的紋給撐開，「我每次跟妳出遊，可是開心得很呢！」

「……你在說笑嗎？」她不由得咕噥，「我帶團的紀錄……總是慘烈，每一次都撞鬼、每一次都有團員死亡。」

「妳還活著。」他笑了起來，「人都是自私的，妳活著就夠了。」

小林高大健美，有著陽光氣息，笑起來時更是爽朗，如果人可以用季節來區分，那麼他就是夏季，燦爛耀眼，照亮所有黑暗的角落……一如她這樣擁有負闇之力的人，也會因他而溫暖。

季芮晨緩緩勾起笑容，她的生命的確因為小林而改變。

「我以前都不知道你這麼油嘴滑舌！」她攏攏長髮，「不過我不討厭就是了。」

「哈哈哈！」小林大笑出聲，興奮地拉過她的手，一同走出了店外。

季芮晨決定暫時放下憂鬱，放下在聖母院發生的一切，或許因為她穿得像約會的女孩，或許只有她跟小林兩個人，所以她想要享受當下。

每個人都該把握當下。就像在聖母院觀光的人們，他們一定未曾想過自己會突然死於非命。

小林也察覺到季芮晨的不同，他喜歡這種不同，雖然現在有許多事複雜難解，但是他也不想每次跟小晨相處時，都在眾鬼環繞的生死關頭，他們總該好好的約一次會，就像現在。

即使整排路樹帶著蒼涼之感，依然美得像幅畫，小林不停的幫季芮晨拍照，他們一如其他的情人們，聊天、閒步、在香榭大道上肆意徜徉，一直到大路盡頭為止。

香榭大道的盡頭便是協和廣場，廣場位在中間，所以馬路成圓形環繞著廣場，小林沒忘記令葑蓮的交代，但是現下的協和廣場看起來如此美麗平靜，並沒有什麼不妥。

因此，他們打算過馬路到對面，這時季芮晨忽然覺得背脊一陣涼意，有些遲疑。

綠燈亮了，小林牽著她，準備過馬路。

『不要過去——』腦子裡傳來尖叫聲。

「不！」季芮晨突然扯住他，「我不想過去！」

「咦？」小林回首，「怎麼了嗎？」他趕緊正首看去，協和廣場依然正常啊！

「很美，但是我不想過去。」季芮晨擰著眉，「我站在這兒，反而可以拍到方尖碑全景對吧？」

「嗯。」小林點了點頭，他不會去問季芮晨的理由，畢竟她可比他敏感多了。

所以他們隔著數公尺的馬路，拿協和廣場當背景拍照，方尖碑、噴水池，每個角度都拍了一次，甚至還一起玩了自拍，只可惜季芮晨笑顏不展，總是勉強，因為她渾身上下都不舒服。

「要不要走了？」小林早注意到了，「往回走，去搭地鐵。」

「好！」季芮晨簡直是迫不及待的回應著。

兩個人攜手旋身，後面倏地傳來龐大的步伐聲，季芮晨狐疑的回首，協和廣場卻只有十幾個拍照的遊客而已。

門——一陣金屬滑動的聲音傳來，緊接著是刺耳的尖叫！

『呀——』

季芮晨猛地回身，警戒的瞪圓雙眼打量四周，小林因她的反應，也立刻呈現警戒狀態，仔細留意四周的人事物。

「有刀子的摩擦音……」她喃喃說著，瞇起眼邁開步伐，隔著馬路順著協和廣場外圍走著。「那聲音聽起來……很可怕。」

小林亦步亦趨的跟在她身邊，直到她突然停下來。

她注意到邊緣的一個噴水池，湧出的水彷彿透著淡淡的粉紅色，然後有個東西隱隱約約的，在水池裡載浮載沉……載浮……

啊！季芮晨瞪大雙眼，拿起相機往噴水池放大看去，在奔騰的池水裡冒出一顆頭顱！

季芮晨下意識按下快門，連拍的聲音喀嚓喀嚓的響著，那顆頭隨水波浮動著，但是她看得出那是女孩子，長長的頭髮……

三個星期前……有位亞裔女孩在協和廣場被殘忍的斬首，頭部落在水池裡，身體在——季芮晨倏地回身往方尖碑那端疾步走去，這時的方尖碑上竟鮮血淋漓，血跡彷彿自半空中潑灑上碑體！

女孩的男友說愛人是被斷頭台所斬殺，斷頭台，那令人膽寒的金屬聲響！

「小晨。」小林忽地低語，雙手握住她的雙肩。「該走了。」

「嗯？」季芮晨嚇得回過神，再一次眨眼後看見的是正常的水池、正常的方尖碑，然後剛剛在協和廣場上拍照的遊客們，突然全數轉向了她……面無表情的瞪著她不放，眼底裡滿是怨恨與激憤。

『快走吧，小晨。』Martarita的聲音傳來，進而現身在她前方。『快點離開這裡！』

小林拽過發愣的季芮晨往回跑，她還回首看著那群遊客往前行，打算越過馬路來找她嗎？為什麼？眼底的殺氣是為了什麼？

「他們在瞪我？」季芮晨嚷嚷起來，「我又沒有對不起他們！」

「我覺得現在的鬼啊亡靈這些，好像都不能用常理來判斷了。」小林心裡怨聲載道，難得的約會又被搞砸了！為什麼他戀情上的阻礙者不能是正常一點的第三者呢？

「他們應該是站在我這邊的，我的負闇之力才能帶給他們力量啊！」季芮晨氣急敗壞的嚷著，旋即一怔。「等等，他們是因為我到了那裡，才復甦嗎？」

既然如此，那表示一開始存在於該地的亡者，對她很有意見嗎？

嘰——突然間刺耳的音響聲傳來，季芮晨跟小林忍不住摀起耳朵，看向一旁街道上店家外掛的電視牆、或是液晶廣告螢幕，全部變成雪花畫面，並發出高分貝的聲響。

路上所有的人都停下了腳步，連店員都緊張的跑了出來，不知道發生了什麼事。

接著，畫面跳動了幾下後，出現了一個十字架，一般教堂裡看得見的十字架，上頭有耶穌被釘在上頭受難。

『世界已經危在旦夕，相信大家對於這一兩年的天災感到悲傷，有許多島國沉入海中，甚至是最美麗的威尼斯；疾病叢生蔓延、百業蕭條，貧富差距拉大，大家的生活越來越痛苦，僅有的生存也很有可能因為異變的天候毀於一旦。』

低沉的聲音使用著英語說話，不甚流利，帶著腔調，聽起來像是一個老年男子。

『末日說興起，許多人都說世界瀕臨毀滅，而事實上也正是如此。我們跟大家一樣是普通人，只是多了一點特殊的能力，各國文化不同，你可以說我們是巫師、也可以說我們是靈媒，總之，我們有人具有洞悉未來及真相的力量。』

『現在，我們已經經過多國政府的認可，因為我們末日教會，已確認了世界的確走向滅亡，接下來只會有更多的天災發生，傳染病會更加兇猛，人們會互相殘殺，這不是自然現象，而是因為某個人。』

季芮晨下意識的，掐緊了挽著小林的手臂。

『我用最簡單的話來說，就是有一個邪惡的異端存在於世界上，因為他帶來了災禍與不幸！』那聲音變得激動激昂，『他所到之處一定會引起災害，幽鬼從地獄爬出，惡鬼侵擾、妖獸橫行，最後我們都會慘遭滅亡！』

下一秒，竟出現了聖母院的畫面，大批警力圍起了封鎖線，毫無馬賽克的鏡頭，清楚拍攝了現場血淋淋的景象：摔破頭骨的孩子，被爆頭的神父，頭與臉糊在鐘上的女人……

現場起了一陣驚叫，攝影機彷彿怕大家看得不夠清楚似的，甚至放大拍攝了那些血腥的死亡，後面還有咆哮聲，鏡頭左移，移到一個被警方架住的男人，非常面熟。

『放開我！我要殺掉你們！竟然敢抓住我，我要把你們的眼睛挖出來！』是那個原本攻擊他們的男人，他的眼神完全失控。『不要再看了！不許瞧不起我！』

透過鏡頭，連小林都可以清楚看見他的身上，有別的疊影。

『在我們眼裡，這個男人不是瘋子，只是他身上有著邪惡的東西，喚出他的本性，讓他拋棄世俗道德規範，只做心裡想做的事。他不是自願的，他是被惡靈控制……而讓惡靈充斥在這個世界的，就是那個邪惡的異端！』

圍觀的群眾越來越多，大家都恐懼的站在電視牆下，開始竊竊私語，因為他們都認得那是巴黎聖母院，就在這個城市裡啊！

『這是聖母院兩個小時前發生的事，裡面死傷慘重，因此我們確信，剛剛那個邪惡的異端就在這兒，也就是說，他人在巴黎！』

「天哪！」旁人傳來驚呼聲！

『請不要忽略身邊的任何一個人，只要覺得他們是擁有能力的靈媒、只要曾經為你用塔羅牌占卜靈驗、只要他說過他看得到鬼，所有具有巫師身分的人，我們一個都不能放過！』男人慷慨激昂的說著，『請立刻通報警察，擁有能力沒有罪，但如果造成世界的浩劫是絕不允許的，是不是異端將由我們來判斷，而我們也會派出具聖潔能力的人們，去尋找邪惡的來源！』

「這太離譜了！現在是說有異端嗎？天災是他搞的嗎？」

「剛剛他還說連威尼斯沉沒都是那個異端害的？會有這種事嗎？」

「不過想想太詭異了，這兩年真的太詭異了……」

所有人都在竊竊私語，每個人都在討論著這個詭異的訊息，原本季芮晨還期待這只是單方面的惡作劇，只是接下來的畫面竟然切到了巴黎市長，他正式發表了同意的言論。

巴黎警方將全力支持這個行動，靈媒們可以自行到警局去，若是有人刻意隱瞞，民眾也能檢舉，這個行動已被許多國家認可，因為許多有力人士已經證實，世界的崩壞來自於某個異端。

某個，異端。

十指交握，小林緊緊扣著季芮晨，他們從容的從人群中離開，只想著要趕緊離開這裡！背後的廣播沒有停止，市長說明著巴黎即日起進入戒嚴狀態，不能自由出入巴黎市區，沒有允許不能出境，機場將停止正常起降，大家都要謹慎的找出那個異端，不能讓邪惡滲進世界，不能讓他毀掉和平的日子。

『我們必須驕傲的擔下這個責任，巴黎肩負著世界的興亡，現在不是自私的時候了，找出那個邪惡的異端，我們必須為自己的生存而戰！』

那，異端者的生存權呢？

季芮晨的淚水從眼眶中滑落，如果就是她，那她該不該為自己的生存奮戰？

整條香榭大道上的電視牆都在播放著這駭人的消息，民眾們有人繼續圍觀討論，也有人如同季芮晨般急著想要離開，若在平時只怕大家會定義為危言聳聽，但是當政府如此有公信力的單位出面召開記者會後，一切變得如此真實。

尤其，當覺得自己的生命受到威脅時，人們會不惜一切解決掉所有可能的因素。

最後，當季芮晨和小林奔入地下鐵時，聽見的是這個活動的名稱：「世界革命。」

善與惡的革命。

# 第六章

空氣中飄散著蘋果派的香氣，蕾娜正在廚房沖泡法式紅茶，杜軒在一旁看顧烤爐裡的蘋果派，金黃色澤的蘋果派即將出爐。

應該是享受愉悅的下午茶時間，客廳裡卻瀰漫著低沉的氣氛，沙發上坐著季芮晨跟小林，他們凝重的看著電視，雙手交握；右手邊的餐桌坐著楊景堯跟新來的房客，艾瑪，也都皺著眉。

四十吋的液晶螢幕正實況轉播著在中南美洲的「公開處決」。

地點是在玻利維亞，萬頭攢動的人群正舉牌叫囂，每個人都激動莫名，高喊著「Quema Herejía」，整齊劃一的令人膽寒，因為那是燒死異端的意思。

警方半拖拉著一個男人行走，鏡頭移近，那個男人雙手反銬在背後，雙眼被布蒙住，他既恐懼又掙扎的扭動身子，大吼大叫，但是他喊些什麼沒有人知道，因為現場的叫囂聲早蓋過了他的聲音。

「他在喊我不是異端，我不是邪惡。」季芮晨望著嘴型，輕聲的翻譯著。

坐在餐桌椅邊的艾瑪倒抽一口氣，雙手抱胸，一副快哭出來的模樣；旁邊的楊景堯始終維持沉悶，這些日子來，他變得更怪異了。

警方拉著男子上了高台，高台上是一年前從來沒人會想到的東西，堅固的鐵架，把人綁縛上去，下方點燃火苗，異端必須以火焚燒，才能淨化邪惡。

這種十六世紀時處決女巫的方法，竟然事隔五百多年後再度搬上世界舞台，世界各地都在風行這樣的公開處決，而且並不會先槍殺「犯人」，因為要活活燒死才能徹底的袪除邪惡。

沒有想到世界會變成這個樣子，一開始只是有部分靈力高強的人證實了世界崩毀繫之於某個異端者，在眾人人心惶惶之際，梵諦岡教宗出面證實，驅魔師近年來疲於奔命，太多駭人的惡魔已潛到人間，連亡靈都變得猖狂，因他們得了邪惡之力相助。

梵諦岡出面後，這件事變成事實，而且找出邪惡變成勢在必行，緊接著東亞海嘯、北方連綿大雪，法國連降了數日的冰雹，所有農作毀於一旦，連英國都出現詭異的風災，中南美洲冬日出現蝗災，各種災難密集發生，各國死傷數目一再翻新，讓人們更加深信有邪惡的因子在毀壞世界。

如今，已經沒有任何旅遊了！世界各國均封鎖機場，一來是失事率極高，許多飛機在晴空下被雷劈打，或是突然捲進氣象圖上沒有的暴風雨中；二來是擔憂「邪惡異端」會藉機逃竄，索性禁止了任何管道的出國。

然後分佈在世界各國的末日教會人士，原本要一一檢查靈能者，最後卻抵不過媒體的煽動、民眾的瘋狂，變成寧可錯殺一百，不可放過一人，開始進行大屠殺。

一開始去「自首」的可憐人士是第一批，有的甚至只是第六感很準而已，也都死在火刑柱上，這種狀況透過媒體不停放送，連所謂「民主國家」也逃不開這個浪潮，末日教會及梵諦岡都已無法控制人民，世界上每個人幾乎一條心，因為大家要為了自己的生存而戰。

教宗呼籲了數十次不能動用私刑、不能濫殺無辜都已經不具效果，經濟體全數崩毀，物價飆漲，人們生活變得困苦難受，矛頭全指向了具有靈力的人；而隨著鐵柱上的焦屍越來越多，就更沒有人敢再出面承認自己是靈能者，緊接在後的，就是人性醜陋的指證。

「那個男人根本沒有靈力。」艾瑪看著電視裡的畫面，哭了起來。「只是騙術！他只是會算塔羅而已！」

艾瑪是兩週前來的，她沒有陰陽眼，卻能夠看得見哪些人具有靈力，並且分辨強弱，大家在她眼裡頭上就好像都插了一個牌子，顯示 MP 值多少。

但她無法判斷屬性跟善惡。

「星座專家、占卜師跟算塔羅牌的人是第一批被處刑的，全世界被燒死殺死的人數已經破萬了。」小林幽幽的說著，今天處刑的男人，新聞下的標題叫做：漏網之魚。

『我不是！我不是——』男人的聲音突然清晰，他掙扎的扭動著身子，卻也無法阻止警方將他緊緊綁在鐵柱上頭。

季芮晨別開了眼神，伸手拿遙控器關上電視，接下來是火燒人的實況傳播，火燒人體的劈啪聲與慘叫聲將會不絕於耳，鏡頭總是不加掩飾的拍攝大火烤著人類肌膚的特寫，直播著眼球爆裂、肚破腸流的畫面，殘忍？讓人更加膽戰心驚的是群眾的歡呼聲啊！

燒死異端是天經地義的，沒有任何十八禁的限制，全世界都在期待這樣血腥的處刑直播，非得要在鏡頭前看著一個人被燒到僅存骷髏乃至灰燼，才要罷休。

然後呢？總是處死了一個，就等待世界好轉、等下一個兇殺案發生、或是下一個天災開始，甚至只是一場大雨，就會再拖下一個靈能者出來燒。

唯有巴黎這邊例外，他們或許認為火刑太殘忍，也或許這兒有他們自豪的斷頭台歷史，所以他們將斷頭台搬了出來——在巴黎被捕獲的靈能者，是採斷頭的方式。

現在已經沒有娛樂台了，每一台都是新聞，播報著新抓到的靈能者，或是異端，國外媒體都簡稱為「Heresy」，討論著這些異端者過去做過什麼事、或是怎麼被抓到的？

被鄰居指控？被警方抓到？或是因為形跡可疑被留意？躲起來的用意是什麼？意圖潛逃是否做賊心虛？

「世界已經瘋了。」楊景堯幽幽的說著，「我們躲在這裡能躲多久？」

「你之前有夢過這樣的狀況嗎？」小林看向他。

楊景堯點了點頭，「很片段，都是跳躍式的夢，但是的確有這種人們集體歡呼的場景。」

「太離譜了，這、這簡直像是回到了中古歐洲……大家可以隨便指控哪個人有靈力，然後燒死對方！」艾瑪激動的哭喊著，「以前女巫獵殺時不就是這樣嗎？」

「類似，但是過去是無知跟有人利用這種方式謀奪他人財產……可是現在，再有錢也沒有用，大家求的是生存。」季芮晨淒楚的笑著，「人有著很強大的求生慾，為了活下來，什麼事都做得出來。」

「這就不迷信了嗎？」艾瑪仍舊無法接受。

「災禍不斷，靈能者也是真實存在，更別說有強大的人提出這樣的說法，後頭還有教宗背書，誰不信？」楊景堯冷冷一笑，「或說是，寧可信其有。」

烤箱叮的聲音從廚房響起，可以聽見廚房裡又是一陣忙碌，然後蕾娜端著一托盤的茶具走出，嘴上儘管掛著微笑，但眉頭間的憂鬱仍舊掃不去。

「我來。」季芮晨趕緊起身要幫忙。

「坐著坐著，我來弄就好了。」蕾娜從容的放下看似沉重的茶具組，一組組擱在大家面前。

坐在餐桌椅上的艾瑪跟楊景堯挪了椅子趨前，所以蕾娜把杯子擺在茶几的短邊上。

「真的……太麻煩妳了。」小林起了身，「我去幫杜軒吧！」

「唉，說什麼！」蕾娜淺笑起來。

「說真的，窩藏我們，萬一被發現的話……」季芮晨望著蕾娜，她說這句話時，蕾娜的手顫了一下。「你們會被當成同謀的。」

蕾娜搖了搖頭，嘴角仍舊噙著笑，執起繪有玫瑰的瓷壺，開始一一的為大家斟倒香濃的紅茶。

「這是我們自願的，你們別擔心，我們會盡一切力量保護你們。」她的聲音幽婉，如此平和，竟聽不到一絲猶疑與恐懼？

小林說，令葑蓮對他們有恩，所以他們願意冒這個險，幫忙窩藏他們四個人，即使知道風險極大，也沒有一句怨言。

「令小姐有聯絡嗎？」季芮晨問道。

蕾娜又搖搖頭，「已經失聯一個月了，自從巴黎宣佈戒嚴開始，就沒有任何消息，我想……是不方便吧，擔心被竊聽。」

「也是，那天市長記者會都還沒開完，我就把手機給毀了。」蕾娜早有套「教戰守策」。而季芮晨跟小林的手機也被拆解，在坐地鐵回家的路上，小林趁列車進站時扔進鐵軌下方，輾了個粉碎；接著兩星期後某天，出外買菜回來的蕾娜帶回了狼狽的艾瑪，據說她四處躲藏，連下水道都去了。

「早知道我就回中國了，怎麼也沒想到，事情會發展到這個地步！」楊景堯蹙著眉，十分惋惜。「居然有一天，會淪落到連命都保不住。」

是啊，季芮晨不否認自己也深有同感。

因為這種無差別的處決方式，並沒有發生在亞洲，亞洲國家冷靜平和的看待這件事，在那兒的末日教會也理智的判斷著所有靈力者，或許因為亞洲原本就對各種信仰與宗教予以包容，再者當然是因為異端被認定在巴黎。

但即使如此，歐美其他各國依然每天在燒死「Heresy」，因為他們認為邪惡不止一個，惡魔總是有同夥，還有被附身的、被操控的，都該以火淨化。

而且，說不定最邪惡的那位已經潛逃出巴黎，只是巴黎人還不曉得而已。

「來了來了，我拿手的蘋果派！」杜軒開心的端出熱騰騰的蘋果派，派皮香酥金黃，焦糖在最上頭閃爍著美味的光澤，大塊大塊的蘋果鑲在派裡，奶黃散發出誘人香味。

小林只能負責拿刀子，興沖沖的均分蘋果派，放在繪有玫瑰花的瓷盤上，再由蕾娜分給大家。

相較於風聲鶴唳的外頭，在這間小屋裡頭有這般溫馨，已經該知足了！季芮晨總覺得世界的毀壞像是在倒退，除了政府機關外，沒有什麼人在工作，幣值崩毀，糧食短缺，除了天災死亡的人之外，無藥可醫的傳染病也一直在蔓延，會不會有一天，大家會背著科技文明的記憶，重新回到自給自足的年代？

這幾週來，她完全沒有思考負面的事情，盡量讓自己處於樂觀狀態，雖然很難，至少她可以做到什麼都不去想；但是可怕的事情依然連續不斷，還是有人瘋狂的殺人，層出不窮的命案，然後是「為了生存而濫殺無辜」。

她現在都在懷疑，是否真的跟她有關？她捫心自問，並沒有助長任何負面能量啊！

「我想請問，我們有備案嗎？」小林忽然問了，「我不覺得這裡能久待，上星期我跟小晨到樓下閒晃時，已經有很多人在注意我們。」

聞言，杜軒夫妻卻是一怔。「備案……我們沒想過這件事。」

「萬一這邊出問題，我們要怎麼逃？」楊景堯也緊張的問了，「他們說得沒錯，我們遲早會被發現的！」

牆上貼著滿滿的符紙，就是為了避免被發現，艾瑪說過，她被接來之前，從外面完全看不出來這裡待著具有靈力的人。

杜軒錯愕的望著妻子，從他們困惑的眼神可以知道，他們真的完全沒有思考過這件事！小林才是最驚訝的那個人，他很感謝他們夫妻願意幫忙，但總是要想好後路啊！

「我、我可以問問，但是現在聯繫都斷了。」蕾娜顯得很困擾。

「沒關係，我們再來想。」小林嘆了口氣，卻暗暗瞥了季芮晨一眼。「有空再問。」後面這句，是用中文說著。

問？她能問誰……啊！季芮晨恍然大悟，問問 Martarita 他們嗎？這陣子他們四個異常安靜，彷彿不在這屋子裡似的，不知道是因為符咒被驅走，還是不願意現身。

總之，神秘過了頭。

「你們……是情侶嗎？」艾瑪咬著一口蘋果派，好奇的看向他們。

季芮晨怔了一下，急著想搖頭，隔壁那個倒是很大方的說了聲 YES。

「YES？」季芮晨轉了過去，挑眉看著她。

「應該是吧，都住一間了。」楊景堯也跟著幫腔，氛圍很不一樣。

「你們兩個也住一間啊！」季芮晨趕緊出聲，這個家也才兩間房，艾瑪當然是住在裡頭啦！

「但是我們不會牽手跟擁抱。」艾瑪聳了聳肩，塞入最後一口蘋果派。「好吃！」

季芮晨紅著臉看向小林，這真的是百口莫辯，雖然她一句承諾都沒說，可是也的確是異常的依賴著小林；即使輪流睡在床上，即使她不願更進一步，但是……很多事根本不是形式上的問題。

小林當然在等，但是現在這種局勢，她哪有時間去考慮自己的幸福？她要考慮的，是小林的生存。

「所以妳才會……」艾瑪指向了季芮晨，「自願陪他留下來啊！」

「咦？」季芮晨眨了眨眼，指指自己。「我陪他？」

「是啊，妳應該很喜歡他厚，才會這麼冒險的陪著。」艾瑪一臉羨慕，「我聽說你們是從義大利過來的，妳一直陪在他身邊。」

小林擰起眉心，緩緩直起身子，手上的瓷盤裡還有半塊蘋果派。

「為什麼是她陪我？」

「我們不是都是受保護的嗎？都是令保護的靈能者？」艾瑪都簡稱令葑蓮為「令」。

「可是我們……」季芮晨笑得尷尬，突然一怔。「等等，妳是說——」

她詫異的回首看向身邊的小林，他早就已經聽出來了，正凝重的望著艾瑪，她的意思是：無靈力的季芮晨，伴著有靈力的他？

小林好幾個字到喉頭吐不出來，「艾瑪，我有靈力？」

「咦？怎麼回事？」她瞪圓了眼，「你不知道？那你為什麼在這裡？」

蕾娜也詫異極了，「我以為小晨才是被保護的……」

「小晨？」艾瑪錯愕了，認真仔細的打量了季芮晨跟小林一輪。「小晨沒有任何靈力啊！」

現場傳來一股驚呼聲，不管是楊景堯、蕾娜或是杜軒，他們都以為季芮晨是靈力者，所以受到特別照顧；不過這點季芮晨一點都不意外，她本來就是個沒靈力的人，她有的是負闇之力，那是天生的命格，不是額外的能力。

只是她會驚愕是因為——小林竟然有靈力？他明明是毫無靈力的人，每一次的艱難危險靠的是法器、佛像度過難關，沒有任何驅鬼的力量啊！

而且，他跟她說過，他出自一個靈力高強的家族，而他偏偏是唯一的例外，一個沒有絲毫靈力的人，只能硬背咒語佐以法器以自保而已啊！

「我沒有靈力啊！」小林也失聲喊了，「我一直以來，都是個再普通不過的人，我甚至連驅鬼什麼的都不會！」

「……我也不會啊！有靈力不代表就一定能驅魔對付鬼吧？」艾瑪很是困惑，「但是你有靈力，而且非常強大！」

小林完全呆愣，連季芮晨都不可思議的看著他，老實說，艾瑪所言太讓人吃驚，就以前的經驗而言，小林根本就沒有展現過啊！

「這太扯了！」小林幾秒後舒了口氣，端起花茶喝著。「現在我反而要懷疑妳的靈力了，是真的假的？」

「我還希望是假的，這樣我就不必在這裡躲躲藏藏了，我幹嘛騙你？」艾瑪顯得惱羞成怒，「你就是有！我不知道你會什麼，但是我知道我看人從來沒錯過！」

她氣得放下盤子站了起身，噘高了嘴滿臉怒容，看起來煞有其事的，反而讓大家都不知所措，彷彿冤枉了她。

小林只是喝著茶，就算艾瑪言之鑿鑿，他還是不會盡信，畢竟事實勝於雄辯，在那種家庭長大，自己有沒有不知道就算了，難道爸媽不知道？婆婆們不知道？伯父不知道？

「搞不好你真的有，只是不知道怎麼用？」季芮晨沉吟著，認真的打量他。

「最好是，如果真的有，在我利用小佛像施咒時，力量會大些……」小林嘆口氣，「不對，應該是我根本不必利用佛珠、小佛像這些東西！」

楊景堯不懂，他離開位子蹲到桌子邊緣，跟杜軒再要了一塊蘋果派，還連聲稱讚美味，完全不理身邊那氣得吹鬍子瞪眼的艾瑪。

他只會預知夢，做過這麼多預知夢，倒還沒預見過小林具有靈力或是做過什麼特殊技能……他壓根兒沒夢過小林。

但是……暗自瞥了季芮晨一眼，他夢過小晨，而且從未提起過。

「反正一定有，這太離譜了，難道大家都以為是小晨？」艾瑪還在嘟囔，站在那兒雙手扠腰。「令沒有說嗎？」

蕾娜跟老公只能尷尬聳肩，他們其實什麼都不知道，只是負責把令小姐交代過來的人照顧好就是，其他他們哪懂？季芮晨知道自己沒有靈力，他們不說破，是因為不想讓其他人知道負闇之力的事。

「探討這個無解，還是吃蘋果派吧！」季芮晨劃上笑容，「這種悠閒生活不知道還剩多久，我們還是——」

『小晨！蹲下！』日語的尖叫聲傳來，季芮晨顫了一下身子。

說時遲那時快，窗外忽然出現怪異的嘈雜聲，所有人都呆愣的停下手邊的動作，紛紛往餐廳邊那排用厚重簾子覆蓋的窗子看過去。

「……蹲下！」季芮晨發傻的說著，「大家蹲下啊——」

咦？小林第一時間立刻滑下沙發，將季芮晨也拉了下來，兩個人就蹲在沙發與茶几間，同時突然傳來螺旋槳的喀噠喀噠聲，下一秒，玻璃窗應聲而裂——鏗鏘巨響，伴隨著狂風亂掃，外頭的螺旋槳聲聲駭人。

燈光大作，刺眼的燈光竟自高樓外傳來，破窗而入的是一條鐵鍊般的東西，尾端上的網子倏地張開，直接將站在餐桌邊的艾瑪整個人網住，然後向後拖出去！

咦？艾瑪愣住了。「哇呀——」

大家都被狂風嚇得趴在地上，楊景堯更是恐懼的往後爬著，旁邊就是他的房間，他要躲到門板邊，那沒有窗子的地方。

「艾……」季芮晨抬頭，看著艾瑪被硬拖出去，身子還撞上了破碎的玻璃窗緣，鍊子的另一端繫在直升機上，有兩台直升機就在他們窗外十五樓的高空！

『裡面的人注意，窩藏靈力者全部與之同罪，靈力者請出來！』廣播系統準確的說著法文，然後又說了一遍英文。

是末日警察！他們來抓靈力者了！

「跑！跑啊！」小林忽然催促著推了趴在旁邊的杜軒，「快點走！」

他這麼一推，大家才都動了起來，最靠近大門的蕾娜匍匐前進，杜軒緊跟在後，然後是小林，季芮晨則喚著躲進房間裡的楊景堯。

「只有大門可以出去嗎？」小林得放聲大吼，才能蓋過直升機的聲音，他可不認為外頭那群人會讓他們大搖大擺的從大門離開。

餘音未落，大門外忽然傳來了巨響，嚇得蕾娜尖叫出聲。

季芮晨抬首看著窗外，直升機上出現了許多重裝備的警察，他們正擎著槍指著他們，只是因為大家都伏低著身子，所以他們一時沒有辦法再丟鐵網進來；吊著艾瑪的繩子垂著，他們根本瞧不見艾瑪了！

接著直升機轉向，將側口對向窗子，要讓警察們能跳進去……不行，被抓走的靈能者沒有一個回來的，最快明天，或是再隔幾天，就會死在協和廣場上！

「林祐珊！開門！」門外忽然傳來咆哮聲，讓所有人都嚇了一跳。

令莳蓮？季芮晨顫了一下身子，看著杜軒伏低身子衝進短廊前去開門，又看向右邊那即將要跳進來的警察們，腦子裡想的……只有一件很糟糕的事！

對不起！季芮晨緊閉上雙眼，她不希望任何人被抓，所以進不來的——警察都進不來，直升機沒有辦法保持平穩……「Martarita！」

高樓風驟起，直升機因此晃蕩，原本都已經要躍進來的警察因為震盪倏地摔了下去，不過身上繫著繩子，應該不會有大礙；可是，從紛飛的簾子往外看去，有一隻手從大樓上方而下，啪的貼上了玻璃窗。

扭曲的身子正貼著玻璃窗，平穩的從上方爬了下來，季芮晨顫抖著，她知道那不會是人，畢竟這是高樓，而爬下來的東西，共有四對手腳。

那像人又不像人，乾癟的身子可以看到皮下的骨頭，光禿的頭上只有幾根頭髮，極長卻稀疏，他們無視地心引力般的貼在玻璃上爬行，就像「吸」在上頭一般。

「跟我走！」正前方傳來令莳蓮的聲音，「緊急背包都揹著。」

跟在她身後的是Diego，他看起來比上次更加憔悴削瘦，他們兩個人均凝視著季芮晨，穩健的走到短廊末端，小心翼翼的靠著牆，聽著外頭廣播傳來的大吼聲。

『那是什麼！撤退撤退！有鬼！有惡鬼！』

強光自窗外照進本該一片潔白，打在屋內白牆上該是刺眼，但是現在上頭卻出現了許多詭譎的影子，其實所有人都注意到了，蕾娜跟杜軒根本不敢往窗外看，因為那些影子看起來太不像人。

吸在玻璃上的已經不止一個，那些不知道哪兒爬下的軀體均有八隻手腳，像極了蜘蛛，卻有著與人無異的頭顱，張嘴忿忿的對著直升機咆哮；季芮晨別開眼神，她知道是她心裡的期望引出了什麼……存在於這棟屋子、這個社區、這個大樓所有的亡者、厲鬼，甚至是惡靈，此時此刻都會湧向這裡。

成為她的屏障。

「真厲害。」令葑蓮帶著讚嘆般的目光望向玻璃窗上密密麻麻的怪物，看著怪物們爭先恐後的撲上直升機，竟微微一笑。「好了，我們快走吧！」

她擊了掌，要大家動起來。

Diego驚愕的望著眼前的一切，玻璃上的怪物跳上了直升機頂端，八隻手腳很輕易的穩住身體，再往直升機裡爬去；怪物抓過警察的槍，並沒有將之扔下直升機，而是八隻手同時擒抱住那個警察……然後刺進他的身體。

「啊啊——」警察的慘叫聲透過風送了進來，他整個人懸空，但是不會掉落，因為被八隻手給刺穿吊著。

接下來的幾秒鐘，他們看見的是八隻手同步撕開了警察的身體，輕鬆得宛如扳開一個餐盒，妖怪俐落的將身體往上一抬，大口一吸就吸光了他胸腔腹腔裡所有的內臟。

「敞開」的人皮就這樣被扔下直升機，另一端傳來的慘叫聲想來也是如此。

季芮晨掩嘴難忍噁心感，此時卻倏地有個人影從上頭咻的掉下來，嚇得她差點尖叫出聲！

那從上頭掉下的人，只有一雙腳懸在窗外隨風晃動，白皙的雙腳看起來像是女孩子的，上頭正涓滴著鮮血。

此時楊景堯趁著直升機打轉連滾帶爬的跑到Diego身邊，杜軒跟蕾娜也揹上包包奔出，看見自家窗外懸吊著一個人時，完全傻住了！

季芮晨不忍再看任何因她而產生的異象，趴在地上等待指令，小林回房取了東西後也回到她身邊

「直升機早晚會撞毀的。」令葑蓮喃喃的說著，「我們需要一定的庇護，季芮晨。」

「咦？」她驚愕的抬頭。

「麻煩妳了。」令葑蓮用下巴指向窗邊，季芮晨愣愣的再看過去時，卻看見曾幾何時多出一排她熟悉的亡者，就站在餐桌邊、破碎的落地窗旁，根本築成一道牆。

俏麗的小櫻回首，催促著她。『快點走吧，時間不多了。』

奔出的小林只有錯愕數秒，還是很快的滑到沙發邊，一把拉起季芮晨，現在不是發傻的時候了。

「帶他們下去。」令葑蓮回首對 Diego 說，他頷首之後催促大家往前走。「走樓梯！」

令葑蓮殿後，她冷眼望著越聚越多的惡鬼，已經爬滿了整扇玻璃窗，想必只要存在於這兒的厲鬼都已經過來了，樓下攻堅卻不得其門而入的警察們應該有的是厲鬼要對付了吧？

旋過身子，她也趕緊奔了出去，拉開安全門，一路往下。

然後忽聞爆炸巨響，彷彿地震一般，所有人都在樓梯間踉蹌……直升機墜毀了？

「別發呆！」Diego 喊著，直起身子繼續往下奔去。

紛沓的足音在樓梯間迴響著，經過每一層樓時，大家都可以聽見不間斷的尖叫聲，夾帶著驚恐淒厲，聲音近到甚至根本在走廊外頭。

怎麼回事？季芮晨不由得緊張的看著每一扇門，為什麼大家都在慘叫？難道是……

「哇啊——」走到十樓時，九樓突然衝出了人，伴隨著大吼，擎著來福槍對著衝下的他們！「誰都不許離開！」

走在最前面的 Diego 煞住了步伐，後頭的杜軒跟著撞上。

「你們別想走！我知道、知道你們是異端！」那肥壯的男人面紅耳赤的大吼著，「就是你們降下天災的！」

「不是。」Diego 沉穩的說，「我是梵諦岡的驅魔師，他們是受到保護的人。」

「騙人！我知道他們有問題，就是知道！根本足不出戶，蕾娜夫妻都藏著他們，外國旅客！」

「施朗，他們是我民宿的客人啊，是你報警的嗎？」杜軒忿怒的吼著，「你怎麼可以做這種事！」

「什麼民宿的客人！」施朗舉槍指向了上方，「那個女的，我看見她在聖母院裡出現過！」

咦？季芮晨倒抽一口氣，聖母院那日……這個鄰居在場？

「他們是觀光客，會去聖母院是自然，這有什麼好奇怪的！」蕾娜也緊張的解釋，「你就這樣去報警？」

「少來了，那個男的在你家多久了？到這兒之後就很少出去過，這哪是什麼觀光？那個女的來了之後，我家客廳那個就沒有清靜過！」

他家客廳哪個？難道他家本有地縛靈，所以才洩露了季芮晨的到來是「特別」的嗎？

「跟他吵什麼？」令葑蓮閒步而至，「我們沒太多時間浪費。」

季芮晨打橫手臂攔住她，沒看到對方手上有上膛的槍嗎？原本以為所有的防護措施都很完善，不會有人能從任何地方窺視到屋內的人，結果卻忘記防備活人。

檢舉者，當人命在旦夕時，會拚了命的找出能救命的關鍵。

「斐學。」令葑蓮淡淡一句，卻讓小林下意識的回首。

季芮晨感覺到有什麼東西從令葑蓮體內竄出，她尚且看不清楚，樓梯內燈光陡然一暗，施朗嚇得大吼，食指竟扣下扳機！

「砰！」巨大的槍響讓大家驚叫連連，燦爛的火花在黑暗中乍現，所有人第一時間的反應是蹲下身子，但是季芮晨背後卻被人踢了踢。

「下樓去！」令葑蓮喊著，最前頭的 Diego 立刻拉過了杜軒，旋身向左轉下樓。

小林早已拿出手電筒，燈光一照，看見的是施朗驚嚇的貼在牆上，他手裡握著的槍口向上，有個清秀的男子握著槍桿，同時壓制著他的身體。

那個男的……季芮晨眨了眨眼，她看過那個男性亡靈，是一直跟在令葑蓮身邊的鬼。

他及時移開了槍口嗎？大家魚貫走下，意外的九樓以下竟還是燈火通明。

小林忍不住多看了叫斐學的亡者一眼，他背對著大家，微微側首，彷彿知道小林在望著他。

咿……突然間，一旁的安全門被拉開，小林緊張的拽過季芮晨。

原本以為又會出現什麼人，但是卻只有一個繩圈咻的懸在半空中。

麻繩綁了個圈，就懸在門框下方，活像吊刑的繩圈一般，還在那兒晃盪著；被壓在牆上的施朗驚愕回首，斐學也看了過去，很是狐疑。

直到那個繩圈動了起來，繩子往樓梯間裡延展伸來，朝施朗的方向。

『離開。』斐學轉回頭對著季芮晨說著。

季芮晨遲疑，小林即刻拽了她下樓，下頭的楊景堯正在高喊，他們得立刻前往地下室，事不宜遲。

「NONONONO！」施朗驚恐的喊叫出聲，他眼睜睜看著繩圈朝他套來，慌亂的想要掙扎。

但是，身前那個冰冷的、半透明的鬼卻壓著他，絲毫不鬆手！

『你客廳那個，想跟你作伴。』斐學幽幽的說著，動也不動，望著那繩圈浮在半空中，從垂直移到平行，然後套上了施朗的頭。

哪個伴？施朗顫抖著身子，往門口看去，在延伸進來的長繩下方，緩緩的出現了一個男子，形銷骨立的身子，凸出的雙眼，還有那拉得很長很長的頸子，以及掉到胸口的舌頭。

男子咧嘴笑著，伸手拉了拉繩子，彷彿在確認有沒有套緊似的，施朗驚慌的大吼起來。

「不要放手！求求你不要放手！」

他是對著斐學喊的，他萬萬沒有想到，他面前有兩隻鬼，他居然只能向鬼求救！

斐學靜靜望著他，耳邊聽見樓下的聲響，他們抵達地下室了！令葑蓮解開車門鎖，吆喝大家上車，這樣多人得分兩部搭乘，杜軒夫妻、楊景堯跟著Diego，她載小林他們。

「斐學，拖什麼？」她拉開車門，仰首一喊。

『再見。』他鬆開手，倏地穿過地板，咻的直穿抵地下停車場。

施朗頸間的繩子猛地上收，他整個人被往門口拖去，驚嚇萬分的他只會拿著手上的來福槍，胡亂的開槍。

砰砰砰砰——槍響迴盪著，小林遲疑的回首。

「別管了，上車。」令葑蓮發動車子，方向盤一轉就往出口去。

「蓮姊，外面沒有末日警察嗎？」

「有，不過我有設結界，隔出另一個空間，現在也有地縛靈在糾纏。」令葑蓮透過後照鏡瞄了季芮晨一眼，「剩下的，就要看小晨的力道有多大了。」

「我？」季芮晨遲疑的看向小林。

「妳不希望我們被抓吧？就盡點力吧！」令葑蓮邊說，踩足油門往上坡路段去。

她當然不希望啊！可是要怎麼做呢？

小林立刻緊握住她的手，看著車子即將衝出停車場出口……出口就有警車，但是居然沒有人？

砰磅一聲，不知道從哪兒飛來了一個人，重擊上擋風玻璃，鮮血四濺，令葑蓮緊急踩了煞車，看著那貼在玻璃上的臉根本血肉模糊！

「天哪……」所有人往窗外看去，簡直不敢相信。

他們看見有警察正四處開槍，有人拿警棍狠狠打著同事的頭，還有殘敗的死靈們拖著員警往水溝蓋去，甚至有巨大具有人形，但卻極度怪異的東西正從別的水溝蓋裡爬出來。

還沒來得及細想，擋風玻璃上的傢伙突然被一把拖走，那巨大的怪物直接將警察就口，大口一咬撕成兩半，活像在啃雞腿似的輕鬆自若。

「餓死鬼都上來了。」令葑蓮輕嘖一聲，「小晨，不要讓惡靈攻擊我們。」

「我……」季芮晨慌亂的看著一個頭破血流的年輕人倏地從旁衝過來，拍打著她的窗子。

『下車！下車！妳壓到我了，壓到我了！』年輕人瘋狂大吼著，鮮血淋漓的狂吼。

「不要過來……」她驚恐的往後退，不能在這裡被絆住，她必須有負面的、負面的想法……

為什麼要傷害他們？為什麼那些警察要針對靈力者？這樣的世界才是病了，抓走艾瑪又是為了什麼？不管是誰都該有生存權！憑什麼因為大多數人的瘋狂，就要少數人賠命！

要燒，為什麼不燒死他們自己！

一個站在他們車子面前，朝著年輕男鬼開槍的警察正在大喝著，他驚慌的望著車子裡的他們，突然像打嗝般顫了一下身子，滿臉瞬間漲紅，緊接著張嘴嗝出了一團火……火！

「哇啊啊啊——」

轟！下一秒火從警察的嘴裡、眼裡、鼻子裡冒了出來，他的全身自燃起火，感受大火從體內烤乾的痛楚，而且不只是他……是這裡所有的警察們，全成了橘燄簇簇，照亮昏暗的四方！

「小晨！妳剛想了什麼！」小林緊張的扳住她的肩頭。

「我……」她遲疑著，她沒有錯啊！

「管她想什麼。」令葑蓮鬆開煞車，「總之，我們能走就對了。」

油門踩下，方向盤打左離開，季芮晨跟小林不由得緊張的回身向後，從後方看著那像萬家燈火般的火團，伴隨著淒厲的慘叫聲。

而遠處那直升機墜毀引發的大火衝到半空中，在烈燄大火的波動中，他們都看見了一張猙獰的臉。

在大樓裡的施朗，懸吊在九樓的天花板下，麻繩穿過了天花板繫吊著，他業已低垂著頭懸著雙腳，頸子被勒到薄薄一層皮連著骨，舌根吐出，雙眼死不瞑目的瞪著下方。

對著下方那個瞇起眼，笑吟吟對著他的「室友」。

終於，可以作伴了。

# 第七章

『這真是不可思議的畫面，全世界親眼目睹，駭人的異端就在巴黎，輕而易舉的就將在場一百多名警察燒死。』

『大家都能看到可怕的惡靈在窗子上爬，進而襲擊了直升機導致墜毀！還有突然瘋狂的警察，極有可能是被附身……這個畫面中，我們還能看到一個吊死的女子穿著中世紀的衣服在大樓外晃動！』

『這是由該大樓九樓住戶施朗檢舉的，他認為住在十五樓的杜軒夫妻窩藏異端，杜軒夫妻是從事民宿生意，常有觀光客進住，但施朗表示住宿者形跡可疑……』

『事發後末日警察進入，在十樓發現施朗上吊的屍體，繩子詭異的鑲在天花板裡，而且天花板上有許多彈孔，據鄰人表示施朗死前曾瘋狂大叫，說什麼不想跟誰作伴，並不像自殺。』

『末日教會抵達杜軒家，驚恐的表示那裡匯集了陰暗的力量，令人不寒而慄！很有可能導致世界毀滅的異端就是窩藏在這裡！』

『不過末日警察有擒獲同夥一名，名為艾瑪．亞當斯，已經被證實具有靈力，教會正在進行審判，審問她。』

『如果在逃的人就是異端，至少已經找到了目標，必須趕緊將之解決，才能讓世界獲得寧靜！』

一隻手伸了過來，將手機抽走。

「都什麼時候了還留手機。」令葑蓮直接把手機的 SIM 卡拔出，電池拿起來，接著往一旁深不見底的山坳下扔棄。

「咦？」楊景堯錯愕非常，「那是我的！」

「通信設備會讓人追蹤到我們對吧？」小林語重心長，「我出來時就留下了。」

楊景堯尷尬的低首，這個之前的確有交代，但他還是忍不住帶在身上。

「沒關係，反正我們是刻意繞了路。」Diego 緩步而至，「如果能引他們追到這裡來也好，至少跟我們要去的地方是反方向。」

季芮晨看見 Diego 會有一點恐懼，畢竟是梵諦岡的人，為什麼現在會在這裡幫助他們？離開現場後，其實他們沒有走遠，根本只到市郊停進另一個停車場，隨後換了車離開，一切似乎早有準備；停車場的監視器利用鬼遮眼擋掉了，一路上都讓小櫻他們幫忙擋去視線，所以警方短時間內很難能找到他們的蹤跡。

「真抱歉，我們竟不知道有人檢舉。」蕾娜滿懷歉意的說著。

「早晚的事。」令葑蓮微微一笑，「幸好我們早收到消息，就能先過來設下結界，暫時讓警方不能直接進入大樓。」

「我……們？」小林挑高了眉，看著Diego。

「他是梵諦岡的人，當然會先知道消息。」令莳蓮挑了抹笑，「怎麼？覺得為什麼梵諦岡的人會在這邊？」

「當然，應該是非抓我不可吧？」

「因為他是有腦子的。」令莳蓮指了指，「你自己說，Diego。」

只見Diego嘆了口氣，自顧自的搖頭。「世界崩潰的不只是秩序，還有人心，梵諦岡跟末日教會現在動用大批力量尋找所謂異端，但是他們沒有想過，萬一天災繼續發生……人們難免把目標推到我們身上。」

楊景堯扶了扶眼鏡，「這我看過，在倫敦會有梵諦岡的神職人員被活活燒死。」

「咦？」Diego驚恐的看向他，「什麼時候的事？」因為這件事還沒發生啊！

楊景堯聳聳肩，他的預知夢不會有時間表。

「我預料的果然沒錯，這是遲早的事！最後連末日教會的人都難逃一劫，因為他們是靈能強大的人在主導一切！」Diego不忍的看向季芮晨，「我真希望不是妳。」

「不是我……我沒有靈力的！」季芮晨趕緊接口，「艾瑪說了，我沒有一丁點靈力！」

「有沒有靈力並不是重點吧？負闇之力才是駭人的。」令莳蓮接口，「他在跟妳說客氣話，妳還接得這麼順口？十成九就是妳，我們都看得出來。」

「不是！」季芮晨緊握雙拳，「這陣子世界發生這麼多事，但是我周遭並沒有事，我人在巴黎也沒去那些地方，我也沒有負面的思想……我知道怎麼控制那個能力的！」

令葑蓮定定的望著她，無奈的嘆口氣。「到安全的地方再說吧！上車！」

小林望著她，他知道表姊的，那模樣根本是欲言又止，她瞞著什麼事……關於小晨。

由於只是中途休息兼吃飯，買餐點是由 Diego 出面，梵諦岡的衣服超好用，買東西或是出入都相當便利；令葑蓮也有梵諦岡的通行徽章，他們兩個到哪兒都不受阻礙。

上了車後，車子開始兜圈子，似乎是為了擾亂調查，只是夜越深，每次一個轉彎，大燈一照，就會看見駭人的鬼影站在路旁，甚至衝向車子，但最終不是尖叫著被彈開，就是恐懼或恭敬的離去。

季芮晨總是皺眉，看著前方一個個出現的惡鬼，不禁想著……被彈開是因為 Diego 的驅魔，離去……是因為令葑蓮？還是因為她？

「別轉了，我們直接去目的地吧？」季芮晨開口，轉得她頭都暈了。「我們會處理車痕的。」

「小晨？」小林摟過了她，她面露哀淒的偎著，內心沒有停過思考。

雨要多大才能掩飾掉車痕？小雨不行，滂沱大雨也不成，要下就下暴雨吧！下那種能將土壤全數沖刷殆盡的暴雨吧！

轟！天空閃過銀色，隆隆雷聲旋即響起。

小林緊皺著眉將季芮晨摟得更緊，今天是晴天，他知道這該乾爽的天氣，不太可能突然大雨，前一刻大家還在欣賞危難時的月色，這一刻竟已烏雲遮天。

這是小晨做的，為了掩飾車痕，他明白。

但是他也害怕，季芮晨如此使用自己的負闇之力，最終會走到什麼地步？他有著極度不好的預感，這個世界，像是在逼她使用負闇之力啊！

「到了，大家忍著點，就淋雨進去吧！」令葑蓮停下車子，「斐學，你帶他們進去。」淋雨？小林遲疑著要不要打開車門，這哪是下雨？這是倒水吧？活像上天水庫洩了洪，水是大盆大盆的往底下倒，雨刷根本完全起不了作用，要不是靠著那個叫斐學的鬼指路，根本早就出車禍了。

一下車果真立刻就淋了個落湯雞，這根本是暴雨，別說車痕了，只怕整座山都給沖下一大片。

「小晨，妳能不能讓雨下小一點！」小林在雨中大吼著，要不然她聽不見。

「咦？」她雙手不停抹臉，連視線都不良。

「欸，算了！先進去吧！」隔壁車的人也都下來了，大家跟著斐學往前走去，這裡漆黑一片也不知道自個兒在哪兒，只知道跟著前人往前跑。

只是眼尾餘光總會看見一些穿著中古世界華服的男女在一旁盯著他們，用那似笑非笑的眼神，或哀楚淒苦的眼神。

衝進了屋內，每個人身上都是滴滴答答的掛著水，微弱的燈來自於旁邊不知哪兒燃起的燭火，每個人拚命抹去臉上跟髮上的水，才能夠看清楚到底在哪裡。

『哈哈哈！哈哈哈——』一個長笑聲驀地傳來，所有人頓時嚇得魂飛魄散。

「什麼東西！」蕾娜窩進杜軒懷裡，那聲音好近啊！

季芮晨也往小林身邊靠去，她討厭什麼都看不到的狀況……什麼都……仰首看去，頭頂上的吊燈正在晃動著，吊燈裡卡著一個頭顱，頭顱上還戴著誇張華麗的羽毛帽子，正跟著晃盪。

『哈哈哈！哈哈哈！你殺不了我的！殺不了我的！』他邊吼著，一邊眼珠子向下瞪，望著他們所有人。

微弱的光竟源自於那位男士的鬼火，他是個鬼體照明，這種吊燈令人不適。

『這邊。』斐學繼續往前走，帶他們離開那間房，只是一離開，看見的卻是深不見底的長廊。

「這什麼地方……」楊景堯慌張的後退，「我才不要走這條咧！」

長廊極深，小林跟杜軒都擎起手電筒往前照去，只感受到一片寂靜，還有分佈在旁的雕像，那些精緻雕像絕大多數都是拿著權杖的王者，現在看起來卻陰森駭人。

「這裡是……」蕾娜顯得很吃驚，「我們在凡爾賽宮？」

凡爾賽？聞言大家無不倒抽一口氣，令葑蓮帶他們到凡爾賽宮來避難？剛剛雨勢如此之大，連路都看不清楚，自然沒人知道車子到了哪兒！

「這裡可以隨便進來嗎？」小林錯愕極了，「我以為這裡……」

除了是觀光聖地外，應該還有人管制吧？

斐學已經走到前方去了，他薄弱隱約的身子一下就隱沒在黑暗之中，小林趕緊把手電筒舉高照向他，然後硬著頭皮拉過季芮晨，一步步跟向前。

白天的凡爾賽宮，每一角都是歷史與美景，水晶吊燈閃爍著光芒，壁飾黃金雕刻且富麗堂皇，只是現在如此黑暗，走廊上的落地窗透不了光，另一旁的雕像們卻讓人感覺不知何時會活起來似的。

路過一尊威武的雕像時，小林明顯聽到了輕微聲響，眼尾瞄過去，雕像手中的權杖像是移動了半吋。

他下意識往中間靠攏，回頭要叫大家不要太靠近雕像，結果才回身，就看見高高舉起的大理石權杖，在杜軒的上方。

「後退！」小林邊喊一邊往杜軒衝過去，因為這時候大家只顧往上看，根本會被一擊破頭！

季芮晨錯愕回首，根本什麼都來不及反應，看著小林千鈞一髮撲倒杜軒，蕾娜失聲尖叫看著動起來的雕像，她踉蹌往後退，卻碰到了另一尊雕像！

她才撞到基座，驚嚇得抬首，就跟低首的王者四目相對了！英挺俊美的大理石雕像，此時正低首看著她，忽而眉間一皺，低吼般的舉起巨大的手——

一陣沉穩低喃突然從剛進來的門響起，石雕倏地僵硬，像是被制住行動一般，拚命的想將手伸前抓住蕾娜的頭，卻又無法降下。

季芮晨見狀，急忙趨前把蕾娜拉到自己身邊，退到沒有雕像的空地去；滾地的小林跟杜軒也謹慎的不敢貿然而起，走廊兩旁的雕像都活了過來，石刻般的容顏都透露出一股邪惡。

「走吧！」剛剛出聲的是Diego，他一把揪起要往回跑的楊景堯。「看來凡爾賽也淪陷了。」

「萬鬼傾巢而出，皇宮裡又有多少血淚史？」跟在他身後走出的是令葑蓮，她也是渾身濕漉漉，一邊甩水一邊望著被制住的雕像。「奇怪，我們這麼大聲響，沒人聽見嗎？」

小林扶著杜軒起身，依然戒慎恐懼的看著怒目的石雕。「誰該聽見？」

「早該有人來了。」Diego說著，一併將大家往前推。

整條走廊兩旁的石雕們緩緩轉過頭來，像是嫌燈光刺眼，皺著眉往下睥睨著，或低吼、或是猙獰，卻也都懼於Diego似的無法輕舉妄動。

『嘻嘻……』走廊後方傳來嘻笑的足音，伴隨著沙沙磨地聲，眾人驚愕回首，只見長長的裙襬掠過。

中古世紀的宮廷服飾，女人的蓬裙裙襬。

季芮晨閉上雙眼，凡爾賽宮的亡魂應該不在少數，到歷史古蹟來，就應該要有所覺悟才是……她現在擔心的是，這些亡者因為她的到來變得更活躍的話，那會發生什麼事？

古今中外亦然，在皇室裡的魂魄，十有八九不是冤死就是懷怨的吧？

每個人瑟縮著身子顫抖，十公尺前的斐學停下腳步回首看向他們，Diego 極快的走到大家面前領頭，轉彎上了樓；有靈能者在大家都安心，季芮晨知道剛剛 Diego 唸的是驅魔文，至少可以鎮住這兒的魍魎鬼魅。

上樓後，是一間又一間的房間，只是現在已經無人有心參觀什麼陶瓷、刺繡，只顧著疾步往前；一直到走完所有的房間後，終於抵達一個大玄關，這兒的天頂壁畫多彩繽紛，角落還有金碧輝煌的浮雕，正前方還有兩個入口，不過 Diego 卻轉向左方。

左方有個並不寬敞的拱門，這樣望過去，看見的是一室通明，以及璀璨的水晶吊燈，一座接著一座！

「總算來了！」冷不防出現了一個男人，手持著很大的 LED 手電筒。「你們比預定的時間慢了，我還以為出事了。」

「是有點意外，你有留意到新聞嗎？離開時出了些事。」Diego 趨前。

流利的義大利語在空中交談，但是接應的人卻留有一頭黑髮與東方五官，令葑蓮在後面輕推著大家，要他們放心的進入，對方本是在這裡接應的人。

季芮晨後退兩步，想要握起小林的手，他卻瞪圓了眼一臉驚愕，旋即衝上前去！

「灖焱！灖焱！」他衝到那男人面前，「真的是你！」

小林歡天喜地的張開雙臂就要擁抱，來人倒是不客氣的伸直手臂，拿手電筒往他身上抵。「拜託，你濕成這樣，我才不要沒淋雨卻成落湯雞咧！」

「為什麼你會在這裡？！」小林興奮異常，其他人則是一頭霧水。

「換好衣服再聊，我快冷死了！」令葑蓮抱怨著，掠過大家直往裡頭去。

看著這邊手舞足蹈，不懂中文的杜軒可憐兮兮的望向老婆，蕾娜也只是簡短的說明，接著來人多亮了幾盞燈，瞬間一片通亮，明明亮著的燈極少，卻異常明亮。

季芮晨站在一面鏡子前，詫異的環顧四周，這兒到處都是鏡子啊！

「鏡廳？」她驚呼出聲，卻難掩興奮的開始四處觀看。「天哪！這裡是鏡廳耶！」

鏡廳，西邊有十七扇巨大的拱形落地窗，可以看見整個凡爾賽花園，東面則用四百多面鏡子鑲成一條鏡廊，地板是細木雕花，牆壁均以藕紫色及白色大理石裝飾，拱形內柱面則是採用綠色大理石，除此之外，不管是柱頭、柱腳或是護壁全是黃銅鍍金，以太陽為裝飾圖騰。

這是凡爾賽宮最著名的大廳，長達七十六公尺，挑高十三公尺，寬度也有近十一公尺；一面為落地玻璃、一面為鏡仍不夠明亮，整座鏡廳的天花板上有二十四盞水晶吊燈，一踏入鏡廳，不需多少燈光，就能感受到光亮璀璨，遑論白天！

「真虧得妳還有心情歡呼。」楊景堯涼涼的說，他現在一顆心七上八下，總覺得命懸一線。

「總是要苦中作樂不是嗎？」接應的男人走來，扔給大家一人一套衣服。「鏡廳兩旁都有房間可以換衣服，我已經設下結界，暫時不會有什麼厲鬼前來攻擊。」

大廳東面有四扇通往國王寢宮的大門，現在都是展覽區，剛好也能當個奢華的換衣間。

「我們全身都是濕的，這樣不會損害到文物嗎？」季芮晨還在擔心這個。

「世界毀滅時，應該也不會有多少人在意這鏡廳的文物了吧？」令菿蓮率先換好乾爽衣物，走出來時挑起一抹訕笑。

世界毀滅……聞言只是讓季芮晨心一驚，小林趕緊趨前安撫她先去換上衣服，一邊瞪著令菿蓮，何必哪壺不開提哪壺。

「濰焱一開始就在巴黎嗎？」趁著季芮晨跟蕾娜進入更衣，男生們倒不避諱的集體換衣來了。

「沒有，三天前到的，進來費了番功夫。」叫濰焱的人語重心長。

「你們兩個都不在家？那家裡都還好嗎？」小林緊張的問。

「放心，光是我媽一個人就抵千軍萬馬了，小咖的魍魎鬼魅根本不敢靠近家裡方圓百里之內，剩下的大家都能應付，棘手一點的魔物就靠符咒了。」濰焱微笑著，「東方沒有西方的狀況來得嚴重，我們最多是天災，已經連著發生過三次七級以上地震，又伴隨豪大雨，山區全毀，交通跟電子通訊也全斷，死傷已經超過一百萬人了。」

「我有注意到天災的狀況，不過家裡沒事就是萬幸了。」小林拿著毛巾擦拭濕髮，「那你怎麼跑出來了？我以為蓮姊在外面跑就夠了，現在西方這邊已經是暴民政治了，被抓到有靈力怎麼辦？」

「梵諦岡顧著還好，而且我早年跟教會都有聯繫……」瀠焱頓了一頓，看著小林。「我這兩個月東奔西跑，幾乎是確定了狀況才過來巴黎。」

「確定……狀況？」他蹙起眉，旋即倒抽一口氣。「騙人！我不信！」

這聲量過大，在鏡廳裡迴響，早就換好衣服的季芮晨雙手貼在門板上，她聽得分明。楊景堯重新戴上眼鏡，若有所思的望著在討論的三個人，他其實做了好幾個預知夢，但是並沒有一一據實以告。

蕾娜開門走了出來，擔心的看著爭執，季芮晨也跟著信步而出，毛巾包著濕髮，主動擱下東西上前。

「說吧，總是得知道你們確定了什麼。」她來到小林身邊，勉強笑著。

「嗯……先跟妳介紹，這是我堂弟，賀瀠焱。」小林有些興奮的介紹著，畢竟這種時刻有家人在旁，總是特別溫馨。

「您好。」季芮晨頷了首，旋即一征。「你堂弟？他姓賀，你應該也……」

「我從母姓，我媽姓林。」小林笑了笑。

「噢……很抱歉沒時間寒暄，可以跟我說究竟怎麼回事嗎？」季芮晨憂心如焚的問著。

「世界上不是只有妳具有負闇之力，但是妳是最強大的，以妳為圓心，巴黎、法國周遭國家發生的事故最多。」賀瀠焱平穩的說著，後頭是蕾娜細細的翻譯聲。「早年的狀況我們都知道，妳帶團出去發生的事情都很詭異，我們也都做過調查。」

季芮晨看向小林，想來從他們初認識開始，他就跟家人報備過了吧！所以從吳哥窟回來後，才會要她佩戴特別的護身符；才會要她去萬應宮看看。

「這些只是猜測，小晨跟我在巴黎時，我們並沒有遭遇什麼會讓她湧現負面思想的事，也不該會驅動鬼魅……」小林立刻辯駁，「再說了，連惡靈惡鬼之輩都出現，這不是表示各界的秩序崩潰嗎？這不可能是因為小晨！」

「你說到重點了，魔獸之輩都已經堂而皇之的進到人界進行殺戮跟操控，這是始料未及的事，陰界得到了強大的力量，所以秩序才會崩毀。」令葑蓮接了口，「負面的想法、或是負闇之力這些東西，我覺得你或季芮晨都有觀念上的問題。」

「咦？」季芮晨又一怔，「什麼觀念問題？」

「這不是妳的能力，不是像我們一樣具有靈力，可以藉助咒法、法器等等發揚，妳是沒有異能力的。」

這句話很是熟悉，艾瑪才說過，她根本沒有靈力，她知道啊！但是——

「負闇之力不就是她的能力嗎？」小林力持鎮靜的說著，「她也能控制得很好了，從逃離蕾娜家開始，你們就該知道。」

「那是命格。」賀濰焱輕聲回應，「妳一出生就決定好的命運。」

她呱呱墜地的那刻起，選擇了哪年哪月哪日哪個時辰，或是星象正處於特殊時刻，在她誕生的瞬間就有著相對應的命格。
天生，就是負面的代表。

# 第八章

天生的命運，像是命運女神紡紗，早就註定好的。

「命……騙人，同年同月同日生的有多少人？照你們這樣說，這些人全部都是註定有負闇之力的人！」季芮晨早就想過這點了，「說不定他們就是分佈在其他國家的人，不該針對在巴黎的我。」

賀濰焱瞥了令葑蓮一眼，他們交換的眼神中有許多資訊，但卻不輕易直接和盤托出。

「先坐下來吧！」後頭的蕾娜開口，「大家都折騰一天了，至少坐下來談。」

季芮晨很想知道後續，不過小林卻拉著她先坐下，所有人圍成一圈，鏡廳的地板是冰冷的，溫度也相當的低，不料賀濰焱竟然開始發放暖暖包，果然是個細心的傢伙。

楊景堯一直沉默寡言，他一向如此，挨在杜軒身邊坐著，臉色不驚不懼。

「所以確定是小晨了？」他突然幽幽開口，「存在巴黎的異端，讓世界這幾年變得動盪不安的主因。」

「沒有人覺得這件事很離譜嗎？我知道我所到之處會有一些影響力……像是鬼會變成厲鬼，喚起過往的死靈，但是——我們在談的是這個世界。」季芮晨緊握著雙拳說著，「我這麼小小的一個人，怎麼可能主導天災？遠在幾公里外的地殼？還有我們在很多地方看到的魔物，那附身在人身上的奇怪東西！」

「那是魔了，應該只是一種催眠，他們什麼都不必做，只要蠱惑人心就好。」賀濡焱平靜的回應著，「到處都有那些東西，他們只是鼓勵人們做最想做的事，捨去道德與法律的約束，只要達到自己的心願與目的就好。」

於是，像聖母院那天的殘殺一再發生，那些疊影只是象徵那個人的種種約束與靈魂，惡魔們只是把他們剝離罷了。

「也是有一些沒受到影響的人，但少之又少，人性無法抵抗惡魔的蠱惑，所以殘忍的兇殺案四起，別說警方疲於奔命了，擁槍的他們殺起來更是不眨眼。」令葑蓮冷冷一笑，「不過天災不斷、人類相互殘殺，某方面而言……這一切反倒像是人類的報應。」

賀濡焱看向身邊的令葑蓮，流露出一抹悲傷。「妳還是這樣嗎？對人類悲觀？」

「事實證明一切。」她下巴輕靠在雙膝之上，「我不是悲觀，我是訴說事實，你除妖除魔這麼久，難道就沒發現，世界上最可怕的永遠是人嗎？」

沒有人否認這一點，在季芮晨的人生當中，魍魎鬼魅的確很可怕，他們因為她得到了力量後，總是開始為惡，不管是殺人、或是試圖復仇，但是仔細想想，為什麼這些鬼會變成厲鬼般瘋狂？

第一次在吳哥窟，因為她喚醒了紅色高棉大屠殺下的靈魂，他們是被殘忍殺害的普通人民，因為恐怖政權的任意戕害，是有權者屠殺平民的血腥歷史；接下來到了波蘭，二戰期間，納粹屠殺猶太人，目的是要將之滅種，在奧斯維辛設立了滅絕集中營，讓這些猶太人進入地獄，或毒死、或勞役而死。

瑞士，和平獎的發源地，卻有人持槍殘忍的屠殺青少年，只因為他認為世界秩序必須重整，要使用非常手段；日本……為愛瘋狂的江戶女子，尋找著她深愛卻不愛她的男人直到現世，自私得妄想整個世界都該愛她，加上偏執的父親，才讓她的靈魂附在和服上。

結果她帶團到江戶去，所以才讓浮遊靈魂又成了厲鬼。

季芮晨遲疑一下，怎麼好像哪邊怪怪的？

不，先別管這個，還有死亡之島上狂暴的死靈，都是因為過去的當權者利用疾病，將有病沒病的人都扔在島上，任其自生自滅，所以才累積了無限的恨。

「在想什麼？」小林輕聲問著。

「我想我們遇到的鬼……真的都是人與人自相殘殺才導致的悲劇，」她低語著，「或許令小姐說的並沒有錯。」

「一直都是如此，亙古不變的循環。」賀濂焱繼續說著，「所以，上天也很聰明，每到了世界腐敗之際，便會有天災降臨，打壞一切秩序，讓世界重整。」

他看向令蔚蓮身邊的Diego，用義大利語說了數句，他才正首看著圈子裡的每個人，眼神重複落在了季芮晨身上後，才點了點頭。

小林蹙眉，什麼事非得經過他的允許？

「記得歷史上有許多駭人的天災嗎？」賀濡焱開始扳起手指頭，「龐貝城一夕之間被火山掩埋、查士丁尼瘟疫、黑死病……甚至是江戶大火這種例子。」

提到江戶大火時，季芮晨打了個寒顫。

「所以呢？意思是……當時都有負闇之力的人降生嗎？」季芮晨悶悶的說，「我是生在那個時代的對吧？」

「沒錯，末日教會不是現在才成立的，他們在歷史上相當久了，說是教會不過是個稱呼，事實上就是一群也具特殊力量的人——能判別負闇之力的人相聚，為了阻止大災難的發生，他們一生都在奔波。」

「可是剛剛小晨也說了，擁有負闇之力的人很多，那個時刻又不是只有一個人出生。」楊景堯忽然開口，「所以末日教會的人就在全世界尋找？那找到了每個人都是引起災禍的兇手？」

「不，即使擁有負闇之力的人很多……」令葑蓮定定的凝視季芮晨，「但天譴只有一個。」

咦？季芮晨瞪圓了雙眼，「天譴」只有一個？

「胡說八道！」小林立即低斥起來，「你們現在在說小晨是天譴！？」

「沒有別人了，末日教會在找的人就是她……上一次的天譴出現在江戶。」賀濡焱也幽幽的說，「前一個天譴誕生的那一晚，江戶便發生大火，燒死了十萬多人的性命。」

季芮晨全身不住的發抖，她緊繃著身子，雙拳握得死緊，對面的蕾娜跟杜軒也驚駭的望著她；他們是對令葑蓮報恩所以收留靈力者……但並非想要保護會害世界毀滅的人啊！

「自古以來，天譴自己都不會喪生在意外中，所以江戶大火火勢再大，就算那是嬰兒，勢必也會活下來。」令葑蓮再挑了眉，「而且天譴都是孤兒，他們不會有親生父母姊妹什麼的，就算有……也會很快就因為她的負闇之力而死！」

「住口！」季芮晨忍不住大吼出聲，心裡像有根針扎著。

「我們已經查過妳的背景了，從小到大，妳身邊全都是滾動的屍體，妳總是唯一存活的人，對吧？Lucky Girl！」令葑蓮不客氣的繼續拿針往她心口刺，「這是妳無論如何都無法否認的事實！」

「閉嘴閉嘴！」她抬起頭來，「造成身邊的人死亡，不代表我好受！這不是我自願的！」

「可是他們還是死了。」賀濂焱伸出手，壓上令葑蓮的肩，讓她低聲些。「就像妳不願造成威尼斯的沉沒，但島還是沉了，幾十萬人瞬間滅頂，妳明知道的。」

季芮晨別過了頭，小林緊皺著眉摟過她，他知道大事不妙了，一直以來知道小晨有負闇之力，但從沒想到……她就是天譴！

「我是個體……我也有生存權，早知道會有類似今天的狀況發生，但沒想過這麼嚴重。」季芮晨低泣著，「現在的人根本是濫殺無辜，有靈力者通殺，梵諦岡怎麼不處理一下呢？」

最後一句，她是用義大利語說的。

Diego 明顯有些驚訝，然後瞇起眼。「沒有人想過，會有這麼可怕的天譴降臨，妳不是一般的天譴，過去沒有天譴具有這種龐大的毀滅力量！不是一個地區性的流行病、不是一場火山爆發、不是一場大火，而是世界的崩壞啊！」

季芮晨緊緊握住小林的手，這些人、這些人為什麼要把她說成這樣！

「他說了什麼？」小林緊張的問，季芮晨只是搖頭。「蓮姊！」

「小晨會毀掉整個世界。」令葑蓮使用簡單版，「整個地球，而不是某一洲或是某一座城。」

「我不會！我才不會這麼做！」季芮晨氣急了，這也是她生活的地方，她怎麼可能會做出這種事！「不要把所有災難都歸在我身上，那是天災啊！」

「所以妳是天譴啊！」賀灖焱也拉高了分貝，「妳還沒有搞清楚嗎？小晨，妳的存在就是天譴，妳根本什麼都不需要做！」

只要存在，就是天譴。

就能引發天災，地震、海嘯、颱風、疾病，也能引發人禍，厲鬼肆虐、惡靈傾巢而出，人們開始為己慾而瘋狂，不好的年月跟困苦的生活，讓人們更加毫無法治。

「或許這是因為人類墮落腐敗到一種必須要肅清的地步了，所以才會讓妳這樣的天譴降臨。」Diego 厲聲說著，「但可否告訴我，該怎麼讓妳活下去？」

電光石火間，小林一步上前擋在季芮晨身前，敵視著現場每個人。

因為就在剛剛那瞬間，所有人都對季芮晨湧現了敵意。

「所以，你們要決定我的生死嗎？」季芮晨緊皺著眉，迎視了 Diego 始終憂鬱卻堅毅的眼神。

鏡廳裡一片沉悶，杜軒夫妻相互扶持著，卻明顯得退後了好些距離，楊景堯反倒低垂著頭更沉默，賀濡焱繃緊神經隨時準備應付突發狀況，令葑蓮卻一派閒散的輕勾著嘴角。

「妳對抗的是全世界，妳說呢？」她笑了起來，「沒有我們，妳連巴黎都出不去！」

「那為什麼要幫小晨呢？」楊景堯這時抬起頭，「你們口口聲聲說她就是關鍵的天譴，可是卻幫她逃出來？」

「是……是啊，還燒死了這麼多警察……」蕾娜好不容易得以開口，顫巍巍的望向季芮晨。「那些警察身上著火真的都是妳做的嗎？」

季芮晨咬著唇，別開眼神不想回答。

她既沒有靈力也沒有特殊力量，那就是有「某種東西」回應著她的負闇之力，所以讓警察們自燃對吧？

「人都是自私的，祐珊是我堂哥，他喜歡她。」賀濡焱的理由倒是很簡單，「所以在找到解決方法前，我可不想把她推上斷頭台。」

「我也差不多，要問的是 Diego 吧！」令葑蓮看向他，「身為梵諦岡的使徒，卻在幫助異端。」

「我也在想解決的方法，而且她說得對。」Diego 憂心的問，「為了大多數人的利益，我們就有權力決定季芮晨的生死嗎？」

人們想活，季芮晨也是，她也是個體是個人，世人真的可以為了自己的生存，而衍生出決斷他人生死的權力？

如果這套理論可行，那麼世界還有什麼秩序可言？還需要法治做什麼？

現在的世界已經淪為暴民政治，那就是因為人們自己賦予自己濫殺的權力，為了自己的生存，所以可以任意屠殺疑似擁有靈力的人、疑似可能的「異端分子」，寧可錯殺一百，也絕不放一人。

這個「殺」的權力是誰給的？都是自己給的，因為想活下來，所以集體犧牲他人也在所不辭。

他為此悲傷，演變到最後，驅魔師們也逃不過、末日教會裡的人也會被燒死，人性最終是醜惡的，殺戮只會成癮，看著火焚活體，那不絕於耳的慘叫聲背後，竟是龐大的歡呼聲。

不能怪罪惡魔蠱惑人性，該怪人性之脆弱、自私與邪惡。

小林聞言，回首看著季芮晨，二話不說將她緊緊擁入懷中，他一直害怕的事情在Diego口中得到了證實，一切真的都是因為小晨……但是他千百個不願意看著她被燒死！

「有方法可以破嗎？」他慌張的看向賀濡焱，「不是說這是命格？」

「改命改命，並不是都不可為。」賀濡焱沉重的說，「但也沒想像中的簡單，這就像是要在命運紡車上剪斷一條線一般，扭轉她的命格。」

「改命是改變未來的命運，小晨是天生的，出生時序如果不變，還能有什麼辦法？」楊景堯緩緩的說，他平靜到讓人覺得詭異。「我是滿想活下來的，但是我並不想為此殺人……小晨，妳可以自願犧牲嗎？」

「閉嘴！」小林氣急敗壞回首低斥，「憑什麼叫她犧牲，為什麼你不去？」

「因為我不是造成世界災禍的罪人啊！」楊景堯聳了聳肩，「她才是罪魁禍首。」

「這不是罪。」季芮晨斬釘截鐵的駁斥，「我是人，我也有活著的權利……我不會為誰犧牲，我要活下去。」

杜軒忽然搖著頭，靠近了她。「可是妳想活，大家都得死啊！妳不能這麼自私……妳也知道多少人都在最近的災害中死去，天災是小事，也有很多人被殘忍的殺害啊！」

「不說那些天災人禍，想想……被燒死的靈能者，他們的慘叫聲我都還聽得見啊，想想艾瑪！」蕾娜也抓住了季芮晨的雙臂，「她被抓走了，妳曾想過她會怎麼樣嗎？她一定會被砍頭的！萬一我們也被抓到的話、我們——」

夫妻倆淚如雨下，眼神裡充滿懊悔，早知道季芮晨是造成世界大亂的關鍵，他們根本不會冒這個險把她留下來，甚至害得更多人死亡！

「你們夠了沒！」小林扳開他們箝握著季芮晨的手，每個人都在談論自己的權利，誰在乎小晨了？

自私的人，到底是誰？

季芮晨痛苦的踉蹌闔上雙眼，她往後移著，離開了大家剛剛圍著的圈圈，退到牆邊鏡子前去，不想再討論任何事情了！

「能有方法嗎？」她虛弱的問著。

「我們都盡力在找，聽說有好幾種辦法，但就算找到了也要驗證……」賀灤焱不給太大希望，「不過如果真的有的話，或許末日教會早就能做出什麼了。」

「他們的方法就是找到天譴、殺掉他而已。」令葑蓮冷哼一聲，「幾千年來都這樣做，今世也不例外。」

季芮晨詫異的轉頭看向令葑蓮，「殺掉？所以前幾世的天譴也是被殺掉的？有這麼容易嗎？」

如果她這麼容易死，就不會是Lucky了。

「妳總會受傷，總是有不善使用命格的時候，就算現在我突然掏出槍來，妳也不見得能閃過。」令葑蓮笑著回應，「是，妳這世有護衛我知道，可是我聽說前幾世沒有，利用親近的人殺掉妳就好了。」

「好了，不要再說了！」小林忍無可忍的吼起來，「不要再跟小晨說這些她無法承受的事！」

他挨到季芮晨身邊，她緊抿著唇只是靠上他的肩頭，身子不停的顫抖，小林也只是環抱住她。

這是他唯一能給她的溫暖，除此之外，他無能為力。

賀濔焱輕聲要大家稍事休息，而他跟令葑蓮及Diego則到角落去，輕聲交談著，該不該把季芮晨送出巴黎？這樣躲又能躲到什麼時候？還有在世界各地流浪多年的令葑蓮究竟找到解決的辦法沒有？

聽說末日教會曾有典籍描述過阻止天譴肆虐的咒法，但那典籍早已亡佚……他們費盡心力尋找多年，還是未果。

後來他們聲音越來越低，大家也無暇聽了，杜軒夫妻開始興起怨懟之心，他們後悔抱怨，似乎巴不得現在有手機，可以立刻向警方通報季芮晨在這裡；楊景堯是躺在地上，隻手為枕，看著鏡廳上方的無數油畫，若有所思。

他想再做一個預知夢，他希望做一個清楚的預知夢，關於最後的未來。

對於季芮晨的事，他不那麼意外，因為身為一個常做預知夢的人，他認為「未來已註定」。

誰都沒有差，未來是註定好的。

碎語聲越來越小，天氣也越來越冷，季芮晨偎在小林懷裡，她根本睡不著，與他相互凝視，不願死的想法盡在不言中。

她不想死，也沒那麼偉大，憑什麼就得她犧牲？

因為人多勢眾，就能夠欺侮人，這似乎是亙古不變的定理，那個在艾瑪眼中毫無靈力的占卜者，叫喊得如何淒厲，如何的冤，還是在一心求生的眾多人眼下活活被燒死。

她不要。

季芮晨闔上雙眼，她不是高尚的人，她跟其他人一樣是個自私自利的傢伙，她只想要好好活下去，人的一生其實就是這麼簡單，希望快樂的活著。

她伸手摟抱了小林，她現在很快樂，沒有什麼好抱怨的了。

為了擁有這樣安靜平和的生活，她也會不惜一切代價去守護，既然每人都有各自要守護的東西，那就各自努力吧。

雖然她看似只有一個人，但諷刺的命格，似乎能抵千軍萬馬。

鏡廳靜了下來，賀灝焱也找了個地方坐下小憩，他幾年前來這裡參觀過，沒想過有這麼一天，凡爾賽宮已乏人問津；Diego 相當疲累，他是最矛盾的一個，在世人眼裡說不定還是反叛者，心力交瘁。

令葑蓮則往外步出，這鏡廳裡她設了不少咒術，只怕一般魍魎鬼魅是進不來的，而她這輩子最重要的人，卻是隻鬼。

她曾是家族的傳人，曾經對待任何鬼魅亡靈毫不留情的她，最終竟然愛上了她該淨化的亡靈，甚至為了那個男性亡者離開家族，離開台灣，過著流浪的生活。

或說諷刺，或說這也是命，每個人的命都是註定好的，是福不是禍，是禍躲不過。

她看似滄桑，但是眉眼裡俱是幸福。

雨沒有停，季芮晨不懂為什麼沒有停，她原本只是闔眼思考，但是一整天的逃亡緊繃讓身體疲憊，她彷彿聽見有什麼聲音，但是眼皮卻沉重得再難睜開。

※ ※ ※

『好喝嗎？』一個慈藹的聲音傳來，她有些困惑。『這是妳最愛的紅豆湯，慢慢喝啊！』

她睜眼，看著一個梳著丁髷（譯註：江戶時代日本男性或武士在頭髮頂部打結的傳統髮型）的男人正笑看著她，頭髮有些雜亂，身上的青灰色衣服沾著灰，臉上還有許多灰燼黑煙；他們共同坐在一個方桌旁，男人的手邊擺著一個鉤子，那是江戶時代，火消隊的鉤叉。

『好喝。』她說著，口不對心。『阿蜜最喜歡父親了！』

她望著自己捧起湯碗的手好小，環顧四周，發現自己在簡單的日式木屋內，這裡是……她的家？啊啊，眼前的男人似是她的父親，這是江戶時代的她嗎？

『父親也最喜歡阿蜜了！』父親笑得好苦，撫著她的頭，眼神裡極度悲傷，甚至落下了淚。

『父親怎麼了？』她趕緊放下湯碗，『今天發生什麼事了嗎？』

『不是……父親只是想，一轉眼妳長這麼大了啊！』父親抹去眼角的淚，『居然十年了……』

『阿蜜想趕快長大，跟父親一起去滅火！』阿蜜說得興致勃勃。

『滅火？很好、很好！』父親笑著點頭，可是她看著父親的視線卻突然越來越模糊……身子一軟，她旋即跌下椅子，是父親趕緊將她接住的。

喀啦一聲紙門被倏地推開，幾個黑影竄入，她看不清。

『綱吉，快點解決她！』

『她是我女兒啊！』父親緊緊抱著她，『為什麼非要殺死她？』

『她不是你女兒，她是你的罪孽！』那聲音厲聲說著，『當年，你把災難從火場裡救出來了！你必須彌補這個錯誤啊！』

『她只是個孩子，她沒有錯！』父親哭得悲痛不已，『我救出她，不是為了讓她面臨這個啊！』

『你已經讓她多活了十年，也多葬送了許多無辜者的生命，過去你不知道不怪你，但是現在你明白了，再讓她活下去，傳染病遲早會蔓延到全國。』唰的一聲，她聽見拔刀聲。『交給我吧。』

『不不……她是我救出來的，至少、至少要讓我親自送她！』父親身子劇烈移動，她彷彿轉了個半圈。『求求你們……』

接著是一片靜默，然後紙門再度闔了上。『動作快一點，不要給她太多痛苦。』

她動不了，只能很勉強的睜開眼睛，矇矓的眼裡看見的是父親，一直最疼她最愛她的父親大人，溫熱的液體落在她的臉上，她不懂……父親為什麼要哭呢？

『對不起……』父親這麼說著，手上高舉著什麼。

她沒弄清楚，只感受到身體一陣撞擊之際伴隨著劇痛，一股冰涼滑進了心窩，她倏地瞪大雙眼，這一次，她看清楚了——刀子跟父親那悲痛的眼神。

她不明白，什麼都不明白，只覺得好痛、眼前瞬而一片黑，然後……這麼近看著父親，好像很久很久以前也有過，她彷彿被父親高高舉起，身邊還有歡呼聲。

喊著奇蹟、奇蹟……背後是一片豔橘的火海，照亮了夜空，江戶大火——她是江戶大火那晚出生的！

她被救了出來，又被養她長大的父親親手結束了生命，為了世界安寧！

為什麼！為什麼不選擇其他人——為什麼要選擇她！

※　※　※

「啊啊啊啊啊——」

喝！季芮晨跳開眼皮，映入眼簾的是另一雙吃驚的雙眼，他們彼此擁抱著的手未曾放開，但是也都感受到身子的僵硬！

「啊啊啊！哇啊——」背景是歇斯底里的長叫音，他們是被這聲音嚇醒的！

他們雙雙緊張起身，所有人都被嚇醒，一時之間腦袋一片空白，根本搞不清楚狀況，只聽見長叫聲在鏡廳裡迴盪，源自於依然躺在地上的楊景堯。

「怎麼回事！」賀濡焱滑到他身邊，「喂！你醒醒！」

楊景堯雙眼瞠到極致，不知是醒著還是在做惡夢，但是他叫到面紅耳赤了，還是拚命的嚷著。

「他是不是做了什麼可怕的預知夢？」蕾娜也顫著聲音問。

「貿然把他吵醒似乎不好，但是他叫聲聽起來太淒厲了！」小林這才放鬆了扣著季芮晨手腕的力量，他們都嚇著了。

啪，角落的燈忽然暗去，所有人都顫了一下身子，眼神朝著十一點鐘方向看去，Diego也立即看過去，手持十字唸珠。

緊接著清脆的聲音響起，來自於天花板，那聲響來自於二十四盞水晶燈的碰撞搖晃，大家立即朝上看去，鏡廳裡所有的水晶燈竟然無風自搖，上頭的水晶吊飾錚錚作響。

『嘻……嘻……』沙沙音伴隨著巧笑倩兮的聲調，所有人僵住了身子，季芮晨總覺得眼尾有什麼在晃動，她朝著右邊瞄去……他們正貼著鏡子，鏡子裡可不是他們兩個啊！

衣香鬢影，一個又一個穿著宮庭華服的男與女正在鏡子裡曼舞，踏著輕快的舞步，鞋子清脆的在鏡廳地板敲響著，裙襬拖曳，小林瞠目看著鏡子裡映照出的熱鬧非凡，回首看向真實世界裡的鏡廳，卻是只有他們幾個！

但是望著所有的鏡子，每一面鏡子串起的卻是一場豪華的宮廷舞會啊！

『今天我最美嗎？這身衣服可是命工匠連夜趕出來的！』

『伯爵夫人今天真是豔光四射，我得找機會去跟她攀談……』

『真是受不了，陛下難道不知道人民都快餓死了嗎？還這麼奢侈的在這裡舉行舞會！』

紛雜的法文傳進耳裡，季芮晨難受得摀耳，實在太多聲音，她只覺得嗡嗡作響！

「這是什麼……宮廷？」杜軒慌亂的問著，跟蕾娜兩人步步後退，遠離了鏡子，小林他們也照做，這時才發現楊景堯的叫聲已歇。

大家退到鏡廳中間，就能看清楚每面鏡子裡映著許多鬼影，他們都跳著華爾滋，穿著華服佩戴珠寶，甚至還有面具在手，制式的舞步其實沒什麼意思，令人比較不快的，是他們身上的衣服。

該是黃金絹絲的衣服，上面呈現的是灰土泛紅，破損髒污，甚至在許多女人的裙襬胸口，都有著大片的血漬充當裝飾！

鏡子裡映著他們，也映著就在他們身邊跳舞的人，這讓大家慌亂不已，左顧右盼的明明只有自己，可是鏡子裡他們身邊全是人啊！

「我的結界被破了，咒語出問題！」賀濴焱站起身，「大家留意，皇宮裡什麼不多，就怨靈最多。」

鏡子裡的舞者越跳越快，並且朝他們身邊聚集，雖說什麼都沒瞧見，但是壓迫感卻確實的湧向他們，陰森的詭異感不停累積，大家不知道該舉步逃出去，還是……

突然間，舞者停下了腳步，做出恭敬行禮的模樣，他們彷彿與舞者面對面般，如此清楚的看著正面的亡者們，可以看見他們的前胸流著大片血漬，從頸子處還可以看到涓滴流下的殘痕！

喀……喀……喀……清楚的足音由右至左走了過來，華麗的衣著豔冠群芳，上半身的鮮血更是讓人瞠目結舌，女人隻手拿著面具，用婀娜的步伐走過一面又一面的鏡子，直到……季芮晨的面前。

她下意識的退後，從鏡子裡的角度看來，他們太近了！

『我有什麼錯？我錯在哪裡！』面具下的女人突然大喊起，『我是皇后，人民本來就該為皇室服務！』

「瑪麗皇后……」季芮晨皺起眉，想也知道這奢靡的女人是誰。

『我是皇后，他們沒有權力殺我！沒有！』皇后倏地拿下她的面具，身後所有的男女都扔下了面具。

那是一張張驚恐萬分的臉，如出一轍，瞠圓的雙目，扭曲尖叫的臉型，還有那頸子上俐落的血線！

下一秒，皇后竟從鏡子裡筆直的衝了出來。

「小晨！」小林緊急的拉走她，杜軒夫妻尖叫著跌坐在地，Diego 一步上前，斗篷一揮輕易的擋掉了衝出來的亡者。

但是他們就是出來了，一個個從鏡子裡衝出，這是鏡廳，四處都是出口！他們身邊站滿了渾身血污的古時亡者，包圍著他們，一旁的偏廳也開始走出許多女僕，或頭破血流、或是全身泡脹，或是吊著繩子，捧著腐敗的點心走了出來。

『我不該死……該死的不會是我！』

『讓我離開！讓我離開這裡——』

賀濡焱打了幾個手印，逼退了湧向杜軒夫妻的亡者，再一把拉他們站起，楊景堯整個人呈現恍神狀態，Diego 開始唸著驅魔文，大批的亡者們發出尖叫咆哮聲，聲聲刺耳。

同時，門外傳來奔跑聲，急促得令人膽戰心驚。

砰磅一聲，門被推開，令葑蓮慌亂的站在門邊。「快逃——他們來了！」

「咦？」大家都怔住了。

「警察來了！快走啊——」令葑蓮氣急敗壞的吼著，「發什麼呆！」

警察來了？為什麼會知道他們在這裡！季芮晨腦子裡全亂成一團，只知道小林將她拉站起身穩住重心，令葑蓮站在那兒吆喝著，所有人都跟著往前衝。

季芮晨也只好跟著跑，身後的亡靈們或抓或追的朝他們跑過來，她都不知道到底該躲的是這些宮廷的舊亡者？還是想要殺掉她的警察？

鏡子依然反射著他們的身影，她狼狽的才跑了幾步，卻突然止住了步伐。

她原本穿的是運動長褲及長帽T，並不是那粉白色的華麗服飾，此時她身上珠光寶氣，寶石項鍊都碩大到十克拉以上，令人目不暇給，這身高貴的裝扮，是剛剛瑪麗皇后身上的服飾！

季芮晨呆愣的望著鏡子裡的自己，她竟然穿著瑪麗皇后的衣服……接著鏡子裡的她頸部突然出現了一條鮮紅的細線，從裡頭滲出紅色的鮮血，鮮血湧出的迅速，大量染紅了雪白的胸口跟衣服。

鏡子裡的她恐慌得以雙手摀住自己的頸子，驚慌的眼神帶著恐懼與悲傷。

『妳會跟我一樣，走上那冰冷的階梯。』一雙腐敗枯瘦的手由後搭上她的肩，『然後被架上那個斷頭台，聽見刀子滑落的聲音，然後看見所有的人為了殺死妳而歡呼！』

電光石火間，鏡子裡的皇后，突然高舉起手，從後抓住她的頭髮！

妳想幹什麼！季芮晨慌張的護住不停湧出鮮血的頸子，身後冒出的是已腐爛到見骨的臉龐，沒有嘴唇的嘴笑著，緊揪住她的頭髮，使勁一拽——摘掉了她的頭顱！

「不——」季芮晨痛苦的彎下身子。

「小晨……小晨妳怎麼了！」小林焦急的將她護住，「妳看見什……」他看向鏡子，就只有他們兩個，跟無數染血的宮廷貴族。

「我不要我不要！」她低吼著，全身劇烈發抖，雙手掐著自己的頸子。

小林聽見了訕笑聲，鏡裡的貴族們紛紛摘下自己的頭顱，欠身行禮，脖子的切口嘩啦嘩啦的噴血，他們手上拎著的頭都在狂笑，那是一種喜不自勝的得意笑容。

得意什麼！小林怒氣沖沖的緊皺起眉，掄起手中的手電筒，二話不說就往眼前的鏡子狠狠砸了上去！

『啊呀——』鏡裡的亡靈們掩面慘叫，竟跟著鏡子一起碎去。

「別玩了！」賀濪焱折回扳過他的肩膀，「路被堵死了，我們從這邊走……你剛打碎了鏡子？」

「他們不知道讓小晨看見什麼！」季芮晨難以邁開步伐，小林得使勁攙起她。「妳振作點，小晨！」

「從庭院離開！」Diego 大喝著，鏡廳正對一整片的凡爾賽花園，佔地有八百公頃，園內都是精心修剪整齊的草坪、灌木叢、花園及雕塑噴泉。但現在只瞧見一片黑。

只是一推開落地窗，一整排滿懷怨恨的下人們，正惡狠狠的瞪著他們。

Diego 打頭陣，驅魔文沒有太大效果，怨靈們反而拿起手上的酒瓶、托盤或是瓷盤破片直接衝殺過來。

『我只是打碎了花瓶而已！』一個繩子還繫在頸子上的女傭大吼著，拿著花瓶破片狠狠的就朝杜軒劃下。

「哇啊！」他曲臂抬起擋下，手臂上竟真的割出一道傷口。

小林拿出小佛像意圖阻擋，卻一秒內被飛過來的托盤打掉，而一個渾身是血的男僕張牙舞爪的抓住他的左手臂，張口就要咬下。

「滾開！」小林不得已鬆開季芮晨，拿著手中的佛珠默唸咒語，燙上那猙獰的亡者之臉。

「搞什麼東西！」令葑蓮一步上前，大手一掃，面對著花園的門盡數敞開，冷風伴隨著細雨刮了進來！「賀濡焱！」

賀濡焱聞言即刻趨前，將手中的一串金色佛珠硬生扯斷，所有佛珠彈飛四射，卻也在瞬間讓亡者嚇得逃之夭夭。

「季芮晨的護衛該出來了吧！」令葑蓮大喊著，從腳上的靴子裡抽出一柄迷你小刀。

護衛？小林尚在瞠目結舌之際，令葑蓮握住他的臂膀拉到身邊，自個兒都顧不好的傢伙還想英雄救美？

季芮晨，早就是在團團保護之下的，擔心什麼？

一個個清晰的鬼影現身，豔麗的西班牙美女 Martarita、正拔出軍刀的 Kacper、穿著水手服的小櫻，還有許多常年跟在季芮晨身邊的亡者，一如往常一般，遇到危險會選擇護著她。

但是，季芮晨從不知道，他們可以稱之為「護衛」。

# 第九章

「往花園去！注意腳邊！大家千萬別分散了！」賀濂焱站在門邊把每個人往樓梯下送，「灌木叢那裡跟迷宮一樣，一定要小心！」

他是對杜軒夫妻說的，他們算是最脆弱的普通人，而楊景堯……還沒人瞭解他到底夢到什麼，只知道他醒來至今慘白著一張臉，跟著大家活動，可是魂似乎不在身上。

夜晚的地一點都不好走，有人照亮地面有人照著前方，但都不若遠處發光的探照燈跟眾多手電筒，直升機的聲音由遠而近，可以想見有多少人聚集到凡爾賽宮來！

季芮晨跟在最後面，她可以聽見Kacper的軍刀聲響，他在跟那些可能冤死的亡者們互戰，小櫻領在她前方，讓她不需手電筒也能看得分明，叫囂聲逐漸逼近，他們右轉彎進高大的灌木叢裡，這兒的灌木叢至少有兩個人高，密密麻麻的組成高牆，宛若巷弄。

每一個小徑進去都別有一番洞天，多數是噴水池，然後圍繞著那噴水池又有其他小徑通道，所以才說一不留意，極有可能會迷路，更何況現在是晚上……

所有人踉蹌狼狽得在石子路上奔跑，或跌或摔，而身後尚有追兵，大雨又滂沱……季芮晨被雨淋得整個人都醒了過來，她又在逃了，這件事該怎麼結束？她一點都不想逃！

『別動！』小櫻忽然止住步伐，阻止她的前進。

電光石火間，旁邊如高牆的樹叢中居然竄出一隻手，緊抓住杜軒的手臂，倏爾往樹叢裡拖。

「哇——」杜軒放聲大叫，蕾娜回過身子，看見丈夫半身都被拖進去了。

「老公！」蕾娜回身要拉住杜軒，季芮晨也穿過小櫻上前，抱住他的身子。

樹叢沙沙作響，前頭的人沒留意，畢竟轟然雷雨可以遮去一切聲響，蕾娜又哭又喊，然後感覺到頰邊的樹叢裡，好像有雙眼睛……她愕然的轉過頭，看見的是從樹叢裡鑽出來的一顆頭。

『想逃到哪裡去啊——』

根本什麼都還沒看清，蕾娜只看見一張血盆大口朝著她的臉咬了過來！

「呀——」蕾娜的鼻子被狠狠咬住，也直往樹叢裡拖去！

季芮晨見狀，她根本無力阻止，只得扯開嗓子大吼。「幫忙啊！小林！」

Diego一行人總算發現後頭有人沒跟上，火速折返，季芮晨死命的拉住杜軒，在樹叢的另一端可以聽見詭異的聲響，嘖嘖不停，彷彿是接連不斷的咀嚼聲……杜軒身子不停的顫動，季芮晨甚至還懷疑是他自己在動？還是……

因為他沒有聲音了，相較於一旁尖叫不停的蕾娜而言，杜軒靜得太過分了。

「拉我出去！哇啊——我的鼻子！我的臉！」蕾娜歇斯底里的喊著，雙手胡亂在樹叢裡揮舞，啪嚓啪嚓的亂揮。

季芮晨伸手要抓住蕾娜的手，卻冷不防發現蕾娜的身邊，竟早站了一個木然的身影！

「楊景堯？你發什麼呆啊！幫忙啊！」季芮晨大喝著，雖然她覺得楊景堯很奇怪……

「未來已經註定好了……」他碎唸著。

「什麼？」她聽不清楚。

楊景堯抬起頭，他根本什麼都看不見，大雨徹底模糊了他的鏡片，他像是看著她，眼神卻空洞無比。

遠遠的，季芮晨越過楊景堯，看見了後頭的手電筒燈光，小林他們回來了，最好快點回來，因為她覺得楊景堯怪怪的，很不對勁。

「小櫻，到另一頭解決！」季芮晨終於開了口，「快點去啊！」

『討厭！』她咕噥著，『衣服會髒掉！』

小櫻不悅的穿過樹叢，但是楊景堯卻突然衝了過來。

「我不想死，我從來就不想死！」他瘋狂的大吼，二話不說就緊握季芮晨的臂膀拚命搖著。「但是很多事是註定的！」

「你在幹什麼！」季芮晨想要扳開他的手，他握得她好痛喔！

「他——不可以相信……」楊景堯用一種恐慌與忿怒的口吻說著，「千萬不要相信他——」

咦？季芮晨呆望著發狂的他，「你在……你夢到什麼了！你夢到什麼了對不對！」

「啊啊啊——」楊景堯只是抱頭狂叫著，然後瘋也似的掠過季芮晨，筆直往前衝去。

嗶——哨子聲傳了過來，如此的近，季芮晨驚恐的回首，赫然發現燈光離他們就在咫尺了！她伸手扳向蕾娜的肩頭，蕾娜半身插在樹叢裡，曾幾何時也不動了！小林他們奔至，季芮晨也因為杜軒過重跌坐在地卻動彈不得！

「別說了，杜軒還好嗎？能走嗎？」賀濡焱趕緊將杜軒給拉了出來……

「楊景堯……他往那邊跑了……」季芮晨不可思議的說著，「他是為了引開警方嗎？」

「警察來了！」Diego 瞇起眼望著，「噓，他們往前去了……」

只拉住了下半身。

他笨重的身子頹然的倒壓在季芮晨身上，杜軒腹部以上已經全部不見了，大雨沖刷著那凸出的脊椎斷骨、內臟腸道，瞬間將紅血沖得一乾二淨，雨水盈滿杜軒殘餘的腹腔。

「哇啊——」季芮晨驚嚇得尖叫，急忙想推開他的遺體。

「這個昏迷了。」Diego 已經二話不說扛起了蕾娜，她的臉在滴血，模糊一片，但至少活著……是嗎？

小林將季芮晨拉離樹叢邊，不知道那裡面有什麼，高聳的灌木叢裡，永遠看不見對面暗藏著什麼危險的東西……尤其是現在！

「從左邊那個小徑彎過去吧！」令葑蓮指著離他們較近的彎道。

季芮晨站起身，身上原本都是杜軒滑膩的鮮血，但轉眼就被雨水沖掉，她緊緊握著小林的手，這些樹叢後面到底有什麼？杜軒像是被野獸啃咬一番，整個上半身連殘骸都沒有！

「不要動！」

倏地燈光大作，一整排探照燈亮起，就在他們咫尺前方，竟早已佈滿了警方！

第一時間大家選擇煞車，轉身向後，怎知後頭竟然也即刻被堵住！

「把手舉起來！」警方用法文大喊著，大雨就算遮去了視線，但大家都知道警方正擎著槍。

季芮晨緊咬著唇，卻還是乖乖的高舉了雙手，Diego 小心翼翼的放下蕾娜，高喊著這裡有傷患，但也只能聽話舉手。

「啊啊啊！」另一頭傳來楊景堯的叫聲，他正被幾個警察架著，掙扎著身子被拖了出來。

「不要相信他！一切都是他、都是他害的——告密者！」

什麼？季芮晨聽出來了，告密者？

她才在想，依照令葑蓮的處事縝密，唯一能洩露他們行蹤的只有車子與胎痕，但她都已經利用大雨沖刷掉了，就算氣味也不該留下，為什麼警方還是找到這裡？

甚至準確的知道他們在凡爾賽花園的某一角？

還有……為什麼鏡廳裡的鬼魅能破賀灝焱的咒法，是不是有人刻意破壞了防鬼的結界！

「誰！」小林也聽出來，「誰出賣我們！」

警方一隊舉槍、一隊上前，他們一個個被反銬住雙手，根本連回頭都沒有機會了！

Diego象徵梵諦岡的通行證被拔去，連賀澟焱也只得屈服，但是每個人的眼裡都充滿困惑：究竟是誰！

警察們押住他們往前走，掠過了拿著傘的另一名警察，他將傘撐開，禮貌的為他們身後的人撐傘。

「謝謝。」流利的法文說著，令葑蓮撥開了濕髮。

她自由的雙手道盡了一切，接過警察遞上的毛巾，擦著滿是雨水的臉。

所有人只有瞠目結舌的望著她，一句話都說不出來。

「我想先換衣服，冷死了。」她邁開步伐，從容的經過他們身邊。「等洗好澡後我再去跟你們會合。」

「好的，先送您回飯店吧！」警察們說著，瞬間將他們拋在腦後。

「令葑蓮！」小林忍無可忍的大吼著，「妳這是什麼意思！」

令葑蓮停下了腳步，回首的她帶著再冰冷不過的眼神。

「你說呢？」她挑起一抹笑，「我真會拿全世界的命去賭嗎？死一個人就可以救全世界，這種異端有什麼好惋惜的，以一擋七十億，這種利弊還需要思考嗎？」

絕情的話語撂下，也說明了她的立場以及……季芮晨的身分。

以一擋七十億，那她算什麼？

溫熱的淚水滑出了眼眶，旋即被冰冷的雨水取代，每一道雨都像是銳利的冰絲刺進她的身體裡，凍結她所有的感覺。

為了多數人的利益，就可以決定少數人的生死嗎？

笑話，她哪是少數人，她是一個人！如果七十億人口都希望她死，她豈能不死！

※　※　※

走上幽暗的長廊，一端為牆，一端為監獄，深黑色的鐵條圍成牢籠，在久遠的過去裡面曾關過犯人，在數年前這裡是參觀景點，桌椅床鋪都維持原樣，製造了幾個蠟人擱在裡面，以供人參觀。

現在，蠟人撤走，裡面再度關了活生生的人類，所謂的異端、異能者。

季芮晨身後跟了十位警察，前頭是披蓋著斗篷的陌生人，他們手上拿著典籍，還有唸珠，緩步的引領著她。

「小晨！季芮晨！」有個人倏地從一旁昏黑的監牢裡喊出，雙手緊抓著鐵條。「小晨！」

季芮晨詫異的回頭看著她，「艾瑪！」她意欲過去查看，槍桿立刻擋住她。

她無法靠近，又急又氣的握緊雙拳，看著在昏黑燈光下，依然狼狽的艾瑪，她握著鐵條的手上都是傷！

「不關她的事！你們隨意抓人、還用刑嗎？」她用英語高喊著，實在不知道對方是講什麼語言。

前頭數位斗篷人士停下，微微側首，卻又不發一語的前行，季芮晨也被推著往前走！她不捨的回頭看著艾瑪，艾瑪正在哭泣，無力的蹲在地上痛哭失聲，這讓她心慌不已，不停的看著每一間路過的牢房，小林在哪裡？Diego 在哪裡？楊景堯在哪裡？

離開凡爾賽宮後，他們就被分開拘禁，她被蒙著頭，銬住雙手的送到不知名的地方，住所再寬敞舒適，監獄就是監獄。

有兩個警察根本守在牢房裡，門外也有四個，她好像重刑犯一般；被帶回來一天了，吃住都不成問題，可是她有滿腹的怒氣跟疑問未解，卻也沒有人願意回答她！

直到剛剛，出動了十幾個人來帶她，真不懂這麼大陣仗做什麼？她就只是一個普通女人而已啊！

穿過長廊，緊鄰的居然是一個小型的禮拜堂，真的較一般教堂小了很多，總共不過數排座位，前頭便是聖壇；十字架擱於台上，後頭垂掛著藍色布幔，上繡金線圖騰。

而現在那些座位都坐滿了人，每一個都用恐懼、困惑及敵視的眼神望著她，還有人倒抽了一口氣，旋即交頭接耳起來，看就知道是在討論她。

「季芮晨。」在聖壇上，有個披著深紅斗篷的人用英語拼音說著她的名字。

她正忙著找尋小林的存在，但是他不在這裡。

警察們粗暴的將她拉到聖壇面前，她被迫站在那兒，禮拜堂有左右兩個出口全滿佈著警力，有好幾個身上有梵諦岡標誌的人也在其中。

「這是做什麼？審判嗎？」她咬著牙問。

深紅斗篷的人緩緩取下了斗篷帽，那是一個白髮蒼蒼的老者，看上去至少有七十歲以上，他望之慈藹中帶著威嚴，正瞇起眼凝視著她。

而右側傳來清脆的靴子聲響，警方讓出一條路，走進的是一身雪白的令葑蓮。

季芮晨忍不住帶著忿怒瞪著她，她萬萬沒有想到，居然會被一直保護她的令葑蓮出賣！

「為什麼要這麼做？我沒有惹到妳啊！」季芮晨喊出聲。

「妳沒有惹到任何人，妳只是危害到整個世界罷了。」令葑蓮雙手抱胸，看上去依然倨傲。「換作是任何人，都不可能留妳。」

「既然如此，妳何必把我藏起來？妳何不在義大利時就把我抓起來或是……」她在說什麼啊，無論如何她都不希望被抓！

「因為那時還不能確定未來，而且……妳是祐珊喜歡的人。」令葑蓮說得很平淡，彷彿在說別人的事情。「我想盡我的能力先保住妳再說，直到……確定世界的崩壞就是因為妳。」

她幽幽說著，仰起頭來往外看去，外頭陰雨一片，這場雨好像從在凡爾賽宮那晚後就沒有停過，雷光閃閃，大雨滂沱，醒睡著都能聽見雨打簷的聲音。

「該讓雨停了吧？」令葑蓮忽然正首看著她，「妳知道這種雨連下兩天會發生什麼事嗎？」

咦？季芮晨愣住了。「雨……怎麼了？」

「從妳打算洗掉車痕開始，這場雨沒有停過，而且一直維持傾盆大雨的雨量，妳覺得能怎麼了？」她用無情的雙眸望著，「妳要知道災情？還是想知道死亡數字？後者好了，光是巴黎就已經死了兩百多人，郊區已經發生土石流，鐵路公路全數停擺，數千人無家可歸，還有──」

「住口！」季芮晨緊閉上雙眼，「我不能控制雨勢！」

「妳起的頭，為什麼不能收？」令葑蓮徐步往前，「就是妳的負闇之力讓雨下個不停啊！妳不能再繼續陰暗！」

「我……我怎麼能不陰暗？我被抓了，我失去了自由，大家都出事！我忿怒都來不及了，我要怎麼保持樂觀？」季芮晨失聲吼著，「小林呢？小林他怎麼了！」

「他沒事。」令葑蓮擰著眉嘆口氣，「雨再不停，死的人會更多。」

季芮晨別過頭去，她不知道……她知道該怎麼讓事情變得更糟，但是讓事情變得更好太困難，尤其是被手鐐腳銬的現在！

「別刺激她，蓮。」上頭的老者用希臘語說著，「她越難過，負面情緒會越高漲，所有不祥的東西就會加乘。」

令葑蓮輕嘖著，旋身往旁邊站去。「還是快點結束審判吧！」

審判？季芮晨詫異抬首，環顧了四周，一股怒火油然而生。「你們沒有權力審判我，我又沒犯罪，放我走！」

她用希臘語高喊著，老者顯得有些訝異，但旋即劃上淺笑，背後的人竊語聲響，老者雙手高舉，現場立刻靜了下來。

季芮晨回頭，淚眼汪汪的瞪著坐在椅子上的每個人，每個審判她的人。

老者向著右方一比，一個男人站了起身，說的是德語。「我看不見她身上有任何靈力，她就像個普通女孩……但是，從她被關進來之後，法院外頭的邪惡聚集，附近所有的死靈不停竄起，還有許多地獄之物湧上。」

「昨天晚上監牢裡的死靈全數復甦，徹夜尖聲咆哮，有幾個被關著的人被嚇得失去理智。」

「法院聚集了大量的亡者，昨天有三個驅魔師身亡，只找到腳跟手指。」

聽著後頭一一的報告，季芮晨闔上雙眼轉回身子，她無法否認背後的控訴，這些狀況極有可能正是因為她的存在……她比誰都瞭解，她一到這裡，等於給了這裡強大的負面力量。

「Otis，你怎麼看？」令葑蓮打斷了這紛擾的現場，問著老者。「這些人只能判斷靈力與否，你們幾千年都在找龐大的負闇之力，她是嗎？」

現場靜了下來，老者始終凝視著季芮晨，他忽然走了下來，朝著季芮晨走來，她卻下意識的往後。

「別怕。」他低聲說著，舉起手上的一本書籍。「很簡單的測試。」

後頭的人突然上前，不是員警，而是其他戴著斗篷的人，他們的靠近讓季芮晨不安，卻無處閃躲，自兩旁分別抓住了她被銬住的手，然後把戴在身上的十字唸珠圈在她的手腕上。

她皺著眉望著手腕上的唸珠，跟一般的唸珠鍊實在不太一樣，雖有十字架，但是卻也有佛教的符號，很詭異的一種鍊子！然後他們的手掌攤開，老者將那本書放在她的掌心上。

「對於這個世界，妳怎麼看？」老者突然問了一句沒頭沒腦的問題。

「什麼？」她不解。

「這個世界對妳來說，是什麼呢？」老者凝視著她，「世界之於妳的意義。」

「我……」她不知道吧！突然問這種問題她怎麼回答？

世界？她從來沒有想過這個問題，她光是自己的人生就很辛苦了，不停的失去親友，不間斷的葬禮，如何帶團時能完整的歸返，要怎麼樣讓在乎的人免於危難……世界之於她的意義？不能縮小一下範圍嗎？

才在掙扎，老者忽然輕輕扳住她的肩膀，將她往前帶，要她踏上聖壇。

「邊走，邊想。」他輕聲說著，再推了推她。

季芮晨狐疑的蹙眉，但還是依言往前，雙手手腕上繫著奇怪的唸珠，雙手捧著紅色的書籍，還要邊思考世界之於她的意義？

她踏上聖壇，可以說沒有意義嗎？這個世界對她而言，怎麼會有什麼意義？

說時遲那時快，她手上的書忽然出現焦黑，手腕上的唸珠也開始轉黑，她嚇得停下了腳步，看著書本像是被大火焚燒一般，一瞬間化成灰燼，連同手上腕上的唸珠也盡數成灰。

咦咦？季芮晨嚇傻在原地，只是沒有火勢也完全不燙，她看著每樣東西都化成灰，在她掌中四散。

同一時間，禮拜堂裡傳來了騷動。

「啊啊——」驚恐的聲音此起彼落，季芮晨錯愕的轉過頭看向所有人，人人自危的起身，臉色慘白的撫著胸口，用不可思議的目光瞅著她！

彷彿視她為洪水猛獸。

「怎麼？」她不解的問著，看向老者，他眼神盈滿悲傷，再慌亂的轉向令葑蓮，她蹙著眉望向她的身後。

身後？

她回首，看見剛剛那繡著金色圖騰的藍色布幔已經盡數成灰，眼前四散著黑色灰燼，再往旁看去，聖壇桌的十字架曾幾何時已經消失得無影無蹤。

「這就是世界之於妳的意義。」令葑蓮凝視著她，「答案已經出來了。」

「天譴。」老者搖了搖頭，高聲的指向了她。「找到了，這世代的天譴！」

※ ※ ※

季芮晨靜靜的坐在木椅上，眼前桌上放了一疊舊報紙，那是二十年前的紀錄，她出生的那一天，三公里外的工廠爆炸起火，造成二十四死，五十多人輕重傷。

「真是有心，還收集了這個。」她望著報紙，情緒無起伏的看向站在一旁的女人。

「怕妳漏掉不記得的事情，妳的降生其實都有徵兆。」令葑蓮淡淡的說著，「上一世是江戶大火，這一次是工廠爆炸……總是要用快一點的方式才能一次死多些人。」

「這不是我選擇的。」她將報紙闔上。

「人不能選擇自己的命運。」令葑蓮聳了聳肩，「沒想到妳就是降世的天譴，上天降給世人的災禍。」

「我不是！」季芮晨激動回身站了起來，「這種事怎麼證明？隨你們說嗎？」

「多少具屍體在妳身邊滾動，還能假嗎？」令葑蓮走向了她，「現在這場不會停的雨，還會殺掉多少人妳知道嗎？地震、天災、傳染病，這就是天譴！」

「我控制不了！正如艾瑪說的，我沒有靈力，這是、這是命格！我不想要也不想選擇！」

季芮晨氣急敗壞推開椅子，「但即使如此，你們也沒有權力把我關起來！」

「我們是要殺了妳。」令葑蓮冷不防的說出了真實，「把妳還給上天。」

什麼……季芮晨喘著氣，她拚命的搖著頭，痛苦的闔眼。「不公平，你們不能這麼做，我不想死！」

「末日教會一直以來都是這樣，為了阻止世界的浩劫！不過我看過他們的歷史紀錄，沒有一個天譴像妳這般強大。」她輕捲著頭髮，「各種天災人禍齊發，幾乎不留餘地的摧毀……連魔物都能到人界來為非作歹，人性也脫離了道德，真是可怕。」

「或許，是因為人們到了需要天譴的時候吧？」季芮晨忿忿的說著，「如果這一切是因為我，就表示人類應當要承受！想想對環境的破壞、想想人們的是非觀薄弱，不全是自己造成的嗎？」

令葑蓮望著她，挑起一抹笑。「是，我也想過這種逆天而行的事，末日教會每一世都在阻止天譴，說不定正是如此才會降臨妳這麼一個特大號的。」

季芮晨緊握著雙拳，她已經被忿怒與悲傷充盈。「我不想為誰犧牲，我不想死。」

令葑蓮回首凝視著她，依然帶著淺淺的笑。「我知道。」

「就是這樣，所以才硬要我犧牲嗎？」指甲都快嵌入了掌心，季芮晨激動的顫抖著身子。「為了多數人的利益犧牲少數人這樣是對的嗎？只要不是死你們自己就好了都無所謂對吧！」

「道德上來說，為多數人犧牲少數者，這是有爭議的；但是現在重點不是區區多數人，小晨，妳要思考的是這個世界。」令葑蓮雙手插在褲袋裡，一身騎馬裝相當帥氣。「妳的存在會讓世界停止運轉、帶來浩劫，所以如果為了整個世界好，犧牲妳一個人是無妨的。」

季芮晨別過頭去，那是因為死亡的人不是他們，所以才能說得這麼冠冕堂皇！

外頭傳來鐵鍊聲，鐵門開啟，是那名銀髮老者，他看見令葑蓮微微頷首，眉宇之間淨是哀淒。

「我讓長老跟妳解釋吧，他們世代傳承就是在負責殺掉天譴的。」令葑蓮平淡的說著，也朝長老頷首後走了出去。

「等等！小林、小林他們呢？」季芮晨心裡掛念的，還是只有他人。

「他目前沒事，會安排跟妳見面的。」令葑蓮回眸，「至少在死之前。」

死。這是多駭人的字眼，她從來沒有想死之心啊！

門再度關了上，這偌大的房裡就只有她跟長者面對面，她早試過呼喚Martarita他們未果，可能在牢房外設置了什麼驅鬼的咒法，讓她身邊的亡靈都無法陪伴。

「一直以來辛苦你們了，為了獵殺我這麼奔波。」季芮晨瞪著長者，旋身往桌邊去，拿著木椅回來。「坐吧。」

長者微笑，「我知道妳聽得懂希臘語，就讓我用母語說吧。」

季芮晨逕自坐到床邊，雙眼緊盯著地板。

「這裡還不錯吧，舒適寬敞。」長者和緩開口，「我叫Otis。」

「舒適？我現在是死刑犯，你跟我談舒適？」季芮晨忿忿的望著他，「這樣持續幾百年的找到特定某個人、再把他殺掉，你們都不會良心不安嗎？」

「責任感凌駕了罪惡感，我們必須要以世界為考量，相較於世界，妳只是一個人類，老實說，沒有能力沒有靈力，就是個普通的人類。」Otis對著她淺笑，「但卻能為世界帶來不幸與浩劫，妳良心又安嗎？」

「不是我親手造成的，那是命運，我無法控制這一切。」她迎向 Otis 的視線，「但你們不一樣，你們決定了他人的生死。」

「立場不同，每一世天譴都一樣，正因為你們無法決定，所以只好由我們來決定。」Otis 語重心長，「這樣殺死你們，我們並不愉悅，決策者總是痛苦，每一世的天譴都只是個普通人，有男有女，多數都是在青少年時期時就找到了。」

唯有這世，竟然拖到現在才尋獲，而且還是因為造成的災害太過巨大才曝光。

「我上一世，是個女孩，被父親殺死的嗎？」季芮晨幽幽問著，她想到在凡爾賽宮裡做的夢。

Otis 瞪大了驚愕的眼，然後痛苦的點了點頭。「妳保有記憶？」

「不，只是做夢。」季芮晨冷笑出聲，「居然被父親殺掉，這也真值得。」

「那是心疼、也是贖罪，妳的降世造成江戶大火，救妳出火場的消防員沒想到他寶貝的女兒是個異端，所以決心親手了結當年的錯誤。」Otis 娓娓說著，「其實他比誰都痛苦，為此決斷他人的生死，並不愉快。」

「說得再多，你們還是要我死，縱使我不想在乎他人的死活。」淚水不停的從臉頰滑下，即使把全世界的人都擺在她面前，她還是沒有願意犧牲的心。

她從不偉大，人性本自私，在這個前提之下，就變成誰有力量誰就贏了！她只有負闇之力的命格，沒有力量，所以只能被七十億人宰割！

「我只能說抱歉。」Otis 深深一鞠躬，「從來沒有機會正式跟天譴致歉，我這一世也算值得了。」

季芮晨望著他，淚如雨下，道歉有什麼用？她接受的話，就不必死了嗎？

「你們打算怎麼殺掉我？」她哽咽。

「世界的暴民化已經顯而易見了，雖然很不願意，但還是必須讓妳當眾處刑。」Otis 起身，朝著她走近。「請妳諒解，必須讓人們親眼看見妳的死亡。」

「然後呢？」季芮晨昂首，「你見過 Diego 了嗎？他有跟你提過關於靈能者可能的浩劫嗎？」

就算她死了，除非世界眨眼間恢復正常，否則失控的暴民們會繼續找靈能者的麻煩，梵諦岡、甚至是末日教會的每個人，舉凡有靈力的人都會被視為異端，然後除之而後快。

「我們會努力防範的。」Otis 眉頭深鎖，看來他們也想到這一層。

「這樣子即使殺掉我，還會有很多人陪葬。」季芮晨深吸了一口氣，「就沒有一個更好的方法嗎？沒有辦法讓我的負闇之力消失，讓天譴停止？都幾千年了，你們連個方法都找不到嗎？」

Otis 眼眶含著熱淚，冷不防的跪到了季芮晨的身邊，這讓她嚇得趕緊起身，她有怨有恨，但不至於要承受這種跪拜。

「你做什麼！」她拉著Otis。

Otis反而包握住她的雙手，用一臉憐憫的神情望著她。「從來沒有超過二十歲的天譴……讓妳活在這世上這麼長歲月，卻必須強硬的奪走，真的很抱歉……」

如果可以的話，真希望在一出世時就把天譴歸還，不要讓孩子感受到生命的價值，那該有多好？

「可以不要奪走我的人生嗎？」季芮晨咬著唇，淚水終究無法停止。

「有善必有惡，有天譴也有天佑。」Otis搖了搖頭，「能阻止天譴的只有天佑，但是沒有人知道什麼時候天佑會降臨、有什麼徵兆……」

「天佑？」她顫了一下，「是像神蹟那樣嗎？」

長者點了點頭，季芮晨絕望的闔上雙眼，這有講跟沒講不是一樣嗎？這世界上出現過幾次的奇蹟？又該怎麼定義？是飛機失事時存活下來的人？還是在地震中的生還者？

如果是這種程度，那她也是啊，身為天譴的她還曾自以為是Lucky Girl咧！

「蓮跑遍了世界各地，她是真的有心想要幫妳，但是能找到的資料少之又少。」Otis仰起頭，淚眼凝視著她。「我們自身的典籍資料也在歲月跟戰爭中亡佚了。」

「蓮……令蒔蓮？」季芮晨有些詫異。

Otis點點頭，「她為了妳已經做得夠多了，也已經保護妳到最後，她原本也不想相信妳就是天譴的。」

令葑蓮，真的為了她去找破解的資料嗎？

「當確定後，她就把我送出去了……」因為令葑蓮必須選擇世界……還是選擇了自己？

門外忽然一陣騷動，歇斯底里的尖叫聲傳來，帶著許多噪音與掙扎聲。「不要——我不要！救命——」

季芮晨瞪圓了雙眼，倏地站起身。「艾瑪！那是艾瑪的聲音！」

她掠過 Otis，急忙往門邊跑去，但是鐵門深鎖，她什麼也瞧不見，回頭看向 Otis，他老人家只是慢慢站起，不疾不徐。

「我不是異端！我不想死！我還不想死！」艾瑪聲音越來越遠，貼在門板上聽著，她還可以聽見像腳鐐的拖曳音。

「艾瑪！」季芮晨開始敲打著鐵門，「艾瑪艾瑪！」

「放開我，我只是看得到靈力而已，我沒有害世界！沒有！」艾瑪的聲音越來越遠，「我不想死啊——」

「這是怎麼回事？」季芮晨氣呼呼的回頭，「不是已經確定是我了，為什麼還要殺艾瑪！」

Otis 緩緩回身，「因為他們窩藏妳，那天的捕捉行動是全程實況轉播，世界上每個人都看見艾瑪被網獲，送到地面後帶走，然後直升機墜毀、警察們被屠殺自焚……」

那天的行動藉由媒體播送到全世界，每個人都感受到極度的恐慌與威脅，當人感受到威脅時，就會選擇反撲，先下手為強。

「窩藏……」季芮晨不可思議的看著他。「那蕾娜他們……」

「杜軒已經死了，不知道被隱身在樹叢裡的亡靈或是魔物吃掉了，至於蕾娜……」Otis忽地沉默，「如果妳想見的話，我也是可以安排，不過有的人或許不要見比較好。」

季芮晨緊擰著眉，「我要見 Diego、楊景堯，還有小林……賀濡焱……」

「楊景堯已經不在了。」Otis 平靜的說著，「昨天就被推上斷頭台了。」

「什麼？」昨天？她被抓到也是昨天的事啊。「你們就這麼急著殺人嗎？」

「昨晚的事鬧得太大，不趕緊先處決一個難以平眾怒。」Otis 依然只有嘆氣，「人世間有許多不得已，只能說他們可憐了。」

「可憐？」季芮晨怒不可遏搥向鐵門，「我們也是無辜的，殺掉無辜的人還有這麼多道理！」

Otis 搖了搖頭，朝著門口走來；是的，季芮晨是無辜的、艾瑪和楊景堯他們都是，但是七十億人也是無辜的，既然大家都是無辜的，能怎麼選擇？

當少數人妨礙到生存權，瞬間就不是無辜者了。

Otis 輕敲了鐵門，看守者即刻開門，季芮晨沒有要往外逃的意思，她只是冷冷的瞪著他、瞪著看守者，看著那昏暗的長廊。

「妳知道這一間過去是什麼嗎？」欲離前，Otis 突然回首。

「重要嗎？」

「這是瑪麗皇后臨刑前的監牢，她被關在這裡度過最後的時光，最後才被押到廣場上的斷頭台。」Otis 嘆息，「蓮還真是為妳挑了一個好居所啊。」

瑪麗．安東尼？季芮晨望著鐵門掩上，聽著外頭的落鎖聲，回身看著這間監牢，那因為法國革命被斬首的皇后，在臨終前便是在這間屋子裡度過餘生嗎？

令葑蓮為什麼要挑這間讓她住？因為她也跟路易十六一樣意圖逃出巴黎？又被抓住？所以將她關入了古監獄？

她不是瑪麗．安東尼，瑪麗．安東尼是因為人民生活困苦卻依然奢靡，以及暴民政治下的犧牲品。

但是這些人不要忘記，她是天譴。

季芮晨走到窗邊，聽著未減的雨聲，只要她願意，她就不信這裡關得住她！

# 第十章

是哭聲吵醒她的。

季芮晨睜開雙眼，黑暗的牢房裡僅點了一盞燈，她聽見低泣的聲音，忍不住全身起了雞皮疙瘩。

坐起身，她以為這裡……不會有魍魎鬼魅進來。

「什麼人？」她低聲問著，總覺得現在的她已經沒有什麼好恐懼的了。

「嗚……」哭泣聲依舊，她狐疑的再環顧了房裡一圈，觸目所及就只有桌椅而已，沒有什麼可以躲藏的地……方。

視線落到角落，那邊有一處頗為怪異，那是個很怪的東西，看起來像個立起來的箱子，之前她走近過，箱子卻沒有頂。

不過那直立的箱子有近一人高、寬度也超過一人，面向牆壁的空間，裡面放了什麼？

「Martarita，Kacper，有人在嗎？」她低語著，再一次呼喚。

而再一次只有寂靜回答她。

她深吸一口氣，選擇走下床，事實上她一整天都在思考要怎麼活下去，以及令蔚蓮選擇這間牢房的原因。

不知道為什麼，她總覺得令葑蓮不會無緣無故做這樣的事。

她緊握著拳緩緩走近，沒有了亡靈的保護，包包也都被拿走，以前小林給她的法器佛像都沒有用了。

她抓過唯一的椅子，希望能爭取一點時間。

站到了那立起的箱子前，箱子外頭還貼了格紋布……別怕，她可是天譴，現在再怕這個就太可笑了！

欲將箱子撇開，卻發現那只是空心薄木板而已，不過卻有點沉，她使勁的推開，才知道原來裡頭擱了東西。

一個女人，身披深藍色的布，坐在一張椅子上，就在箱子裡。

「哇！」季芮晨一撇開就嚇到了，女人背對著她，嚇得她魂飛魄散！

因驚嚇而踉蹌向後，她掩不住發抖著雙腳，怎麼會有人坐在那兒兩天，一句話都沒吭呢？死了嗎？

「喂！」季芮晨選擇用法語說著，「妳是誰？」

對方動也不動，季芮晨緊皺著眉，硬著頭皮舉起手上的椅子往女人背後輕戳……嗯？椅腳感受到的是僵硬，還伴隨著叩叩的聲音。

她愣了一下，又敲了幾下，叩叩的彷彿敲到了什麼塑膠物。

「討厭！」她低咒的放下椅子，她怎麼這麼笨，這裡是觀光聖地啊！

那一尊，是蠟像！

天哪！季芮晨靠上牆，背後都冒出冷汗，她想起來了！在蕾娜家就曾看過相關觀光資料，這裡若是瑪麗．安東尼的牢房，那麼……她退後數步，一路退到了鐵門處。

對，那不是箱子，是衛兵站崗的地方，原本是擺在大方桌的正後方，監視著坐在方桌旁的瑪麗皇后；而站崗處的後頭還有另一張小方桌，就是現在擺熱水瓶的地方，是另一個士兵坐著的休息處，一間牢房，派了兩個士兵看守瑪麗，跟她昨天剛被抓來時一樣。

大方桌邊旁五步就是床，瑪麗．安東尼都在被監控中生活，而那披著藍布的蠟像製造出一種淒涼頹喪感，始終背對著門，觀光客的角度也就看不見她的正面。

是把牢房清出來給她時，忘了把這尊蠟像搬走嗎？可是……季芮晨疑惑的蹙眉，兩名士兵的蠟像都不在啊，為什麼獨獨留下瑪麗．安東尼？還像刻意藏起來似的放在角落……等等。

那剛剛是誰在哭！

季芮晨立刻看向那尊背對著她的藍布蠟像，此時此刻，布已輕動，蠟像的手舉了起來，頭正緩緩轉來！

別開玩笑了！季芮晨貼著門，看著蠟像甚至站了起身，行動僵硬遲緩，但是她還是動了！

『我沒有錯……』蠟像用嗚咽的聲音說著，『我只是喜歡舞會而已，我錯在哪裡！』

她轉了過來，是一張沒有五官的臉孔！

因為蠟像是背對著觀光客，所以只是做了一個人形而已嗎？那現在是誰在說話！

才想著，那蠟像五官浮現，是一張女人的臉，有些面熟，好像在鏡廳裡曾經見過，那頸子上有一條血痕的瑪麗．安東尼！

「瑪麗．安東尼？」季芮晨顫抖著問。

瑪麗．安東尼轉了過來，她慘白的臉向著季芮晨，流下的淚都是血，身上被藍色的布包裹著，連頸子都不甚清楚。

『呵……妳也跟我一樣對吧？』她吃力的走向季芮晨，『無辜有什麼用，當人們要妳死時，妳就得在他們的期待下死去，聽著耳邊的人歡呼著，所有人都為殺死一個人欣喜若狂！』

季芮晨也望著她，她若是瑪麗．安東尼，那可是幾百年前的亡魂，不但化裝舞會的殘影留在鏡廳，連在這最後的牢房中無法消散——如果Martarita他們都進不來，那為什麼瑪麗．安東尼能藉由蠟像現身？

『祈禱吧，妳只能每天坐在這個地方祈禱，有人盯著妳守著妳，妳只能拿著十字架、看著聖經，祈禱自己可以活下來，祈禱那些暴民不會想殺了自己——』瑪麗．安東尼瘋狂的笑了起來，『但是我花最多的時間，想的都是為什麼！憑什麼！』

「妳在這裡多久了？」季芮晨劈頭第一句，讓瑪麗．安東尼怔了住。

『我在這裡好久了，一再的審判……審判結果只有生或死。』她悲淒的眼神低垂，

『進了這裡，就再也離不開了……我不想死，我真的一點都不想死啊！』

結界咒法，鎖不住原本就在這間屋子裡，陰魂不散的亡靈。

「我也不想。」她力持鎮靜，望著眼前那走路怪異至極的蠟像，做著心理準備。「我不要為任何人犧牲……絕對不要。」

冷靜，她看起來只是個哭泣的鬼，不像厲鬼，沒有瘋狂或是血腥的模樣，跟在鏡廳裡不同，只要不要讓她傷到就好了對吧？

『哈哈……哈哈哈！但是妳會死！』蠟像的眼神瞬間變得猙獰，『大家都要妳死，妳怎麼可能不死！妳也會被推上那個斷頭台，喀嚓一聲就死了！』

「我絕不死。」季芮晨瞇起雙眸，「我是天譴，我如果要毀掉這裡，根本輕而易舉吧！」

她用大吼鼓足自己的勇氣，冷不防的衝上前握住了蠟像的手，瑪麗・安東尼一臉驚愕之際，直接把她壓上門邊！

「Martarita！」伴隨著大吼，她甚至可以感受到手掌裡的蠟像因為她的重擊裂開，但是豔麗的西班牙女郎轉眼現身在她身邊，撥弄著紅色的捲髮。

熟悉的軍刀聲也再度傳來，波蘭軍官站在蠟像邊，為她壓著蠟像。

『小晨！』日本女孩的亡靈興奮的喊著，『妳好聰明喔，拿她當媒介！』

她張開雙臂抱她個滿懷，最後現身的，是一臉嚴肅、卻也最睿智的亡者，Tony。

她最熟悉的四個亡者現身，那是從小陪伴她到大的亡靈們，緊接著透過那尊蠟像，或說是透過瑪麗．安東尼，其餘原本跟著的亡靈也都湧進了這曾載滿怨恨與委屈的監牢。

「你們……在我身邊不是因為單純被負闇之力吸引對吧？」季芮晨平靜的問著，並掃視過眼前的四個亡者。

小櫻哪泥的別過了頭，Martarita勾起豔麗笑顏，Kacper面無表情也不回答，Tony則是瞅著她，眼神裡藏著笑意。

『什麼時候發現的？』他問著，聲音很好聽。

「在逃難時，令葑蓮每次都說護衛該出來了吧……她說你們是護衛。」季芮晨有些難受的深呼吸，「不是什麼因為負闇之力跟在我身邊，也不是什麼無處可去……令葑蓮是驅魔者，她不可能不叫你們亡靈或是——」

『我們是天譴的守護者。』Tony打斷了她哽咽的話語，『以守護天譴為己責。』

季芮晨瞪圓了雙眼，果然……從有意識開始就跟在她身邊的亡者，也唯有這四個與她最親，他們會與她說話、或介入她的生活都是有原因的！

豆大的淚水再度湧出眼眶，季芮晨心裡竟有一種被背叛的感覺。

「守護……可是你們明明真的是亡魂啊！」

『是，但是亡魂有時也會被賦予工作，小櫻在日本因為厲鬼而身亡、Martarita死於傳染病、Kacper死於戰爭，他們都是死亡後才接到這樣的任務。』Tony字字清晰的說，『必須守著天譴。』

『真是。』小櫻咕噥著，『我可是等最久呢！』

季芮晨壓抑激動的心情，望著 Tony。「那你呢？你從來沒有說過你是……」

『我死於法國大革命。』他微微一笑，『沒想到竟能回到這熟悉的地方啊，我還去看過斷頭台了呢，真是懷念。』

「你——被斬首？」季芮晨嚇了一跳，是因為 Tony 從未說過。

『那時有些貴族的命運是無從選擇的。』Tony 倒是很泰然，轉過去看著那碎裂的蠟象。『皇后居然還在這裡徘徊……真遺憾。』

季芮晨斜眼看著蠟象，瑪麗．安東尼還在哭泣，她的頭被 Kacper 壓貼著門，喃喃自語，血淚不停的流，嘴裡依然在談論著不想死與不甘願。

季芮晨繞過蠟像，到小桌子上倒了杯水，抹去眼淚。

「守護我是怎麼回事？能避免我被殺嗎？」

『這本來就是守護的真意，天譴必須降臨，我們做得很不錯呢！』Martarita 自豪的抬起頭，『剛沒聽那老頭子說了，沒有一世的天譴活這麼久才被找到！』

季芮晨緊掐著杯子，說穿了就是讓負闇之力創造更多的災禍，直到今日這般不可收拾的境地就是了。

『那也是小晨謹慎，要不然光靠我們幾個也難。』Kacper 倒是中肯，『好不容易撐到今天，我們不會讓妳輕易上斷頭台的。』

季芮晨轉過身，「那天在波蘭，你不是不願走，而是不能走對吧？」

Kacper 沉默了幾秒，頷了首。『我有責任。』

小櫻輕快的走了過來，總是一臉天真爛漫。『別想這些了，既然設法把我們找回來，妳一定有什麼打算了對吧？』

小櫻眨眨眼，很期待的看著季芮晨。

她是天譴，季芮晨沉下了眼眸，將杯子緩緩放下。

「我不為誰犧牲。」她筆直走向了床尾，拿起吊著的外套。「我要離開這裡，跟小林走得遠遠的！」

Tony 揚起了笑容，『要怎麼做呢？』

「讓所有的亡者都進來吧！」季芮晨堅定的望著門口，「管他魔物還是惡靈，我不在乎！限制我的人、想殺我的人，全部都休想阻止我！」

餘音未落，遠遠的她聽見了慘叫聲。

『結界破了。』Martarita 笑了起來，『我出去看有沒有人能幫忙開門！』

季芮晨冷靜的穿上外套，會有的，她已經可以聽見惡靈的笑聲，一如在聖母院時一樣，他們嬉鬧著在人們耳邊催眠著。

不到一分鐘，門鎖的聲音傳來，開門的守衛滿臉是血，笑得令人膽寒，

「知道小林被關在哪裡嗎？」季芮晨步出監牢，門外就躺著一個臉被砸爛的守衛。

而那個開門的守衛正用詭異扭曲的姿勢走著，從後面襲擊其他監牢前的守衛們，抓著他們的頭髮就往牆上狠狠的砸，敲到臉骨都陷進腦子裡了依然不住手。

他用欣喜若狂的眼神跟笑容望著季芮晨，忽然徒手伸進了眼前敲爛的頭顱裡，嘰啾著抓出一把鮮紅軟嫩的腦子，朝著她伸長手。

「要嗎？」那瘋狂的守衛笑著，「很好吃喔！」

好吃？季芮晨緊皺起眉，噁心恐懼的向後退卻，那守衛發出狂喜的大笑聲，捏緊了手掌心裡的組織，部分的腦組織從指縫裡被擠了出來，透出內層的粉色。

「真的很好吃……」他這麼說著，竟把手裡的腦子往嘴裡塞去。「越愚蠢的人，腦子越好吃，哈哈哈……哈哈哈！」

噁！反胃湧上，季芮晨轉過頭往前疾走而去，那守衛正貪婪的將眼前敲爛的頭骨一片片剝下，為的是裡頭更多的腦子。

『小林在皇家禮拜堂，就在附近而已。』小櫻不以為意，興高采烈的帶著路。

眼前昏暗的走廊上原本是點著牆上的黃燈，現在燈罩上覆滿了鮮血，讓走廊成了一片紅，被附身的警衛們打開了所有牢房，被抓來的人驚恐的逃離，也有窩在窄小牢房角落不停尖叫的人。

她看見竄逃的人們總是被突然的攻擊而倒下，牆上到處是身體的殘餘組織，有人就卡在監牢的欄杆中間，頭骨、身體被硬塞進那窄小的縫裡，盡數骨折變形，還殘留驚恐的神情，凸著雙目張大著嘴對著外面。

艾瑪已經不在了、蕾娜也不在這裡，這裡關著的是其他地方抓到的異端，而現在逃的逃、死的死，惡靈邪鬼之屬都活躍起來了。

『放我出去！』砰的一聲，右方有人抓著鐵條在搖晃。『我要你們這些人都不得好死！』

那間牢房異常狹窄，裡面卻擠了滿滿的「蠟像」；看來是把原本放在牢房供人參觀的蠟像全部都放在同一間了！但是現在，這些蠟像卻面露猙獰，用僵硬的動作拍打著鐵窗。

她看見陰暗的亡靈附在蠟像身上，這些監牢裡究竟藏有多少懷怨的亡者，過去不論冤獄與否，幾百年來的怨恨根本不可計數吧？

有何不可呢？她想著，懷有怨氣就去發洩吧，把討厭的人都殺光好了。

才想完，蠟像拍打著的監牢門就這麼鬆開了，蠟像們跟電影的喪屍有些像，或許是因為蠟做的偶沒有關節，走起路來相當的詭異。

法文在空中交雜著，哭喊與咆哮聲不絕於耳，季芮晨只顧著往前走，她要去找小林，她要跟著小林一起離開這個鬼地方！

「啊啊！天譴！」穿著斗篷的人出現了，梵諦岡的人也衝過來意圖進行驅魔。

「你們快躲起來！」季芮晨喊著，她可不要小櫻他們受傷。

『現在的局勢，我們根本不需要怕那些人了。』Tony在她耳邊，從容的說著。

現在……的局勢？季芮晨詫異的望著他，當她正首時，親眼看著天花板穿出的惡鬼拿著一支古時的長槍，一鼓作氣的由天靈蓋處刺穿了梵諦岡教士的頭顱。

長槍貫穿了教士的身子，他瞪著雙眼還指著季芮晨，緊接著七孔滲出紅血，微啟的唇也鮮紅，可是他沒有倒下，因為長槍在他的身體裡。

醜陋的惡鬼瞥了她一眼，伸手握住了教士頭上的槍柄，輕而易舉的往前一拔——教士頓時自中間被分成兩半，血肉飛濺，濺上了附近的牆與地，這時自四面八方又湧來更多的亡者，爭食著那些新鮮的肉塊！

充斥在這古監獄裡的亡者們，穿的都還是十八世紀的衣服，他們貪婪的囫圇吞棗，而那惡鬼則拿著那鮮血淋漓的長槍，衝向湧來的警察、教士們，大開殺戒。

血肉橫飛，慘叫聲迴盪著不絕於耳，她回首只會看見一個奔跑的人在轉眼間四分五裂，或是看著一個教士的頭顱飛到她腳邊。

殺吧，季芮晨鐵了心想著，極盡可能的將所有悲慘的、忿怒的、負面的東西全想了一次，她不畏懼的走向前方跑來的末日教會人員，他們唸再多的咒語也傷不了她的。

噁心的怪物們從窗子裡跳了進來，季芮晨只與之對看了一眼，他們像極了神話故事裡的惡魔，齜牙咧嘴的跳下走廊，去找那些拿著十字架高喊咒語的人們。

輕鬆拔下他們拿著十字架的手，連同十字架一起吞進肚子裡，展現著他們根本不怕那十字架的威力，然後再一口咬住教士們的手，一寸一寸的吞下他們的手臂……活生生的。

「哇啊……哇——阻止他！阻止他！」教士們淒厲的慘叫著，對著季芮晨大喊。

她難受的別過頭，若要阻止，她便不會開頭，不是嗎？

穿過了展覽室，許多展示櫃裡放著當年的鑰匙，有個被附身的神父正徒手敲破展示櫃的玻璃，抓起裡面的鑰匙當武器，往身邊的同袍胸口鑽去。

「你反對我！反對我！」鮮血濺了神父滿臉，「我看你以後還怎麼反對我！」

神父身上疊影重重，季芮晨還可以聽見那疊影訴說著不快，說著阻他財路的人都該除掉。

險惡的人性，再次赤裸裸的呈現，季芮晨甚至在一個轉角處，看見兩個末日教會的人正在自相殘殺，他們正在為誰是下一任長老而廝殺，背後的惡靈跟著狂笑。

這些放不下名利權勢的人們，才會捨不得死，所以巴不得趕快解決她，這樣他們就有生命繼續做想做的事！

世上每個人都一樣，大家珍惜自己的生命，想要活下去的意念如此強烈、想上學、想出去玩、想談戀愛、想結婚、想成家、想工作、想要跟某個人白頭到老、想要兒孫滿堂——大家在短暫的人生中有太多想要的事情，如此珍惜，所以要殺掉她！

如此划算，只要殺掉一個人，就可以換得七十億人口珍貴的生命，怎麼看都是划算的。

『啊啊啊——』突然間有人衝了過來，季芮晨根本措手不及，她嚇得止步，眼前銀光一閃，Kacper 已經拔出了軍刀。

「等等！」季芮晨大喝一聲，衝過來的人，穿著她再熟悉不過的衣服，「……蕾娜？」

人影停了住，披頭散髮的女人抬起頭，讓季芮晨嚇得倒抽一口氣。

那是蕾娜，論身形、髮色或是衣服都是，但是她的臉……正中央開了一個洞，額頭中間不見了、沒有鼻子，沒有眼睛，只剩兩旁的臉頰。

中間一個窟窿又深又黑，窟窿邊緣全是血紅。

『妳不能去……妳應該要去死！』蕾娜倏地伸手抓住了她，『妳再這樣下去，只會害死更多人而已！』

季芮晨顫抖著望進那臉部的大洞，「妳發生什麼事了……蕾娜！」

她記得那時候在樹叢邊，蕾娜也是被突然拉進去……然後呢？為什麼會變成這樣，這麼近看著，她直覺得反胃作嘔，因為她可以看見傷口邊緣的不整齊，皮肉的皺褶與撕扯。

『我不知道……我只看到一雙手往我的臉挖了過來！』蕾娜搖搖頭，『小晨，妳不能這麼自私！我求求妳，這麼多人為妳犧牲了，妳能不能為大家想想！』

季芮晨緊咬著唇，為什麼要說這種話！「為什麼？這不是我的責任，我沒有這個義務！」

『妳會毀掉這個世界啊！這麼多人……』蕾娜激動的搖著頭，卻搖出自己腦子裡的東西。『人不能這麼自私啊，世界毀了，剩下妳又有什麼意義！』

「有沒有意義，是我決定的，不是你們。」季芮晨想甩開蕾娜的手了，「這是我的人生——」

『那我就先殺了妳！』蕾娜的嘴巴瞬間張大，與臉部的窟窿合而為一，眼看著就要吞下她的臉了！

不要——軍刀倏地來到蕾娜跟季芮晨之間狹窄的空間，Kacper 準確的向後一切，刀子卡在蕾娜的頸骨裡，硬是將她向後拖走，再拋扔出去！

但是就在此時，從旁再跳出另一個亡者，撲向了 Martarita！『你們不能助紂為虐！』那是艾瑪！可是她說什麼……助紂為虐？她是紂？曾幾何時，她變成十惡不赦的人了！就因為她不想死嗎？

『啊啊啊——』她對面的窗戶外同時衝進一個人影，直接撲向了她！

「呀——」季芮晨被直接往後推撞上了牆，驚恐的雙眼裡看見的是一副破碎的眼鏡！

『妳——』是楊景堯！他喉間發出呼嚕的聲音，斷頸處不停的噴出血沫。『千萬……不能相信……』

他還在唸著死前的執著，不能相信令葑蓮。

「你已經死了啊，楊景堯！知道嗎？」她回應著，他只怕不知道自己死了！

一本書咻的將楊景堯的頭給揮掉，頓時間碗口大的斷頸傷口怵目驚心的呈現在季芮晨眼前，她瞪圓了眼直想吐，Tony 再一把將楊景堯的身體往旁邊扯去。

『往前！轉過彎那一棟就是皇家禮拜堂了！』Martarita 跟亡靈扭打著，絆住她的艾瑪毫不死心。

季芮晨不假思索的邁開步伐往前，她好怕這種混亂中，小林會受到傷害……小林不能受到傷害，不許傷害他！

整個古監獄跟法院都淪陷在屠殺之中，季芮晨橫過法院，衝向 Martarita 指的那一棟建築，才進走廊，什麼都沒看清的她腦門後就是一記！

好痛！季芮晨整個人摔在地上，倉皇回身，看見的卻是槍口。

「起來！妳這個邪惡的東西！」難得還有清醒的人，他穿著警察制服，擎著槍對準她。

「快點停止這一切！」

坐在地上的季芮晨打著哆嗦，渾身濕透的她仰著頭看向他，她才不是邪惡，邪惡的明明是你們！

「我叫妳站起來！」警察大喝著，槍口突然往下，對準了她的腳！

不要！季芮晨嚇得縮起腳，才閃神一秒，眼前忽然一亮，路燈旋即照亮眼前，剛剛那個警察……不見了？

咦？她錯愕的抬首看著，沒有警察沒有槍，剛剛那個人呢？

「站得起來嗎？」一隻手冷不防的從耳旁伸過來。

「哇呀——」季芮晨嚇得失聲尖叫，以手撐著急速往後，她旁邊怎麼會有……會有人……不只是人，是個白金髮色的男子，竟穿著燕尾服，彎著身子朝她紳士的伸出手。

「你……」她仔細打量著，她分不出是人是鬼！

「請。」男子笑著，背著光看不清臉龐。

但是看起來不是亡者，季芮晨戰戰兢兢的搭上他的手，是略溫的……是人！

「剛剛是你幫我嗎？」她站穩身子，問著陌生人。

「小事。」他主動為她推開了對開玻璃門，「人在二樓。」

季芮晨狐疑的望著他，「為什麼幫我？」她幾乎到了眾叛親離的地步，每個人都巴不得她死啊！

「互相。」他勾起笑容，可以看出那是張迷人的臉龐。

「……哼，呵呵……哈哈哈！」季芮晨無助的笑了起來，「我就知道，你不是人類……才會幫我！」

「說什麼呢？妳也說過，人不自私，天誅地滅，我們當然要為自己想，誰需要偉大到犧牲自己去救一堆不相關的人？」男子聳了聳肩，「我們絕對是站在妳這邊的。」

「你是什麼？」她雙眼閃著淚光。

「另一種族類，感謝您打破了所有秩序，我們才能這麼大方的在人界遊走。」他說著，又紳士般的欠身行禮。「所以解決區區一個人類，何足掛齒？」

季芮晨已經不想問了，她顫抖的深吸了好幾口氣，才能壓下想大哭的衝動。

「禮拜堂亡者進不來，你進得去嗎？」她再問，「能幫我嗎？」

「我進得去，但是我們不輕易進去，這是地盤問題。」男子笑了笑，「快進去找人吧，慢的話就來不及了。」

來不及？小林！季芮晨急忙跑進，又戛然止步，回過身子，男子還站在那兒面帶微笑目送著她。

「你，希望天譴降臨，世界滅亡嗎？」她問著這位，所謂站在她這邊的人。

男子露出驚訝的神色，旋即劃上玩味的笑容。「不希望，因為世界滅了多無趣呢！只要秩序摧毀就可以了，並不需要摧毀世界。」

季芮晨喉頭緊窒，說到底，答案還是……「我還是不該存在嗎？」

門外的男子只是笑著，她一閃神就失去了他的蹤影；沒有時間探究，季芮晨咬緊牙關，旋身就往裡奔去。

聖禮拜堂是哥德式建築，是用來存放「聖物」，整座教堂屬細長形，還挑高分上下兩座禮拜堂，整座教堂內部，美到令人嘆為觀止！

季芮晨走進下禮拜堂，這兒過去是傭人或是隨從等階級的人做禮拜之處，光是一樓就挑高七公尺，整座結構都是精雕細琢的拱柱，站在門口就能看見金色的拱形交錯，天篷為寶藍色，其上還有金色繡圖，金色拱柱更有紅金交錯的線條，著實令人讚嘆。

一樓空曠得詭異，甚至沒有亮起多少燈，不知道是否因為是禮拜堂的緣故，並沒有任何死靈厲鬼的存在，她很快的梭巡一圈，找到了上二樓的路，直往樓上走。

上禮拜堂挑高二十公尺，這裡是國王及皇親國戚做禮拜之處，這裡用十五扇巨大的彩繪玻璃窗當作牆，如果外頭有光，將會發現這兒美得不可方物，宛如置身在璀璨的萬花筒裡，每一片彩繪玻璃都令人眼花撩亂。

季芮晨一走上去，就看見最前頭點了幾盞燈，那是正殿之處，上方有一座圓形且精緻完美的玫瑰花窗，下頭則是僅存支架的聖壇；這裡已是觀光場所，所以兩旁都有紅色的折疊椅，不過座墊是紅絨軟墊，倒也還舒適。

只不過現在只有聖壇處點了燈，確實有人影，還有個架子擺在那兒，前方有人聽見她上樓，即刻站起身轉過來，季芮晨一眼就認出來了。

「灝焱……」季芮晨放心的往前疾走，「你沒事真是太好了。」

賀灝焱眉頭深鎖的望著走近的她，季芮晨還沒理解他的神情，就已經看見了躺在他身後擔架上的人！

小林靜靜的躺在擔架上頭，一旁的點滴管正一滴滴的落著，戴著氧氣罩的他看上去相當虛弱，而且還皺著眉，狀似痛苦。

「小林！」季芮晨驚呼出聲，「他怎麼了？為什麼在這裡！」

蹲到了小林身邊，她仰首焦急地問，卻只是往旁看去，季芮晨才發現這裡不只他們，一旁還有兩個人影。

令葑蓮與 Diego。

「妳一來，這裡的負闇之力大增，這邊又是法院又是古監獄的，過去的人命不少，所有厲鬼都湧現，把他放在這裡我才安心。」令葑蓮倚著牆，「還真是不出我所料……」

是嗎？季芮晨打量著令葑蓮，她還是覺得瑪麗．安東尼的牢房有詭。

「要怎麼出去才是難事吧？」Diego 神情憂心忡忡，「沒有醫生他撐不了太久。」

「醫生？」季芮晨一怔，望向小林。「他病了？」

賀濡焱別過了頭，緩步朝旁邊的椅子走去，難受的坐了下來，看似無力極了。「他當然病了。」

「妳不知道傳染病的事嗎？」Diego 有些詫異，「已經流行好一陣子，這兩個月攀至顛峰。」

起初只是普通的感冒，但病毒卻極快的在進化，在人體內進行基因重組，從飛沫傳染一下成了空氣傳染，醫學界火速的開發出新藥，病毒卻更快的再次突變，最終勢如破竹，無人能擋。

只要一感染就立刻具傳染性，屬空氣傳染，潛伏期只有兩天，發病後四十八小時肺部會全部纖維化，沒有人能活超過一星期。

「我知道，但是我們都沒出門……就昨天離開家裡而已。」季芮晨倒抽一口氣，「就只有昨天離開，到凡爾賽宮再被抓過來，只有這樣啊！」

「在妳身邊，病毒的變異或許會加速吧，妳別忘了，不好的事情會因著妳擴張。」令葑蓮說得直白，「我認為他連三天都活不過。」

「不行……小林！」眼淚頓時奪眶而出，季芮晨望著囈語連連的小林，心臟彷彿被人掐緊。「不該是這樣的！我沒有要害他，我想、我想跟他一起走！」

「他走不了的。」Diego 一聲長嘆，「我想，接下來就換我們了……誰也躲不掉。」

不不不！季芮晨顫抖的看著他們，她本意並非如此，外人就算了，所有她認識的、小林、賀瀰焱、令葑蓮，至少都是小林的親人，就算是 Diego，她也不想傷害！

「小林不會有事的！」季芮晨忍不住趴在他胸前，「這些病可以去傳染廣場上的所有人，拜託、離開小林身上！離開啊！」

以前總是如此，只要有死靈意欲傷害小林，她都會這樣想，讓不祥發生在別的地方、別人身上，這樣子就可以保全小林了！

「這是病毒，小晨，他已經染病了，跟厲鬼攻擊是兩碼子事。」令葑蓮上前，隻手搭上她的肩頭。「妳可以不要碰他嗎？我很擔心會加速他的病情……」

喝！季芮晨簡直像裝了彈簧般急速跳起後退，不能太接近小林……對，因為有她在的話……淚水不停的湧出，季芮晨無法克制的哭了起來，艾瑪慘叫著被拖走她很難過、知道楊景堯昨晚就被斬首也很心痛，但是卻沒有看見小林躺在這兒更教她難以承受。

她幾乎不能呼吸，心臟被人緊緊掐住，不讓它跳動，一跳動，就會有椎心刺骨的痛！累積的情緒幾乎崩潰，季芮晨不支的跌坐在地上，毫無阻礙的大哭起來。

安靜的禮拜堂裡只有嘆息，Diego 與賀瀰焱都沉默不語，令葑蓮也只能找個位子坐下，他們三個看起來都相當疲憊；事到如今，不管是信奉什麼宗教，不論賀瀰焱及令葑蓮的靈力多強大，Diego 就算祈禱到喉嚨都啞了，也完全無能為力。

「我該……怎麼辦？」好不容易，季芮晨擠出了這幾個字，嗚咽不清。

Diego 悲傷的望著她，再看向令葑蓮，她抿著唇，與季芮晨四目相對。「妳明知道答案，只有一條路。」

死。

這個字在季芮晨腦海裡放大再放大，這彷彿是她無法逃離的命運。

「夠了！」另一邊的賀瀰燚忽然站起，朝季芮晨走了過來。「不是只有一條路，我們可以讓她離開這裡，至少保她逃得遠遠的。」

賀瀰燚伸手抓住她的臂膀，硬將她拉起身，但季芮晨腿軟站不穩，被往後安置在一張紅絲絨椅子上。

「這樣祐玶他……」令葑蓮倏地起身，「這樣子誰都逃不過！」

「那又如何？天降天譴是有原因的，表示就該發生不是嗎？千方百計的設法，還不是幾百年一輪？」賀瀰燚義正詞嚴，「我們只是想著不要發生在自己身上，對，沒錯，但我們可以自私她也可以！」

「燚，難道你願意看著世界崩壞嗎？」Diego 緊張的趨前，「在世界真的毀掉之前，我們就已經自相殘殺完了，魔物都已經傾巢而出……」

「我不願意，但我更不願意奪去她的生命！」賀瀰燚低吼出聲，「她是個人！她有選擇生與死的權利！」

「你現在突然變得這麼仁慈了？」令葑蓮不可思議的望著表弟，「你明明已經做過類似的選擇了！」

「我就是經歷過了，我不想要再一次，也不想讓祐玴經歷！」賀濎焱聞言變得更加激動，「妳不要忘記，現在的季芮晨並不願意！」

兩姊弟劍拔弩張，氣氛緊繃，無論是 Diego 或是季芮晨根本聽不懂他們在吵什麼！不過季芮晨卻能從他們話中隱約感受到……似乎曾有類似的事情？

令葑蓮逕自低吼，旋過身一屁股坐下，不想與之辯論；Diego 則焦急的繼續跟賀濎焱說明，兩個人幾乎在吵架似的。

然後，躺在那兒的人，忽然半睜著眼，嘴裡逸出了呼喚。「小晨……」

咦？令葑蓮驚訝的抬首，急忙走過去探看。「噓——不要吵！祐玴在叫小晨！」

「小林！」季芮晨踉蹌的起身，才走兩步卻又嚇得停住了。「不、不……我不能過去！」

小林相當吃力的睜開眼睛，朝左轉來，模糊的視線裡看見的是堂弟……還有季芮晨，他抬起左手，卻只能離床五公分左右。

「過去吧。」賀濎焱推了她一把。

季芮晨滿臉淚痕的走到床邊，緊緊握住小林意圖舉高的手。

「小林……」她哽咽的，看著他痛苦的模樣更是淚如雨下。「對不起對不起！」

不……小林搖著頭，有氣無力，想要摘下氧氣罩，但是令葑蓮繞到床的另一邊去，他不能任意取下啊！

「快……快走……」他用氣音說著，勉強把食指伸出。「快、快點……」

季芮晨緊咬著唇，她怎麼能走？她原本希望能跟他一起走，離這裡越遠越好，到一個不會有人知道她的地方，安靜的活下去！

她沒有什麼貪婪的願望，只是跟一般人一樣，想跟喜歡的人一起活下去、工作、生活、可以的話能夠白首終老，子孫滿堂！

這麼簡單的願望，為什麼別人可以要，她卻要不起呢？

十指交扣，季芮晨額頭貼著小林溫熱的手，無力的跪在地上嚎啕大哭，那哭聲聽來令人心碎，連 Diego 都忍不住抹去了眼角的淚。

他們都知道這件事不公平，但世間原本就沒有公平的事情，老實說今天就算他們設法放走季芮晨，在世界真的崩毀之前，還是有很多人為了生存再次追殺她，直到確定她的死亡為止。

「走啊……」小林想推開她，卻連抽回手的氣力都沒有。

「我好喜歡好喜歡你……」季芮晨泣不成聲的抬起頭來，望著意識不清的小林。「我一直沒有正式回答你，我想跟你一起回台南，我想跟你在同一個旅行社工作……只要跟你在一起都好。」

小林沒有回答，他闔著雙眼，似乎又暈了過去。

「天哪……為什麼啊啊啊！」季芮晨崩潰的哭嚎著，「為什麼我就不能活下去！嗚嗚……」

她抽泣不已，令葑蓮緩緩蹲下身，望著埋在小林手背上的她，此情此景只令人鼻酸悲淒，她也滑下了兩行清淚。

遲疑的伸手搭上她的肩頭，季芮晨顫了一下身子，還是揚睫看向了令荺蓮。

「我不求妳為世上七十億的人犧牲……」令荺蓮緊咬著唇，誠懇的望著她。「那就為了祐珊一個人可以嗎？」

「表姊！」賀瀶焱不可思議的喊了出聲，她怎麼可以——

季芮晨雙唇打顫，連換氣都顯得困難，盈滿淚水的雙眸睜得圓大，睇凝著令荺蓮……不為世界上任何一個人，就為了小林。

季芮晨緊緊閉上雙眼，更多的淚水被擠了出來，她緊咬著唇，然後鬆開了握著小林的手。

「季芮晨……」Diego 也難受的趨前，看著她搖搖晃晃的站起身。

她一個人要去哪裡？沒有了小林，去哪裡都沒有意義了。

她終究是自私的人，沒有偉大的情操，不願意為世界上那七十億人口犧牲……只願為她所愛的人。

轟隆隆的螺旋槳聲音驟而響起，Diego 等人驚訝的站起身，看著四周投射出來的亮光，照亮了整個禮拜堂，啊啊……季芮晨仰首看著那五彩斑斕的彩繪玻璃窗，真是太美了……

「啊——」季芮晨驀地發出長嘯，既痛苦又悲切。

就為了小林，她願意死。

# 第十一章

Diego走上二樓，眉頭深鎖的往前。「她回去牢房了，好像已經平靜下來，厲鬼及魔物之類的多半都控制住了，有的已經不知去向。」

賀瀟焱望著窗外，「是啊，雨也停了。」

「其他人的情況呢？」令葑蓮翹著二郎腿坐在角落，默默的問。

「現場正在清理屍體，有一半以上都是被人殺死的，多數都是自相殘殺。」Diego手上抱了一袋物品，「那個……長老也過世了。」

「咦？」令葑蓮倏地起身，「怎麼會……Otis不可能不敵魔物啊！」

「所以他是死在自己人手上。兩個身邊的親信被引出心裡欲望，為了要當下一任的長老，就把他殺了。」Diego搖了搖頭，「頭被活活割下來，插在十字架上，死不瞑目。」

賀瀟焱也驚愕的往前，「那兩個人呢？」

「倒在附近，被魔物誘惑的人真是強大，兩個人拿刀子把彼此捅到腸子都流出來了還沒罷手。」Diego也忍不住冷笑，「我不禁在想，厲鬼們或許真的懷怨、邪惡魔物也的確為亂，但是真正可怕的卻仍舊是人心。」

「一直都是，如果沒有那種欲望，便不會被輕易驅使。」賀瀟焱眼眸低垂，「說是這樣說，如果惡靈來誘惑我，我說不定也無法克制。」

令葑蓮瞥了他一眼，若有所思，再看向Diego。「我餓了，那是吃的嗎？」

「嗯，我去找了些食物，大家都吃點吧，整整一天沒吃了。」Diego遞出袋子裡的麵包跟牛乳，最後袋子裡剩下最後一份。「那……他呢？」

他，指的是躺在擔架上的小林。

「先不必，一時半會兒還醒不了。」令葑蓮拿著麵包，走到了小林身邊。「一劑麻醉能讓他睡上八個小時。」

賀濎焱要入口的麵包又放了下來，他始終天人交戰。「……妳不覺得這樣太過分了嗎？把祐玶弄暈又騙小晨他染上流行病？」

「這是遲早的事！如果她依然不死，祐玶早晚會死的，大家都會！」令葑蓮義正詞嚴的看向他，「你看看今天她為了離開，不惜血洗整個法院，這裡的亡靈已經夠多了，還給他們屠殺的力量；而就是因為人心脆弱欲望無窮，禁不起惡魔的誘惑，所以必須杜絕，但是她不在乎！」

「我們沒有權利要求別人偉大。」賀濎焱沉重的說著。

「我知道，人都是自私的。」令葑蓮低首看著睡得正沉的小林，「所以，季芮晨只要夠自私就足夠了。」

她可以感受得到祐玶跟小晨之間的感情，那不只是一時的悸動，而是每一次患難與共中培養出來的情感，這段日子從義大利到巴黎，更是加深了危難之際的真情。

沒有人比祐珊更瞭解小晨，身邊一直滾動屍體的季芮晨原是孤單一人，好不容易有了一個理解她、愛她的男人，她的依賴性會比任何人都重。

「我覺得羞愧。」連 Diego 都嘆息。

「不需要，我只是讓事情提早發生罷了，用實際例子讓她看清，遲早有一天她會害得自己所愛的人遭此橫禍。」令葑蓮深吸了一口氣，「她對祐珊的感情很深，依賴性也很重，因此，她會願意為了他犧牲。」

講什麼世界什麼世人，季芮晨早說過她沒有這種偉大的情操，還不如用她在意的人來得有效。

「我們好卑鄙。」賀瀟焱緊皺著眉，甚為自責。

「決策者從來就不輕鬆。」令葑蓮撕開麵包，咬了一口。「這都是我的主意，大可以都推到我身上；現在也沒有時間讓你們難過了，我們還有很多事要做。」

「那祐珊怎麼辦？」賀瀟焱擔心的是這個。

「由我來說就好，在上飛機前，他不會知道真相。」令葑蓮輕按太陽穴，頭實在很痛，這些天累翻了。

「他說不定會恨妳一輩子。」

「無所謂。」令葑蓮昂首，「有些事總要有人去做，你明白的。」

傷。

賀濚燚別過了頭，很多事情是心裡明白不能做，卻必須要去做的，即使留下的是無盡悲

「飛機已經準備好了，簽呈已下，現在全世界的焦點都放在小晨身上，所以沒有太多阻礙，明天凌晨飛離巴黎。」Diego 終於有機會插了話，「蓮真的不一起走嗎？待在巴黎太危險了。」

因為他們推算，就算將季芮晨送回去，災難也不可能即刻停止，那時世人的心會從滿懷希望一下子變成絕望，人們不會知道恢復需要時間，到那時會瘋狂的認定天譴未除，然後便是靈能者的浩劫。

不論是梵諦岡或是參與追捕天譴的人，應該都會成為屠殺的對象；梵諦岡已經送好幾批人離開了，Diego 跟賀濚燚也得趕在明天離開。

「我沒關係，我有斐學護著，而且沒有多少人知道我。」令葑蓮聳了聳肩，很平靜的大口嚼著麵包。「我只要改個裝扮，就像是生活在巴黎的一般人了。」

「還是不想回家嗎？」賀濚燚蹙眉，都多少年了。

「會回去的。」她回眸，笑容裡滿是滄桑。「只是還有要善後的事。」

「小心一點。」其實他懂令葑蓮心中多年的掙扎與矛盾。

「會的。」她扭扭頸子，再度走回擔架邊。「晚一點我會去看季芮晨，好好的送她最後一程。」

俐落的拔掉小林手上的點滴針，望著或許正在做美夢的他，輕輕撫過他的臉，鼻頭一酸，眼淚悄悄盈滿眼眶。

「對不起。」

※　※　※

在瑪麗．安東尼的牢房裡，有著幾張畫作，最讓人心寒的一張是聚集在革命廣場上，數以千計的人們，用一種歡欣鼓舞的神情與激動的態度，看著她被押上斷頭台，期待著刀下頭落的瞬間。

而在她受審的禮拜旁裡，兩側還有小方室，裡頭分別是紀念瑪麗．安東尼及路易十六，有著浮雕像與他們的油畫特寫。

有一張她印象很深，是瑪麗．安東尼的祈禱圖。

祈禱什麼？季芮晨靜靜的坐在床上，對她而言，祈禱什麼都不若自己離世來得重要。

『小晨，妳在做什麼？』Martarita 就坐在她身邊，氣急敗壞。『妳為什麼又回來了？』

『是啊，明明可以逃走的！』小櫻也嚷嚷，『妳還自己讓警方押回來？』

『別吵，她有自己的想法。』Kacper 倚在牆邊，正在擦著自己的軍刀。

Tony 就坐房裡唯一的那張木椅上，與她面對面，不發一語的沉默，卻彷彿什麼都知道。

她身邊的亡靈都被封印了，唯有留下這四個，聽說是趕不走的，因為他們與她相連，真是名副其實的「護衛者」；但牢房四周加強了防護，瑪麗・安東尼的亡魂也被封在蠟像裡拖了出去，於是沒有媒介，現下不論人或鬼，都離不開這間牢房了。

「我死了之後，你們會怎麼樣？」季芮晨看向 Martarita，她現在擔心的就只剩他們了。

『我們是鬼啦，妳不必太煩惱……』Martarita 一臉難以置信，『妳是認真的嗎？妳真的要被送回去？』

『我好不容易守著妳守到現在，妳怎麼可以說走就走？』小櫻氣得嘟嘴，『這太不公平了！我守了四百年耶！』

Kacper 微微瞥了季芮晨一眼，『我可以問什麼事讓妳改變決定嗎？我認識的小晨，不可能會玩犧牲奉獻這一套。』

「為了我在乎的人。」季芮晨想自嘲，但是嘴角卻難以上揚。

Tony 闔上雙眼，他清瘦的臉顯得很糾結。『小林出事了嗎？』

『咦？有嗎？』小櫻怔了怔，『我昨天看到他時還好好的，跟那幾個滿可怕的傢伙在一起！』

小櫻口中的可怕，多半就是令葑蓮他們這幾個隨時能封住亡者的靈力者。

「不管怎樣，他出事是早晚的事……畢竟我是天譴不是嗎？」季芮晨苦笑著，「但是我不單單只是為了他。」

亡靈們倒抽了一口氣，Martarita 跟小櫻甚至隔著她面面相覷，彷彿她說了什麼荒誕的事。

「小林很重要，他愛的人也很重要。」季芮晨在看見令葑蓮跟賀濔焱後有了覺悟，「他跟我不一樣，他還有家人，在乎重視的不只我一個。」

他們不可能兩個人過什麼平安快樂的日子，因為小林會擔心家裡的狀況，兄弟姊妹、叔叔阿祖什麼的，那是一個大家族，在那個他總是希望她去的台南，萬應宮。

一旦災難降臨，他失去了親人，也不可能不會聯想：是季芮晨害死了他的家人們。

因為這是事實，她不知道自己身為天譴，會降臨什麼樣的災禍，但只要一個、就只要一個人因此而死，那就永遠是她造成的。

令葑蓮不能死、賀濔焱不能死，所有他在意的人都不能死，她想通的當下就明白，一直以來就只有一條路可以走，到底在掙扎什麼？

『妳決定犧牲自己，為了小林跟他在乎的人嗎？』Tony 定定的凝視著她，從未移開過眼神。

「他在乎的人，我也在乎。」她心裡掩不住悲傷，「我希望他們都好好的活著。」

『可是這樣妳要死耶！』小櫻不可思議的喊著，『小晨，妳有沒有搞錯，經過了這麼多事，好不容易活得好好的，妳怎麼就……』

季芮晨微蹙起眉，倏地往左看向焦急的小櫻，握了握拳。「妳要跟我解釋一下，為什麼這麼希望我活著嗎？我的死活，應該不會影響你們吧？」

小櫻頓時噤聲，有點心虛的別過頭去。

季芮晨立刻再回頭往右邊看向 Martarita，她正對小櫻露出責備的神色，冷不防被季芮晨抓到表情，也眼神飄移。

「Kacper？」她抬起頭，往十點鐘方向看去，他擦著軍刀的手剛剛停了。

Kacper 正視她，卻說不出話。

『我們有責任，在我們剛死之際，就必須讓天譴完成。』Tony 沉穩的出了聲，『然後，我們才有進入輪迴的機會。』

季芮晨緩緩闔上雙眼，再睜開，心裡的不悅凌駕過同情。

「這像是威脅。」

『是，因為我們只是亡魂。』Tony 揚起微笑，『我們能夠選擇保有前一世的記憶，與自己愛的人進入下一世，這是獎品。』

『Tony！』Martarita 低吼著，彷彿他怎麼可以說出來似的。

「天譴一直被送回去，表示那些護衛者都沒有如願吧？」她眼尾瞟著 Martarita，「妳想跟 Mario 在一起？所以他也沒進入輪迴？」

Martarita 別過了頭，豔麗的臉龐浮現哀傷。

再看向小櫻跟 Kacper，他們都一副有口難言的模樣，神情掙扎不已，這反而讓季芮晨失笑出聲。

「哈哈……哈哈哈！」她大笑不止，眼淚也流了下來。「為了我這樣一個人，到底要犧牲多少人？」

她死，這些保護她這麼久的亡靈就不能如願；她活，這世界就會崩毀。

為什麼，她是天譴？

『我尊重妳的決定。』Tony 情緒依然不見波動，『我們只是護衛，不能左右妳，本來這就不是一件好差事。』

『可是——』小櫻焦急的張口，卻又止聲，怯生生的轉過來看向季芮晨時，一雙眼裡盈著淚水。

季芮晨只能微笑，她滿懷歉意的朝著小櫻笑著。「對不起。」

小櫻咬著唇一陣嗚咽，倏地消失在她的面前，選擇了隱身躲藏；Martarita 一聲長嘆，也站了起身，看著季芮晨良久，帶著悲傷的眼眸消失。

最後是 Kacper，他挺拔的走來，英姿颯颯，站在她面前時是那樣的帥氣。

『妳知道我永遠都聽妳的。』他忽地一蹬步，行了舉手禮，然後也消失在她的面前。

最後，就剩下她跟 Tony 了。

Tony 端正的坐著，從小到大他都很少開口，但是遇到麻煩事時，Martarita 他們都會向他尋求建議，因為他沉穩、睿智，說他是護衛之首也不為過。

當 Tony 真的現身、跟她說話時，通常都是很嚴重的情況……她想，再也沒有比現在更糟的情況吧！

「……我很害怕。」她望著Tony，突然酸楚湧上，旋即止不住恐懼的淚水。「我真的很、很……」

『那就離開。』Tony幽幽說著，如此平淡，如此事不關己態度。

「我不能走，你知道我不能走的！」季芮晨喊了出來，「我真的怕得要死，可是、可是我不得不死！」

『小林他們的生命，遠比妳自己重要嗎？』Tony質疑著，『一刀落下，妳的人生就結束了。』

「不……嗚……」她彎下身子，整個人縮成一團，痛哭失聲。

哭聲在監牢裡迴盪著，未現身卻依然存在的Kacper他們也靜默，任季芮晨哭個痛快，她至少還有這個權利。

「結束，是新生的開始……我、我懂的。」她語焉不詳的說著，「總比我懷抱著怨懟與懊悔活下去的好。」

『未來還沒有定案，妳怎麼確定妳懷抱的是怨懟與懊悔？』Tony挑了眉，『說不定妳會遇到真正相愛的人，攜手度過一生……』

「Tony。」季芮晨坐直了身子，哭腫的雙眼瞇成一條細縫。「我哪怕是千分之一的懊悔都不想要有。」

Tony 突然泛出了真切的笑容，然後站了起來，走到她面前；他蹲了下來，從口袋裡拿出一條蕾絲手帕，手帕泛黃也帶著血，在染血的一角繡有名字；她知道自己碰觸不到，只能狐疑的望著。

「那是什麼？」

『我心愛的女人送我的。』他珍惜的看著那條手帕，『我愛了她一輩子，這是她唯一送給我的東西。』

這是第一次，Tony 說他生前的事，也是頭一次與她這麼近。

『我永遠都記得她那天穿著鵝黃色的裙子，頭戴著水藍色的花帽子，手裡緊抓著這條手帕，哭著求我代替她的愛人上斷頭台。』Tony 闔上雙眼，笑得很幸福。『我點頭後，她哭得更大聲，摟著我的頸子在我頰上落了一個吻，女傭急著叫她，她慌亂的回身跑離，手帕便落在地上……』

季芮晨瞪圓了雙眼，看著 Tony 珍惜的手帕……那、那是女人不小心落下的，不是送給他的啊！

所以——「你不是貴族？」

『我是，我代替那男人走上斷頭台時，我就是以那樣的身分死去的，而不是馬伕。』Tony 睜眼，卻彎眼笑了。『妳會覺得我很傻嗎？』

「我……」季芮晨僵硬著，不知道該說什麼。

『我很愛她，所以願意為了她的幸福這樣做，我覺得值得。』Tony睿智的雙眼望進季芮晨的，『如果我是傻子，那我們兩個都是。』

季芮晨愕然的望著他，然後笑開了顏。

「呵……哈哈哈！」她是打從心底笑出來的，吸了吸鼻子抹去淚水，明白Tony所指。「我懂了！」

開鎖聲忽然響起，Tony看向右邊的門，然後消失隱匿，同時間鐵門開了，走進穿戴著末日教會斗篷的令葑蓮。

她很明顯的怔了一下，視線就落在季芮晨的身前略低處，事實上她正與Tony四目相望。

「呃，打擾到你們了嗎？」

「噢！沒有。」季芮晨咬了咬唇，令葑蓮果然看得見Tony他們，她卻什麼都看不到。

令葑蓮的視線循序左移，彷彿是在看著Tony走離一般，然後也注意到了牆邊或坐或站的Martarita他們，微微一笑。

身後的警衛將門再度掩上，令葑蓮手裡端著托盤跟一疊衣物前來，托盤上照慣例擱了食物跟飲料。

「哼，怎麼？最後一餐？」她冷笑，又有想哭的衝動。

「總是希望妳能吃點東西。」她將東西擱上桌子，「都是溫熱的食物，巴黎淹水的狀況下，要找精美的食物不容易，所以我擅自準備了牛肉麵。」

季芮晨望著那熱氣氤氳的瓷碗，也有些好奇。「妳做的嗎？」

「親手做的，不假他人之手。」令荺蓮把Tony剛坐的椅子移到桌邊，「快吃吧，麵會糊掉。」

季芮晨深呼吸，現在應該沒有吃飯的心情，但她的確餓了一整天，既然已經決定當個傻子，吃點迷人的熱麵總比餓著赴死好，更別說，這還是人家親手做的。

她走到桌邊坐下便大快朵頤，令荺蓮沒打擾她，只是靜靜的站在床邊，背對著她向著窗外的深藍，天眼看著快亮了。

房裡只聽見季芮晨在吃麵的聲音，唏哩呼嚕，令荺蓮還準備了青菜跟皮蛋豆腐，她食量就算不大，拚了命也得吃光，這可是最後一頓呢！夾著麵喝著湯，咬著帶筋滷得入味的牛肉，和著淚水一起嚥下。

「媒體打算什麼時候直播？」放下碗時，季芮晨終於開口。

「日出。」令荺蓮單薄的背影也透露著哀傷，「必須在日出時將妳送回去。」

季芮晨看了看腕間的手錶，凌晨四點，時間快到了。

「小林他們怎麼了？」她在意的還是只有這一點。

「去機場了，專機送離，應該會先飛往台灣。」令荺蓮終於轉了過來，「Diego、祐珊跟濰燚都會一起走。」

「飛機？現在可以任意起飛嗎？不是就連梵諦岡出入也被嚴格審核？」季芮晨有些緊

張，緊皺著眉心。

「但是末日教會至少地位不凡，世人目前都仰仗著他們，尤其剛抓到了妳，聲望正威。」

令葑蓮露出嘲諷的笑容，「我們用護送 Otis 遺體離開為由，申請了專機，一下就通過了。」

「Otis……死了？」季芮晨有些詫異，「想必他的死也推到我頭上了對吧？」

是，現在不管什麼天災人禍，就算是權力鬥爭下的慘案，也都是她這個天譴造成的。

令葑蓮不語，畢竟多少是事實，若不是惡魔蠱惑脆弱的人心，Otis 也不會死在爭權奪利的親信手上。

「小林在病中這樣上機好嗎？」季芮晨擔憂不已。

「不走不行，已經派了最好的人照顧跟隔離了。」令葑蓮微笑著，「他們都是我的親人，我不會讓他們有閃失的，妳放心。」

「嗯，我相信。」她下意識絞著雙手，「妳……還有什麼要跟我說的嗎？」

令葑蓮望著她，沉重的點點頭。

季芮晨無奈的深呼吸，起身走向令葑蓮，自己選擇的路就不該逃避。

「他們決定不讓妳上斷頭台，只是斬首，沒辦法消除人們的恐懼。」令葑蓮拉著她坐下，緊緊握住她的手。「他們要用火刑。」

季芮晨明顯的顫了一下身子，因震驚而有些喘不過氣，火刑？是要把她活活燒死嗎？

「天……」她撫向胸口，上氣不接下氣，好可怕！

「冷靜點冷靜……我不會讓妳在痛苦中離開的！」令葑蓮趕緊拍著她的肩，「深呼吸，小晨，深……呼……吸……」

她一聲聲緩緩的說，季芮晨淌著淚照做，大口的吸著空氣，好不容易才讓空氣進入肺部。

「我……為什麼一定要這樣？」她痛苦的說著，「我都已經回來了，那些人不知道我做了多大的讓步嗎？」

「他們不會知道也不在乎，他們現在只認定妳是禍害，妳是異端，妳甚至是邪惡的。」令葑蓮無奈的望著她，「暴民是沒有理智可言的，妳必須理解……」

「我理解，我都走到這步田地怎會不理解？只是我不能接受，斷頭台就算了，一刀過去我還免於痛苦，活活燒死的話——我不要！」她吼了起來，腦海裡浮現在電視上看見的火刑直播，那種淒厲的慘叫聲，至少維持了好一陣子。

「這件事無法阻止，但是我能讓妳在沒什麼知覺中離世。」令葑蓮包握住她的雙手，「我保證妳不會有痛苦。」

季芮晨全身開始發抖，她恐懼的望著令葑蓮，緊閉的雙眼擠出無盡淚水，她忍不住偎向令葑蓮的肩頭，無助的嚎啕大哭。

令葑蓮輕柔的拍著她的背，她能做的，也只有這樣而已。

牆邊站著的護衛亡靈們臉帶哀淒，小櫻嗚哇的哭得最嚴重，只是不知道是為了季芮晨即將的亡逝，還是為了自己辛苦守護數百年的歲月終得一場空？

淚總是流不完，季芮晨只能逼自己振作，趴在令葑蓮肩頭上，可以看見她剛剛拿的一疊衣服，就擱在旁邊。

「那什麼？」她嗚咽的離開令葑蓮的肩頭，指著床上的衣服。

令葑蓮側首，拿過那疊衣服。「妳必須穿著它離開。」

「連我衣服也要管？」季芮晨怒了，或許現在說什麼她都會怒火中燒。

「這上頭有咒文，融合了世上所有的宗教，希望將妳緊緊束縛，完整的送回給上天。」令葑蓮邊說，一邊打開那衣服。「但對我而言，我只希望妳可以受到保護，不讓人輕易看到妳。」

深藍色的衣料敞開，原來是件斗篷，可以遮去她的樣貌，這便是令葑蓮的用意。

「我也不希望被看見。」她沉吟著，「但是我不想要戴這個斗篷。」

「小晨？」

「我要戴瑪麗・安東尼蠟像上那件頭紗。」季芮晨認真的看著她，「關在同一個地方，走上同一個刑場，接受萬民的歡呼也算有緣，所以我要她那頂遮面頭紗。」

令葑蓮只沉默了三秒，立刻拿起腰間的無線電通知人準備，同一時間，季芮晨換下身上的衣服，套上了那所謂能將天譴送返的斗篷。

令葑蓮上前為她整理，滿臉盡是哀容。

「我知道妳是故意把我安排在這裡的。」季芮晨近距離看著令葑蓮，可以看見她也有著好看的五官，小林一家子長得都不錯，只是她眉宇間多了滄桑與哀愁。

「因為我覺得妳跟瑪麗．安東尼很像。」令葑蓮淡淡的回應。

「還是因為妳知道她的亡靈在此徘徊，給我一個逃脫的機會？」季芮晨平舉雙手，讓令葑蓮整理著。「目的是為了讓我看清事實，讓我親眼看到重病的小林。」

令葑蓮沒有回答，只是細心的為她穿好斗篷，很多事情不需要一一說明，瞭然於心即可。

「我還是謝謝妳，我知道妳跟賀瀮焱很早以前就為我奔波，想要找尋一個能化解天譴的方式……只是沒有成功。」她幽幽的笑著，「不管是為了我還是為了小林，還是謝謝。」

令葑蓮忽然停下了手裡的動作，她抬起頭與季芮晨四目相交，挑了一抹笑。「我是為了我自己。」

「我知道！誰都不想死嘛！」季芮晨聳了聳肩，「那就別推拒我的謝意了。」

令葑蓮擰起眉心，彷彿真的不想接受這種因自私而得到的謝意！

門外傳來輕叩聲，令葑蓮前往拿取外頭遞來的頭紗，季芮晨已經不想去計較上頭多少灰塵或是多久沒洗了，對於等等即將被燒成灰燼的自己，實在不需要費這麼多心。

「可以幫我拍一張照嗎？留給他。」季芮晨將頭紗戴好，攬鏡自照，突然覺得這樣的自己頗具古典美。

沒有遲疑的，令葑蓮拿出手機，季芮晨則坐到瑪麗．安東尼曾待過的床上，劃上了甜美的微笑。

連拍了幾張，令葑蓮沉吟了幾秒，主動坐到她身邊去。

「跟妳拍一張？」

「好哇！」她笑了起來，活像她們只是在這裡觀光，裝扮成瑪麗．安東尼一下。

拍照完畢，已經再也沒有什麼可做的了，令葑蓮再度幫她掛上各式宗教的代表物品，佛珠、十字架、其他符號象徵都已經在斗篷裡了。

最後，令葑蓮拿出的是一個小瓶子，瞥了季芮晨一眼，她點點頭。

把那藥劑放進飲料裡，令葑蓮為她準備的是一般果汁，用吸管攪勻後，再遞了過來。

「沒有什麼味道，但是妳會失去知覺，就算上刑台時也不是清醒的；雖然火刑沒有斷頭台快，但也不會持續太久，妳不會有太大痛楚。」

季芮晨接過飲料，緊緊握著。

「讓小林知道我不只是為了他，也為了所有他在乎的人，妳、賀瀟焱、他台南的家人甚至是Diego。」她凝視著金黃色的果汁，幽幽的說。「請他原諒我。」

「這些我明白，我已經跟他說過了……來妳這之前我送了他們去機場。」令葑蓮坐在她身邊，眼裡帶著憐憫。

季芮晨抬起頭，轉過去看著她，劃上微笑。「謝謝。」

謝謝她曾經做過的一切，不管是好是壞，最終令葑蓮都讓她徹底明白，應該走回該走的路。

她取下吸管，將杯中的果汁一飲而盡，淚水從令葑蓮眼角悄然滑落，她沒有痛哭失聲，她早已過了那種會情緒失控的年紀。

接過空杯，隨手擱在一旁，她攙著季芮晨讓她躺下。

「藥效一會兒後才會發作，等等會有人來架妳出去，上刑台前會有人檢查妳的氣息，然後再把妳綁上去。」令葑蓮彎著身子，為她將斗篷拉好。「不會有人曝露妳的樣子，也不會有人說出妳的昏迷，我都已經打點好……妳放心。」

溫熱的淚水滴上季芮晨的臉頰，她蹙著眉看向令葑蓮，伸手握住她的手。

「夠了，妳也快走吧。」季芮晨平靜的說。

令葑蓮深呼吸後，將淚水吞下，取過空杯走到大方桌邊，將托盤上的東西整理好，再將她換下的衣服也都折好，準備一併帶出去。

牆邊的亡靈們露出苦痛而怨懟的目光瞪著她，令葑蓮只是端起托盤，往門邊走過去。

床上的季芮晨開始感受到無力感襲來，天旋地轉，她沉重的眼皮開始覆下，吃力的用最後的力氣，看向走到門邊，回首望著她的令葑蓮。

「我愛……小林。」她說，「幫我……幫我告訴他。」

令葑蓮微微一笑，這一次淚水再無阻擋，滾落了數行悲傷。

「對不起……真的對不起！」

這好像是她第一次聽見倨傲的令葑蓮道歉……但季芮晨卻只聽得隱約，便失去了知覺。

# 第十二章

好痛！

她痛到睜開雙眼，發現自己雙手正被人一左一右的架著，往前拖行……啊！她的手她的腳她的身體，全身都好痛啊！

「咳咳……」肺部痛得說不出話，她開始咳嗽。

「咦？醒了？」拖著她的人用法文說著，「不是說下藥了嗎？」

「欸，不管，快點帶出去就是了！」左手邊的人唸著，使勁一拉——喀的一聲自她的小腿傳來。

啊啊啊——她突然整個人倒下，左腳一折，小腿骨硬生生刺穿了小腿。

但是她發不出聲音，好痛——天哪，她的腳！

「這是怎麼樣！站好！」來人焦急的說著，硬把她往上拉，緊接著又是喀嚓一聲，右小腿也斷裂穿出。

啊啊……痛死了！她張大了嘴卻叫不出聲，呼吸幾乎上不過來，她的肺跟聲帶都廢了？

斷骨的穿出隱藏在斗篷之下，所以這些人看不見，只是更加用力的將她往前拖，幾乎讓她痛不欲生！低垂著頭看見的是浸滿水的地板，然後是一片嘈雜……

「喔喔喔——」震耳欲聾的歡呼聲驟然響起，來自於成千上萬的人！

「送她下地獄！」

「快燒死她！燒死她——邪惡的人！」

咆哮聲此起彼落，她卻只感受到椎心刺骨的痛楚傳遍全身，不只是斷骨拖行，她的手跟內臟……好像有數百隻蟲在啃咬一樣！

耳邊可以聽見有警方在維持秩序似的開出一條路，她一路被往前拖去，強烈的腐臭味從自己鼻息中傳來，她噁心的嘔吐了一地，發現是青綠色的腐液。

她……從體內正在活體腐爛嗎？啊呀——為什麼會這樣，這比被火燒還要痛啊！

歡呼聲震天價響，幾要震破人的耳膜，她被抬上了一個高台，然後往一個架子上綁去。

高台上的人真的很小心的顧著她的頭紗，小心翼翼的不讓她的臉被瞧見，只是湊近她時緊皺了眉，應該是聞到了腐敗的味道。

面紗蓋住她的鼻樑處，在下頭怒吼的人看不見她的臉，但是她卻瞧得清部分的人們……整個協和廣場積水未退，那些哭喊著叫她去死的人們有男女老幼，每個人雖然狼狽，卻帶著忿怒也帶著恐懼，因為他們手裡握著石子卻不敢扔。

她的雙手被縛在後，綁在熟悉的柱子上，她希望不要綁得太緊，因為說不定手的內部也已經腐敗了。

縛緊之後，末日教會的人上前，檢查她身上的衣物，還有檢查她這個人。

「這什麼味道？」才掀開頭巾一吋，對方就聞到了。「天哪！」

來人看見她的頸子，倒抽一口氣的鬆開了手，一旁的人上前，她聽見他們在低聲交談。

「她在腐爛！是不是因為我們要送她回去，所以即將擴散什麼更可怕的傳染病？」

「什麼？」另一個人也趨前探視，「天哪！快點燒了！」

痛的是她，這些人是在說什麼風涼話啊！就算是傳……啊啊啊！好痛，這痛不欲生的過程，根本是始料未及的啊！

「人們的災禍就要解除了，我們要把上天降下的天譴送回去！」末日教會的人高喊著，活像政治家在宣傳政見。

「喔喔喔——」包圍協和廣場上的幾十萬群眾高喊著，SNG 車在附近轉播，全世界都在等待，災難解除的這一刻。

藉由殺掉某個人，換得自己的安身立命。

快燒吧快燒吧！快點終結這種活生生腐爛的痛楚，她寧願被燒死，也不想要這樣痛徹心腑啊！

咬著唇看著走下的靈能者們，再得意也沒有多久了，如果災難不即刻平息，下一個被綁在這裡燒死的，就是你們了！

「日出了——」有人高聲的喊著，聖母院的鐘聲，噹噹噹的響起。

噹——噹——噹——噹——噹——噹——

末日教會的人得走到附近的控制室去操控火燄，這是科技昌明的時代，已經不興什麼聚柴點火，這台子用的是如焚化爐般的強大火勢，只是從底下瞬燒上來而已。

天空的雲層逐漸聚攏，適才的晴朗急速消失，轉眼烏雲蔽日，緊接著傳來一聲雷鳴！她只知道自己痛到牙齒都要咬斷了，盈滿淚水的視線模糊，看見灰暗的天空裡閃過銀光，還有……啊啊……她看見了。

塞在幾十萬人群中的魍、魎、鬼、魅、魔、妖、獸以及其他特別的族類。

就算她死了……各界的秩序也已經崩毀了……呵呵……哈哈哈！這世界的浩劫說不定正要展開呢！

然後，四個身影出現在高台底下，她流下絕望的淚水，看著豔麗的女人，威風的軍官、可愛的女孩及沉穩的男人，朝著她深深一鞠躬。

燒啊燒啊！為什麼還不燒死她！她忍不下去了啊——轟——一陣雷電倏地打上柱子，在場所有人傳來一陣驚呼，尖叫聲此起彼落！

那道雷不偏不倚的打在火柱上頭，綁在上面的她立刻燃燒。

「燒起來了——天打雷劈，這真的是禍害！」

「這才是天譴，這種異端快點下地獄吧！」

「我們的災禍結束了！結束了！」人們欣喜若狂的互相擁抱，不只是在協和廣場上，還有在電視機前，世界上所有人。

主控室裡的人錯愕，望著在柱子上燃燒的人，就算他們想將天譴送回去，上天也不願假人類之手嗎？

轟——又一陣雷電打下，不偏不倚的擊在人群當中，一群正在擁抱的人們頓時焦黑起火，咚的倒了下去。

「呀——」尖叫聲從廣場中響起，人們開始驚恐的逃離。

但是還沒結束，只見一道接著一道銀色的閃電自烏雲裡劈下，劈在積滿水的協和廣場上，幾十萬人就像是骨牌一般，接二連三的大批倒下，連站在附近轉播的記者也在世界轉播的見證下，爆出火花後焦黑倒地。

歡呼聲在剎那間止息，包圍著巴黎市中心一片死寂，剩下的只有屍橫遍野，滿佈在一條又一條放射狀的街道上，還有那在火柱上依然燃燒的天譴……燃燒著。

※　※　※

咦！

拿著卷宗的手顫了一下，小林有一種心痛的感覺。

「怎麼了嗎？」隔著走道的賀濡焱看過來。

「不……我好像聽到慘叫聲。」他不安的蹙眉，下意識往窗外望去。

身處在白雲之上的高空，從窗外看去只能見到蔚藍天際，朝陽已盡數昇起，窗外的冰霜反射著金色璀璨。

他們乘坐的是豪華班機，可容納八百多人的客機，現在卻只載送了二十餘名乘客，各人分坐在頭等艙，寬敞舒適，五位空姐就足以應付全機。

「小晨跟蓮姊不知道會不會有狀況……為什麼不跟我們坐同一班飛機呢？」小林轉向左方，問著隔壁的賀濡焱及前方的 Diego。

他們看著他，欲言又止。

被下藥的小林醒來後，不記得在禮拜堂見過季芮晨的事，只當成是做夢，而令葑蓮告訴他，她能設法救季芮晨離開巴黎，但是目標顯著，大家不能搭乘同一班飛機走，所以要他們先離開，其他人再搭乘下午時分的班機。

賀濡焱看了看錶，時間已經過了。

「真讓人放心不下，雖然有 Martarita 他們在……」小林一直惴惴不安，「這裡能聯絡得上蓮姊嗎？」

賀濡焱搖了搖頭，擱在腿上的雙拳緊握，前頭回過身的 Diego 也緊鎖眉心，他難受得說不出話來。

「算了，我還是快點繼續唸吧！」小林自行吁了口氣，手上捧著令葑蓮交給他的東西，Diego 說那是分神法。

因為令葑蓮煞有其事的交給小林一本卷宗，說她找到了解救季芮晨的法子，但是需要真心在意她的人施以咒法，唸得越多次，她脫離險境的機會就越大；小林根本看不懂上面寫什麼，但是令葑蓮很貼心的在每個字下都加上英文拼音，好讓他一個一個字的唸。

從在機場等待起就沒有停過唸咒，令葑蓮與賀瀟焱聯手全面封鎖機場消息，不管是新聞或廣播全部停擺，稱之訊息中斷，徹底斷絕對外的消息，就連機上都不發放耳機，就怕小林聽到了即時火刑轉播，會聽見季芮晨那令人鼻酸的慘叫聲。

賀瀟焱看向 Diego，他們交換眼神，互相點了頭。

「祐珃，有件事要跟你說。」賀瀟焱鬆開安全帶，起身坐到自己椅子的扶手上，好接近小林一些。

Diego 亦然，他們都坐在扶手上，剛好擋去半個走道，這也是預防等會兒萬一小林失控想衝到哪兒去時，能及時擋下他。

「嗯？」小林狐疑的仰首望著他們兩個，「發生什麼事了嗎？你們的表情不太好……出事了嗎！」

他立刻坐直身子，緊張的抓住賀瀟焱的手，想問是不是小晨出事了。

「小晨去了。」沒有太多的鋪陳或是心理準備，賀瀟焱採取了最直接的方式。

「咦？」小林錯愕，一時反應不及。

「應該是半個小時前的事，她被施以火刑，送回去了。」Diego 緩緩的，一字一字的說著。

小林瞠目結舌的看著自己的堂弟、看著Diego，然後還有坐在後面一干梵諦岡的神職人員或是特殊靈力者，他們個個站起身，用一種悲傷的神情凝視著他。

「你們……在說什麼？蓮姊說她們要搭晚一點的飛機過來，已經救出小晨了不是嗎？」小林連聲音都在顫抖，「我都已經在唸咒了，我……」

「祐珊，小晨為了不連累你、不連累我們，自願赴死。」賀濡焱繼續說著，「她原本已經逃出監牢，但是又自願回去；末日教會決定日出時引火焚燒，她已經去了。」

小林靜默，他得扶著一旁的牆才能站起來，瞪大的雙眼裡盡是不可置信，他們在騙他對吧？這是蓮姊親口對他說的，說已經找到救小晨的方法了啊！

淚水終究滑下，小林鬆開了手，手上的卷宗應聲而落，腦袋一片空白。

「不可能……不可能！」他緊抓住了賀濡焱的雙臂，「這種玩笑太差勁了！表姊親口說的，我一直在誦禱，我一直——」

一隻手搭上他的肩頭，Diego鎖著悲傷的眼神，朝著他搖了搖頭。

彷彿在說，是的，她走了。

「騙人——」小林幾乎無法承受的雙手抱頭，歇斯底里的大吼起來。「令葑蓮！」

他踉蹌的摔進自己的座椅裡，賀濡焱趕緊上前去攙他，卻被狠狠的推開，機上頓時亂成一團，旁人也衝過來協助，混亂之際，賀濡焱直接把他壓在牆邊。

「你冷靜一點！她已經走了！就讓她好好走！她也是為了你啊！」賀濡焱大吼著，「她不是那種偉大到犧牲小我完成大我的人，但至少她願意為了你犧牲，你搞不懂那是為什麼嗎？」

「小晨……小晨！我不需要她這麼做啊！」小林痛哭失聲，被死死壓在牆上。「我一點都不需要！」

「遲早需要的，你待在天譴身邊，逃得過一時，逃不了一世。」Diego 只有長嘆，彎身拾起散落一地的卷宗。「令葑蓮要你為她誦禱，也是為了讓她好走，這是你唯一可以為她做的事……」

Diego 看著手上的卷宗，忽然僵住了。

他瞪大雙目看著卷宗裡一頁又一頁的文字，激動飛快的翻閱著，機上的人被他的動作嚇著了，幾個末日教會的人也趕緊湊過來，大家都感受到大事不妙了！

「這哪裡來的？」有個男人驚訝的說著，「這是我們的古籍啊！」

什麼？賀瀟焱聞言，鬆開了壓制小林的手，起身往 Diego 身邊去，他只看了一秒臉色便瞬間刷白，整本搶了過來。

「這是她給你的嗎？林祐琣！」賀瀟焱衝著小林大吼著，「蓮給你的？」

小林頹然靠在牆邊，已然哀莫大於心死。「她給我時，你在旁邊看著的……小晨……季芮晨！」

「這不是亡佚的古籍嗎？」Diego 的聲音顫抖著，「你們不是都……遍尋不著嗎？」

是啊，賀濡焱不可思議的望著手中所謂亡佚的典籍，找遍了世界跟所有線索都尋不到的東西，一直在蓮手上？她為什麼要藏著，為什麼……賀濡焱飛快的看著上面的文字，他的拉丁文沒有很熟，但是至少能看得懂大概。

「就是這個！傳說中消弭天譴的方式，不是消除，而是將天譴一口氣集中降臨在某個地點、某個人身上。」他激動的邊看邊說，「這東西真的存在，如果能找個島嶼，讓天譴全數降臨在上面的話……」

「但那要『天佑』來做啊！不是天佑唸的咒根本沒有改變或壓制的力量……」末日教會的人回答，卻不由得看向坐在椅子裡，痛哭失聲的小林。

『小晨一點靈力都沒有，有靈力的是小林，而且超強的，你不知道嗎？』

『你待在天譴身邊，之前都沒事是你幸運，未來可就不一定了。』

Diego 不敢置信的看向小林，「你是天佑？」

小林根本聽不懂他們在說什麼，但也感受到氣氛驟變，他看向賀濡焱，眼裡卻帶著忿恨與不解。

「到底在說什麼！」他再度站了起來，「你們現在又在演哪齣！」

「你是天佑？所以在季芮晨身邊才能一直活下來，蓮給你的這本卷宗，就是我們之前一直在尋找……該怎麼樣解除天譴的方法——」賀濡焱忽然一怔，狠狠倒抽一口氣，低首翻閱著那一頁頁的經文。

古籍早已散裝，所以令葑蓮是一張張擺進樂譜夾裡的，僅僅五頁，卻是相當關鍵性的咒文，手指一行一行飛快掠過，然後他看到了最不想看到的字眼。

「天哪天哪……」賀濊焱踉蹌向後，幾乎不支的差點摔向後方，幸而簇擁的人們及時攙住他。

手上的卷宗再次滑落地，他連站都站不穩，只能緊緊巴著扶住他的人們。

「天譴……全部降臨了！」賀濊焱一字一字，極端痛苦的說著。「蓮給祐珊的咒語，是讓天譴一次降臨！」

「什麼？」機上眾人詫異極了，「你是說，天譴災難已經一次降臨完畢了？」

賀濊焱虛弱的點了點頭，小林卻突然力氣回湧，激動的上前抓住他。「天譴降臨完畢的話，那不就表示——她沒有被送回去？」季芮晨還沒死？

他緊皺著眉看向小林，表情痛苦的點著頭。「她還在，因為季芮晨必須存在，才能讓天譴降臨。」

小林喜出望外的綻開笑顏，發出欣喜若狂的長叫聲，他就知道，表姊沒有騙他！她哪有這麼容易……

「可是，天譴降到了哪裡？」Diego 心涼了半截，狐疑不已。

「咦？」小林怔然回首，「降到了哪個無人島嗎？」

「我想，是降在巴黎了吧……」賀濊焱喉頭緊窒，「問空姐有沒有聽廣播，巴黎一定出事了！」

又是一陣兵荒馬亂，空姐們激動的說著廣播裡的消息，乘客們索性要了耳機，奔回座位上去聽；小林將賀灝焱扶坐在椅子扶手上坐穩，他的臉色慘白，小林相當不安。

「究竟發生了什麼事？你們兩個看起來很不對勁。」他遞過紙巾，因為賀灝焱滿頭冷汗。「小晨呢？蓮姊有說小晨現在在哪裡嗎？」

「她……我不知道。」賀灝焱遲疑的思考著，拍了拍旁邊的 Diego。「Diego，蓮跟我說這班飛機是以運送 Otis 的遺體離開為理由，所以巴黎才准飛的，你知道這件事嗎？」

Diego 一怔，驚訝的望著他。「這是梵諦岡的特殊簽呈啊，Otis 長老是希臘人，應該是載回希臘怎麼會到台灣？」

這瞬間，他們三個面面相覷。

「小晨……小晨！」下一秒，小林回身衝向空姐。「我要到貨艙去！告訴我，貨艙在哪裡！」

※　※　※

淚水從眼裡不停滑落，抹也抹不盡，賀灝焱拚命做著深呼吸，卻也掩不住全身的顫抖。手裡拿著機上電話，他幾乎已經泣不成聲，但還是按下了電話號碼。

前方的座椅邊聚滿了人，大家七嘴八舌討論著剛剛巴黎發生的慘狀，聽說連續數十道雷殛降下，幾道劈中了人，大部分劈中了地，但是巴黎幾乎都浸在水裡，只要在廣場上及路上的人幾乎全數死亡。

連轉播車與記者都沒有倖免，他們拍到了兩道閃電後，自己也成了焦屍，畫面轉為一片黑；目前的消息都是由附近在家中觀看的民眾提供消息，也有人拍下畫面，據說真的宛若天譴降臨，一瞬間密密麻麻的人群如骨牌般倒下，四處起火，焦屍遍地。

而第一道雷，是劈在天譴身上的。

機上的人剛剛衝進了貨艙，找到載送長老的棺材，那高級的棺材具有定溫裝置，只是沒有人留意到定溫在二十五度，棺木底下還有供氧系統。

『喂？』電話那頭通了，傳來熟悉家人的聲音。

「喂……」賀濎焱虛弱的靠著牆，幾度說不出話來。

『濎焱？是你嗎？』女人激動的喊著，『是濎焱打回來的！你在哪裡？你們都好嗎？』

「都好，要回去了。」他啞著聲，「我跟祐珊現在都在飛機上……嗯，我知道巴黎的事了。」

『……你聽起來不太對，不是已經離開巴黎了嗎？發生什麼事了？』

「惜風，蓮走了……」賀濎焱再也忍不住的哭了起來，「她代替所有人承受了天譴！」

讓祐珊以咒文將所有的天譴降在一個人身上，短期間急速的承受了所有的天譴，讓季芮晨的責任了結，也避免傷害到世界上所有的人！

那卷宗的咒文關鍵處，是將天譴降在令葑蓮身上，她巧妙的用拉丁語騙過了祐珊，祐珊一心都在幫助季芮晨，不可能留意到那英文拼音其實是她的名字！

總是要有人承擔的，不是嗎？

話筒自他手中滑落，賀瀮焱背靠著牆癱坐在地，蓮不偉大，她說過，她一切都是為了自己。

她只是想永生永世跟斐學在一起。

楊景堯早說過，未來已經註定了，而且——絕對不能相信令葑蓮啊！

「醒了！」前方突然發出欣喜爆吼聲，緊接著是一連串的掌聲。「她醒了！」

「小晨！」

# 第十三章

『我沒有——不是我！異端已經死了！』

打開電視，可以看見綁在火柱上的人狂吼著，那人身穿末日教會的教服，被瘋狂的人民綁上，然後喀啦一聲斷頭刀下，一顆頭滾落。

世界各國的火刑柱沒有終止，協和廣場上的斷頭台也沒有停過，單是今天已經殺了十二個人，連梵諦岡的神職人員也慘遭不測。

有人上傳了處決異端那日的完整影片，第一道雷殛降臨在異端身上，緊接著是人群中的地面，大批人潮一片一片的倒下，轉播車起火、汽車爆炸，十秒內巴黎市中心宛若死城，據說清運幾十萬具屍體花了一個月的時間。

來不及處理的腐屍造成新的傳染病，天災即使停止，但震垮的國家已經垮了，沉入海底的島嶼不會再浮起，世界依然處於混亂時代，只是不再有新的災難罷了。

但是人們不能等，他們依然不能理解世界為什麼沒有恢復原貌，傳染病依然在流行，或許事出有因，或許所有的靈能者都是異端。

Diego他們的猜測很準確，真正無理智的暴民政治，是從天譴結束那天開始。

各國政府都在崩解中，公開處刑與獵殺異端最嚴重的國家的政府都已被推翻，真正的混亂才剛開始，而被天災肆虐的國家也都需要很長時間的休養恢復。

相較之下，亞洲國家在「人禍」上好得許多，當初並沒有濫殺靈力者，除了天災造成的傷害外，並沒有太多秩序與政權崩解的情形；只是世界若是大亂，亞洲也不可能獨善其身。

加上魑魅鬼魅們與魔物都到了人界，這遠比災害可怕得多。

每個人，現在只能在混亂中，求得微小的和平。

綠樹蓊鬱，葉片篩落月光，大樹生在一座大宮廟前的廣場邊，兩隻手臂粗的樹幹上繫著簡單的鞦韆，女人坐在上頭輕輕晃著。

「怎麼跑出來了？也不加件外套。」小林拿著外套出來，為她披上。

「睡不著。」她仰起頭，眼裡帶著淚。「我只要想到令葑蓮，我就……」話及此，她情緒又失控。

「那是表姊的選擇。」小林沉下眼眸，他也心痛啊！

蓮姊從一開始就是這麼打算的。

從她找到了如何移轉天譴後，她就這麼盤算著，凡爾賽宮的出賣就是為了讓季芮晨被捉，這樣她才有機會取而代之。

細細回想，他們都沒有留意到令葑蓮言談中洩露的情感，關於自私、關於道歉、關於一切都是為了她自己，也沒有人留意到那個她愛上的死靈曾幾何時消失了，原來他知曉她要做的一切後，為防他破壞，被令葑蓮暫時封了起來。

與季芮晨在監牢的合照，是她最後的相片，存在手機裡，跟季芮晨一起放在棺材裡。相片與遺言都在裡面，她對自己下了咒，加上天譴的處分，她便可以永世無法超生的跟斐學在一起。

為了不要輪迴，為了能夠真正永遠在一起，她把路做絕了。

「她是怎麼調包的？我喝下藥後就昏過去，她卻可以把我身上的衣服重新換下，代替我留在那個監牢裡？」季芮晨百思不得其解，「要把我放進棺材不是那麼簡單的事，我昏迷不醒啊！」

「妳是走出去的，灝焱問了法院那邊的人，監視器的錄影存證，的確有個人端著托盤跟衣物走出監牢。」小林倚在大樹邊，「那天牢房裡只有妳們兩個人嗎？」

「是啊，就只有我們——」昂首的季芮晨愣住了，是只有她們兩個人類，但是……「還有Martarita 他們……」

「嗯，如果猜得沒錯，應該是附身！妳失去意識後要附身不是難事，妳身邊隨便一個小櫻或是Martarita 都有這個能力，聽說步伐很輕快，應該是小櫻。」

附在昏迷的她身上，便能解釋如何迅速的對換衣服，再冒充令葑蓮離開，蓮姊都想過了，她刻意穿著末日教會的斗篷出入，就是為了遮去樣貌；加上她跟季芮晨的身形相當，斗篷一罩也看不甚明白。

「我昏過去前，她對我說對不起……我想，那是對你們說的吧？」季芮晨忍不住鼻酸，

「她跟我合照，也只是要留下最後的身影而已！」

小林何嘗不痛心？整個家裡都籠罩在這樣的悲傷當中，沒有人想到蓮姊會做出這種事，但是她遺言裡清楚的交代，她不是為了成全他跟小晨，也沒想過要為這個世界做什麼，她純粹只是為了自己的愛情。

「我們到這時才明白，蓮姊當初毅然決然的離家出走，並不是因為愛上鬼而自慚形穢，也不是怕我們家族意圖除去那個鬼。」小林仰首望著滿天星辰，「原來打從一開始，她就是在尋找跟斐學共同的路。」

原本是當代靈力最強的傳人，原本對於魍魎鬼魅或是魔妖之類毫不留情，在過去的令葑蓮眼中，只要是作亂的鬼不究原由，一律殺之滅之；但偏偏，她卻愛上了一個逝去的亡者。

這像是對她人生的諷刺，她不僅下不了手，甚至還深深的愛上對方，斐學是個就算死掉還是很好看的亡者，保有人性理性，相當的溫柔，就這麼伴著令葑蓮浪跡天涯。

季芮晨也記得小林說過，令葑蓮一愛上那個亡靈後就離開家，加上他的表弟靈力覺醒，堪比令葑蓮，因此家族不愁無傳人，她不留隻字片語的就走了。

「那我……」季芮晨伸直舉高了的手，透過自己的指縫望著天際。「已經不是天譴了嗎？」

小林扣住了她的手，緊緊包覆。「已經不是了，妳責任已了。」

所有的天譴，都降在蓮姊身上了。

「那 Martarita 他們，也算功成身退了？」從回台灣後，她身邊就再無亡者，Martarita 的嬌豔、小櫻的笑聲、Kacper 的軍刀聲跟 Tony 穩重的閱讀聲，完全沒有再出現過。

「應該是，他們的工作就是保護天譴，直到天譴降臨，所以他們算完成了任務。」Martarita 他們連飛機都沒跟上來，想是伴在蓮姊身邊了。

「真是無情……連最後一面都沒見到。」季芮晨輕哂，心裡卻是無限懷念。

「他們有自己的路要走，希望他們能完成自己的願望。」小林相當感謝那些護衛者。

「結果，竟是靠令葑蓮才結束這一切……」她幽幽的側首，「終究還是得要犧牲一個人，世人還是要看著有人死亡，才會甘願。」

這是立場不同的觀點，小林沒辦法說些什麼，他蹲下身，好平視著淚光閃閃的季芮晨，為她拭去淚水。

「人總是為了求生存而不擇手段，我常在想，如果今日天譴另有其人，我會怎麼辦？」他遙望著遠方，「如果那人就在我身邊，說不定我也會為了妳、為了我的家人，毫不猶豫的殺掉他。」

季芮晨靜靜的望著他，想像他設想的狀況，卻得不到答案。

「我不是大愛，但是我才剛歷經過那種世界都要逼我死的過程，沒辦法中肯的判斷。」該怎麼堂而皇之的要求一個人去死呢？或是就這麼取人性命？她才被迫害過，不希望任何人嘗受一樣的命運。

小林輕笑著，他已經想過，無論如何為了自己及所愛者的生存，他應該還是會下手。

「別想那麼多，未來的路還很長呢。」他輕聲說著，「跟我一起努力，好嗎？」

季芮晨泛出淡淡的笑容，她在台北的家已經毀了，被土石流淹沒，一無所有的她自然是跟著小林來到他台南的家。

「我還有什麼地方能去呢？」她張開雙臂俯頸擁住了小林，她只剩下這裡了呢。

小林欣悅的緊緊擁著她，路走到這裡，真的很長很長……他們之間的一切不言而喻，其實天讀與天佑，還是有機會在一起的。

只是，為什麼令葑蓮會知道小林就是天佑呢？聽說這是連賀瀟焱都不知道的事呢！

這件事至今仍舊無解，但是小林說據他對令葑蓮的瞭解，她不會輕易做沒有把握的事，所以她很早就確認了小林的身分。

不遠處的廟宇裡正傳來誦經聲，那是在為令葑蓮祈福，已經十數日不曾間斷，整個家族都在輪流誦經，不停的為她超渡，連同斐學的份一起；季芮晨也開始抄寫經書，儘管令葑蓮說是為了自己，但終究還是救了她，她必須盡最大的心意。

十指交握，小倆口肩並著肩在樹下深情繾綣，動盪的時代即將來臨，但只要保有這麼小小的幸福便已足夠。

對季芮晨而言，能跟這麼大家族的人在一起生活是再幸福不過的事，因為她再也不必擔心，有誰會因為她而往生。

「嘿，祐珊、小晨！」廟門走出穿著嫩綠色洋裝的女子，是潚焱的女友。「下一梯輪你們了喔！」

「好！就來！」小林高聲回著，等等換他們誦經了。

「急什麼？我煮了宵夜，等等大家就可以吃了喔！」後頭經過精神奕奕的女人，雖入中年，卻看不太出歲月痕跡，她總是笑得很開心。

所有人聞言不免一驚，小林跟女子更是交換了神色，就季芮晨一個人不太明白這陣沉默。

「快說妳不餓。」小林扯扯她的手低語，「嬸嬸煮的東西吃不得！」

「咦？」季芮晨一怔，來不及說什麼，又有另一個恬靜的女人步出，見到她季芮晨會自動立正站好，因為那是小林的母親。

「我們一起煮的，放心吧！」女人慈藹的笑著，「祐珊，今晚我煮了你最愛的餛飩麵喔！」

「喔耶！太讚了！」小林拉著她往前，「妳沒吃過我媽做的餛飩厚，一等一的美味喔！」

「是嗎？」她淺笑，已經很久很久沒有吃過「母親」親手做的東西了。

「喂！林祐珊、你這太明顯了喔！」嬸嬸氣得鼓起兩個腮幫子，孩子氣還是很重。

季芮晨笑了起來，她很久沒有家人、很久沒有所謂的爸爸媽媽、很久沒有這樣歡樂的嘈雜了。

他們手牽著手輕快地走上階梯，門邊的女人們嘻笑著，大廳內的誦禱聲也停了，想來是大家都聽到了有宵夜這幾個字。

佝僂的婆婆們、阿公阿祖們都喝著熱茶閒聊，男人們也走出來看著外頭的熱鬧，不管多晚、不論世間多混亂，希望萬應宮裡依然能如此歡樂。

小林的母親跟嬸嬸才準備將廟門關上，母親卻突然停下了動作。

「媽，怎麼了？」小林好奇的回首，看著嬸嬸都已經叩咚的關上她那半扇了。

女人微瞇的眼裡泛著淚光，嘴角露出了淺淺的笑意。

賀瀟焱由後緩步走上，那帶著倦容的臉龐依然散發著光彩，摟過穿著嫩綠洋裝的女友，親自扳開剛被自個兒媽媽關上的那半扇門。

「喂，在看什麼啊？」嬸嬸依然嚷嚷著，但是季芮晨卻發現所有人已經聚了過來。

「歡迎回家。」賀瀟焱揚起笑容，側身讓出了一條路。

季芮晨跟小林面面相覷，他們兩個什麼都瞧不見啊！

幾個老人家忍不住淚流滿面，緩慢的舉起手來招著，尤其是阿祖，拄著拐杖的佝僂身子，還是努力往前。

「回來就好，回來就好……」

這夜天氣清朗，星辰滿天，歡笑聲與淚水充滿了萬應宮內，在熱騰騰的宵夜中，季芮晨終於看見了空著的那張椅子，現身的兩個人。

原來今晚，是團圓的好日子。

※　※　※

「天譴要降臨了。」

男子站在面對協和廣場的克里雍大飯店窗邊，仰首望著。

「咦？真的嗎？」身邊的孩子睜圓大眼，也好奇的探頭向上看著。

男子不客氣的打上孩子的頭，「相機拿穩，專心的錄！錄不好你給我走著瞧！」

「哼！」孩子一臉無辜委屈的抿著唇，還是很穩當的舉著相機對著方尖碑旁的火刑柱。

還想說些什麼，一道雷迅速劈了下來，直接劈上了柱上的人，孩子嚇了一跳，瞪大眼趕緊看著螢幕，就怕沒拍清楚。

緊接著一道接一道的雷劈下，也劈到了他們上方，只不過身邊白金髮色的男子根本不在意那雷擊，只消一伸手，一個保護屏障就足以擋去那駭人雷電；他是不怕雷電的，只是身邊的孩子年資尚淺，怕是抵不過天譴雷劈。

哇！孩子看著人群一片片倒下，發出烤焦的味道，忍不住一陣惋惜。

「好了。」協和廣場幾秒內就一片死寂了，男子伸手切下快門，將相機拿起。

「好可惜喔！」孩子攀著欄杆往下望，「這麼多食物，一下就沒了。」

「放心，食物多得很，不愁。」男子微微笑著，倚靠著陽台。「巴黎沒有，里昂也有。」

「哇喔！」孩子興高采烈的跳著，跑到房內去手舞足蹈。

男子望著在火刑柱依然燃燒著的焦屍，滿意的勾起笑容。「這樣真好，每個人都得償所願。」

「什麼？」孩子咻的跑到他身邊，「那個女的，是不是之前在巴西遇到的那個啊？」

「嗯！」男子點了點頭。

「她怎麼會被綁在上面呢？」孩子愣愣的歪了頭，啊了一聲又看向他。「是因為你跟她說天佑的事嗎？什麼是天佑呢？」

男子斂起笑容，一腳把他踹進房裡，孩子眨眼間從陽台被踹到了房間牆上，差點沒穿牆飛了出去。

「誰准你提這件事的？」

嗚……孩子摀著肚子，痛死了，為什麼動不動就這麼兇啊！「對不起……」

男子高傲的望著他，再回首看向人柱上燃燒的焦屍，很多事總是要有人做的。

「人類只懂得追尋破壞者，一點都不願花心思找尋庇護者，遇到天譴就是殺，連天佑都看不出來的愚昧。」男子喃喃自語著，「四百年前那次就犯了嚴重的錯誤。」

「嗯？」孩子掛著豆大的淚水，緩緩爬起。

「讓天佑殺死天譴，你說這有多白痴？」男子冷冷笑了起來，明明可以弭平的事，硬要搞得這麼複雜。

「可是你不是說就是因為人類蠢，我們才有得吃嗎？」孩子嘟起嘴。

男子微怔，旋即劃上讚許的笑容。「沒錯，好聰明，來——」

他伸出手，孩子立刻抹去淚水，喜孜孜的上前握住；就算這個主人陰晴不定，但終究還是他的主子。

「我們先去倫敦吧，到那邊後你把剛剛錄的影片上傳到網路上去，總是有個見證。」男子愉悅的隻手拉起孩子，孩子雙腳騰空離地，開心的飛舞著。「然後再去飽餐一頓！」

「咦咦？可以嗎？」孩子雙眼發光，期待極了。

「當然可以。」男子雙眼綻出紅色的光彩，「準備開 Party 吧，我們的年代開始了！」

因為，新世界已經降臨了。

# 番外·最後一哩路

有生之年，竟遇上這樣的混亂，是他從未想過的。

過去在電視上可以看見關係緊張的某些國家，也可以看見在海的另一端有戰爭，甚至想過經濟封鎖戰、轟炸戰，電影裡演的核彈戰爭，但誰都沒想到，末日真正降臨時，面對的竟是妖魔鬼怪的生存戰。

這比任何喪屍片、外星人片都還可怕，因為各種傳說、小說中才會看到的魍魎魑魅，全都出現了！西方的惡魔、吸血鬼、地獄裡的怪物，甚至東方的各種厲鬼與精怪，全部都混在一起，以屠戮人類為樂，或是以人類為食。

這些非人有法力且力大無窮，根本不是一般人能抗衡的！以前喪屍電影中，喪屍行動慢、笨拙，外星人也會有各種弱點，可是非人沒有啊！

甚至像吸血鬼這樣的族群，根本分辨不出來，前一秒可能是可憐流落的孩子，或是自己的戀人，下一秒就能把眾人的血吸乾。

科技與網路已經毫無作用，世界逐漸成了一片廢墟，人們每天都在為活下去奮鬥，從不停的死亡中學習跟這些非人對抗、將他們分類、尋找方法抵禦；而過去有靈力的人紛紛崛起，因為他們才是能對付魍魎鬼魅的能力者。

他根本沒想到，他過去曾認為的「異端」、「裝神弄鬼」之輩，現在卻是能拯救大家的人。

「看到什麼都不要驚嚇，不要尖叫，請完全無視到底。」一個蒙著面的綠袍男人壓低聲音說著，「尤其是明顯是好兄弟的，再可怕的臉，大家都要假裝沒看見。」

說得容易啊，尚恩忍不住皺眉，在亂世中許多被殺掉的人，都已經直接變成亡魂在世界飄蕩，而且聽說因為法則混亂，許多亡魂無處可歸，他們沒有所謂「該去之處」，而是四處遊蕩，化為厲鬼與惡鬼的，比比皆是。

「他們、他們會害我們嗎？」一個女人連聲音都在顫抖，「如果突然過來拉扯我們怎麼辦？」

「有我們在，亡魂不敢貿然動手，而且大家都在保護圈裡，請放心。」另一個遮面的橘袍女人上前，「比起你們的尖叫，他們先聞得到的，會是你們的恐懼。」

「說什麼屁話？這裡誰不恐懼？」壯碩的大力忍不住出聲，「我們就是害怕才求救啊！」

「不是不能害怕，而是要壓制、要戰勝那份恐懼。」青色斗篷的男人皺著眉，「驚慌失措不但無法解決問題，還會召來更多的魔物。」

此話一出，更是一片譁然，每個人都慌了。

「那還是不要出去好了……我們可以再待在這裡嗎？」

「有車子嗎？可以派車子來嗎？為什麼我們要用走的？用走的都是暴露在危險之中啊！」

「還有別的支援隊嗎？你們只來了幾個人，這樣怎麼夠？我們有二十幾個人啊！」

受困者你一言我一語，還伴著崩潰的哭聲。

這是末日，已經沒有所謂的國家，各種組織因應而生，都是由靈力者組成，大家有各自的地盤劃分，所有地下交易也漸漸形成，各種物資、交通，或是救援方式也因地而異。

現在待在這裡的受困者，是從各地陸續集合而來的，大家都是在逃難，有不少人原本在某處生存，卻遇到危險而被迫逃離；無論如何，一路上絕對是危機重重，能存活下來的沒有幾個。

「喂！」刺耳的金屬聲傳來，那個身上戴一大堆護身符的紅袍人拿著刀子劃過斷垣殘壁中的水泥柱。「閉嘴！你們吵什麼！你當我們是服務業啊！」

好些人嚇得噤聲，但還是有人不依不饒。

「可是你們都出來救我們了，難道不是希望能救更多人嗎？」一個中年男人焦急的問道，「我們從東南方來的，出發時分成好幾小組，一組六人，到這裡時只剩我跟我老婆了……」

還要再走一天才會到下個會合點的話，他撐得下去嗎？

「希望是一回事，做不做得到是另外一回事，你們這群人要搞清楚，我們不是做義務的！」紅袍冷冷的掃視眼前的人們，「帶你們走我們也要承擔風險，我每天都在跟自己的夥伴生離死別，這些你們要負責嗎？」

待救的人們縮了縮身子，他們都自身難保了，怎麼負責？

「而且收留你們後，還會瓜分掉我們的資源，你當我們是傻子還是大善人啊？」綠袍坐在破敗的椅子上，涼涼的說。「還敢提要求耶，真不要臉！」

「可、可是……傳聞中，只要我們拉動那個鈴，就會有人來救我們啊！」尚恩指向了暗處牆上，有個沒有撞鎚的鈴。

大家都是抱著死馬當活馬醫的心態，才去搖晃那個無聲之鈴的！這個傳說遍布世界，只要在任何地方看見無鎚的鈴，且上頭刻著樹葉跟一串符文，搖鈴便可求救。

所有因此活下來的人繪製地圖，並流傳，甚至出現了「葉鈴地圖」，讓大家有了新的希望。

尚恩也是擁有地圖的人，他跋山涉水來到這裡，才發現流浪到這裡的人不少，大家也都是因為葉鈴而來；有人已經到這裡快一個月了，有人才來幾天。

除了大家原本有的糧食外，葉鈴避難所也有食物，但非常詭異的是，他們翻遍整棟建築都沒有找到食物儲藏室，可每天睜開眼，當日份的食物就放在每個人的身邊。

沒人知道這是怎麼辦到的，但一定程度上減少了人們的自相殘殺……只是減少。

尚恩抵達後，才知道這裡剛發生過一場小型爭鬥。那群以大力為首，孔武有力的人們刻意早起，搶奪他人枕邊的食物，因此起了爭執。

遺憾的是，最終結果不是屈服，而是反抗者被殺害，大力他們一連殺了六個人，剩下的人們嚇得退讓，商訂大家每天多讓出兩人份的食物給大力一夥人，只求一個太平。

尚恩剛抵達就被交代了這件事，他覺得不可思議，連逃難中的人都在自相殘殺，這樣還等得到所謂的救援嗎？

但力量薄弱的他，最後也只能選擇屈服，直到兩天前救援隊出現。

※　※　※

「每個人身上都會勾上繩索，形成一個圈，大家一定都要在這個保護圈內，這都是結界繩，具有守護力！不管發生什麼事都不能離開這個圈，我們話也說在前頭，我們不會去救任何會拖累大家的人，聖母心在末世是最毒的東西。」青袍在出發前告誡大家，「一旦你脫隊，沒有人會救你；如果試圖引非人回來影響大家，我們也會先殺了你！」

「第三小隊正是這樣全軍覆沒的，就因為一個三歲的孩童，那一點點的婦人之仁，滅掉一整隊。」

「咦？」此話一出，所有人都恐慌起來——這個救援小隊，還會殺了他們。

「那、那你們是來救援，還是來殺我們的？」

「怎麼判定我們是不是有害？」大力那派果然不爽了，「這樣我們倒不如自己走，你們告訴我們避難所在哪裡！」

每次都吵！唉，小隊的人個個翻著白眼，隨著時間越來越長，大家的人性也逐漸消失；而促使大家變得冷血的，不是那些魔怪，而是人類自己。

咚、咚、咚！

黑暗中突然傳出了金屬鎚地聲，所有人即刻嚇得縮成一團，尚恩倒沒多害怕，因為他一來就已經因為職業習慣，觀察四周，早已留意到黑暗中其實還有別人。

而且兩天前救援隊一到他就算過人數，有一位始終待在黑暗中沒有現身，但其他隊員做事前都會過去請示，應該就是隊長。

高大的男人走了出來，即使身披破敗的斗篷，依舊能看出身材健壯，他身上的斗篷以藍色為主，不過是拼布類型，由各種不同的藍拼接而成。

「隊長。」

果然他一現身，隊員們立即恭敬的低下頭。

這也是末日後衍生的現象，人類分等更加明顯，有能力者居上位，而且各個組織都實行非常嚴格的軍事化管理；所謂隊長即使遮面，依然能感受到那份威嚴，還有他渾身上下散發的血腥味。

「庇護所是我們辛苦建立起來的，怎麼可能讓一般人知道位置？你們有本事可以自己尋找，不必依賴我們。」藍袍的聲音非常低沉且具磁性，「請你們搞清楚，現在是你們要求我們救援，而我們不欠你們任何人。」

唰，他倏地伸手往外，意思是，不高興的人現在就可以滾了。

眾人低首不敢言語，那幾個惡霸再不滿也無能為力，他們只敢欺負老弱婦孺，一旦出了這兒，根本什麼都做不了。

小隊隊員安排著眾人的行進位置，即使是一家人都可能被拆開，每個人必須依照小隊的指示站位；小隊根據身高與體力進行分配，除了小隊守護外，人們也要負責保護自己。

幼童幾乎都在中間，是為了盡可能保護他們。

尚恩看了幾眼被排在最後面的人，不由得皺起眉，都是受傷或生病的人，放在最後面好嗎？

「要不要，我們乾脆待在這裡？」在準備出發前一刻，大力一夥惡霸們討論著！在這裡每天都有食物，一樣可以苟活下去，何必走出這裡去冒險？

一票強壯的男人們依舊貪生怕死，但這是人之常情。

「你們以為沒人這麼想過嗎？」尚恩在旁檢查自己的行李，「為什麼這些葉鈴之所，沒有一個地方成為堡壘呢？」

男人們愣住了，靠，他們還真沒想過。

是啊，為什麼大家前仆後繼的到葉鈴之所求救，等待救援隊前往避難所，卻沒人想在這裡、能在這兒待下來？

「魍魎鬼魅比怪物更麻煩，人還是要保持腦子清醒比較好！」橘袍笑著走來，看向尚恩。

「幸好還是有會動腦的人，想一想，為什麼呢？」

「幹，該不會這些食物還是會不見吧？喂！救難隊的，你們會沒收食物嗎？」男人問著。

「呵呵……」救援小隊們相互使了眼色後，紛紛笑了起來。

「哈哈哈哈哈！」

「有趣耶！笑死！」

他們的聲音爽朗到令人不快，在眾人的恐慌中笑鬧，實在令人更加不滿，但是……誰都沒敢說話。

時間到，眾人忐忑的起身整隊，按照剛剛安排好的位置，人人都將面罩拉起，遮住面貌、再戴上護目鏡，把帶有繩子的扣環，扣上自己腰間的皮帶，兩人為一列，形成一個十餘人的縱隊。

每個人身上的繩子，可以形成一個保護圈，而救援隊他們身上也有繩子，隊員們分散在四周，形成一個外圈，因此組成兩層屏障；救援小隊每人身上都有不同的護身符，並配戴刀、槍、弓箭等等各種不同的冷兵器，看上去都非常厲害。

即使如此，尚恩還是沒有忘記剛剛提過的，全軍覆沒的第三小隊。

「我可以請問，你們是哪一個庇護所的嗎？」他提出了疑問，「我沒有別的意思，只是想知道，到這裡救我們的，是哪位首領？」

靈能者在末日崛起，強大者紛紛建立自己的庇護所與地盤，目前最強大但最隱密的，是擁有怪異名稱的「木開花耶姬」。

「到了你就知道了。」藍袍淡淡說著。

尚恩身邊站了棕髮的亞瑟，雖是萍水相逢，但亞瑟卻不停的瞅著他看。「你……我們是不是在哪裡見過？」

尚恩聞言，把面罩拉起，包得更緊了。

「對！你是尚恩神父！」亞瑟高呼出聲，「就是！您居然還活著！」

尚恩？在場眾人紛紛錯愕，誰？只知道這中年人不是東方血統，誰認識他啊？

「舊識？」綠袍走了過來。

「尚恩，他過去曾是很有名的神父，專門解決異端！」亞瑟激動得很，「我們都以為神父們在第一波就死亡了！」

說著，那陌生人在胸前畫了個十字，看來是虔誠的信徒。

尚恩皺著眉，他不想承認自己的身分，但看亞瑟如此恭敬，還是回了禮，並出示藏在斗篷下的十字唸珠。

「尚恩？」藍袍緩步走了過來，「解決異端？是指靈能者嗎？」

正扶亞瑟起身的尚恩一顫身子，他就是怕被認出……因為他過去的身分，如果放在現在，根本是個罪人。

「我……我以前做了很多錯事！所以上天讓我受苦至今。」他誠懇的低著頭，「我知道我犯了錯，那些人都不是異端，他們只是有不同的力量，甚至是上天賜予的——對抗末世的能力。」

轉過身的尚恩，甚至單膝跪地，捧起藍袍的斗篷衣角，準備往上頭一吻，以表恭敬。

唰！藍袍嫌惡的抽開那片裙襬。「不必這樣，我們一視同仁，只要你不要再宣揚異端該死就好。」

「我怎麼可能這樣做？」尚恩激動得哽咽聲音，「我犯了大錯！如果我當初沒有追殺那些靈能者，或許、或許世界就能有更多的救世主了！」

末日前，有一派主張異端即魔物的神父們，號召志同道合的人在世界各種獵殺有靈能力的人，當時真可謂腥風血雨，連塔羅牌占卜者都會死於非命。

結果，這些人在現在，卻可以用塔羅牌算出即將發生的災厄，救人於水火之中。

尚恩是後悔莫及的，他雙手沾滿鮮血，因為他的屠戮導致更多人類的死亡，是下地獄都不足以償還的罪孽。

令他最難忘的是，那天在教堂裡，他們遇到了惡魔，惡魔瘋狂的虐殺神職人員後，獨獨放過了他。

『今天放過你，代表我們微薄的謝意。』

他永遠忘不了，惡魔嘴角那輕蔑的微笑。

就因為他殺害靈能者，讓魔物減少了敵人！啊啊！為什麼要放過他？

午夜夢迴他總被惡夢驚醒，但求生意志卻讓他繼續苟活至今，他終究還是懦弱的。

※　※　※

四十度，如荒漠般的大地捲起風沙，一行人低著頭往前走，附近的確有各種精怪徘徊，但因為結界繩的威力，讓他們不敢靠近。

壓後的是藍袍隊長，他身後一段距離外，跟了一大群妖魔，還有下等魔物，他們腥紅的雙眼帶著飢渴，亦步亦趨的尾隨著他們。

不遠處也開始有跳躍的影子出現，低等魔物越來越多了。

「隊長。」隊員緩下腳步，來到他身邊。「不能再拖了。」

隊員個個神經緊繃，他們都發現附近的魔物越來越多，就算有結界繩，低等魔物只要以人海戰術，前仆後繼的襲來，繩子也支撐不了太久。

離下一個休憩點只有十分鐘。

隊長頷了首，表示同意，小隊成員朝彼此使了眼色，他們接下來要進行什麼神秘活動嗎？尚恩發現了，他佯裝不知情卻提高警覺。

『救我！救救我——』

冷不防的前方突然衝來一大票人，簡直是憑空出現的朝他們衝來。

「做自己的事，不要抬頭。」隊員們立即低聲警告，穩住軍心！

那些都是鬼！或枉死或被吃掉，但他們可以看見每個亡靈身上的傷，刀砍、槍傷，只怕更多是自相殘殺的冤魂。

徘徊在末日裡，仍舊以為自己還活著，求一口飯吃、圖一個棲身之所。

一大群人用驚恐的臉嘶吼著，黑壓壓的朝他們衝來，但才稍微靠近結界圈，就消失了。所有人都嚇得繃緊身子，盯著地板惶惶不安，此時綠袍回頭瞥向壓隊的隊長，只見隊長突然疾步上前，冷不防的解掉隊伍末端幾個人腰上的鉤子。

「跑！大家全力往前跑——但不要掉隊、不要忘記大家還是個圈。」紅袍在前方大喊，「快點跑，魔物來了！」

她沒有說謊，伴隨著大喝聲，她自己也擎著長槍飛快的往前衝，休憩所就在前方，地方不大，但可以暫時避開魔物！

啊啊啊……眾人慌張的只能跟著往前衝，他們甚至沒敢回頭看一眼魔物是不是真的追上來，身處亂世大家都知道，回頭張望只是拖時間，必死無疑！

跑，往死裡跑就對了！

一群人拚命的往前跑，一邊還要注意自己身上的繩子，跟身旁的人，大家看著紅袍的背影緊追著，後排的人就盯前人的背影，一個接一個，只要不掉隊，就有希望。

兩旁的隊員就是在留意誰掉了隊，在繩子拉緊前若來不及爬起來回到隊伍內，他們就會動手解開繩索，扔下他。

還有一種……是一開始就被放棄的人。

「咦？」一個少女、兩個男人，跟一個上了年紀的女人根本反應不及，他們身上的繩鉤剛剛突然被解開，接著大家就往前跑了。

說時遲那時快，一道黑影閃過，有個瘦弱的男人在半空中被撕成兩半，鮮血頓時噴了他們一身！

「哇呀！」少女發出尖叫，開始沒命的往前追。「等等！等等我們！」

她驚恐的喊著，對著前方的藍袍呼救，但沒有人停下、也沒有人遲疑。

「為什麼！為什麼要解——」後方的聲音在數秒後消失，少女根本不敢停下，反而更拚命的向前跑去。

腎上腺素爆發，求生的意志大於一切，她竟離大隊伍越來越近！

紅袍最先進入一個山洞，其實不過是斷垣殘壁所圍成的一個窄小空間，但她一進來就即刻整隊。

「蹲下！大家擠在一起。」她調整著位置，「所有人一定都要在這片屋簷下！」

或拖或拉，甚至抱著其他人的孩子，大家上氣不接下氣，一個接一個進入洞穴中，尚恩趴在地上喘息著，一抬首，看見那渾身是血的少女拚命的朝他們衝來，而她的身後……是龐大的魔物！

「隊長！」隊友緊張的高喊！

藍袍腳步輕盈，快逼近洞穴時直接朝前方射出飛索，尚恩才發現不知何時，有兩名隊員早在前方等候，兩人雙雙抓住飛索，用力一收，藍袍不費吹灰之力的被拉了進來！

「啊！」少女竟緊隨其後，她及時抓住了藍袍飛起的衣角！

咦？感受到頸子一勒，在藍袍即將滑進洞穴之際，也發現少女抓著他跟上了！

啊啊啊！那幾個孔武有力的男人立即跳起，準備隨時可以接應，希望可以護住那個拚命求生的——

唰！藍袍突然抽出腰間長刀，俐落向後一劃，準確的割掉了自己的斗篷衣角——反作用力直接讓女孩向後滾去，她連尖叫都來不及，魔物的爪子就已經刺穿了她！

為……為什麼……女孩兩眼一黑的最後，心中吶喊的是這個問題。

這同時也是整個洞穴裡，所有倖存者內心迴盪的問題。

「呼……」滑進來的藍袍拍了拍身上的沙子，向後捏起被砍掉一角的斗篷，比起逝去的生命，他對這件斗篷的損毀更加心疼。「回去又有得交代了。」

「呵，我很期待首領的手藝。」隊員們還能談笑風生，趁機調侃一下尚不知名的首領。

看著救援小隊這過度輕鬆的氣氛，他們一點兒都沒有為逝去的生命感到惋惜，眾人默默算著人數，發現少了四個人，就是一開始就排在隊伍最後的人。

「笑什麼？有什麼好笑的！」大力忿怒的發難，「剛那個女孩都已經進來了，她抓著你的斗篷，你絕對有時間順勢把她拖進來！」

「你還故意割斷斗篷！讓她去送死！為什麼！」另一人也義憤填膺。

藍袍用力甩了下刀，一秒入鞘。

「這麼有勇氣，你剛可以去救她啊！」隊員聳了聳肩，「自己都是需要被救的人了，少在那邊說大話。」

「是你們說不能拖累大家，繩子不能鬆開，我們必須在一起——」大力更激動了，一旁一隻手冷不防的卸下他的鉤子。

他嚇得一哆嗦，驚恐的反抓住隊員的手，為什麼要拆掉我繩子！

「這樣方便你等等救人。」

大力的掙扎不過五秒，慌張的奪回鉤子，扣回自己腰上，也不敢再聲張，默默的蹲了下來。

他們都是自身難保的人，哪有可能去救人……他只是覺得，救援隊不是沒能力，為什麼不救她？

「有時零點一秒的縫隙，都可能造成破口，魔物便能進入這個早就設有結界的地方。」藍袍指著這小小的洞穴說著，「在我不能百分之百確定拉她進來是安全的情況下，我是不可能冒險的。」

他向外望去，少女跟魔物已經消失，但地上那條血痕依舊怵目驚心。

洞裡氛圍變得更低迷了，每個人都在思考，自己會不會是下一個被放棄的人？但他們有求於人，沒資格要求救援隊的人做事。

「那些人……是不是無論如何都救不了？」

窩在邊角的尚恩，幽幽的出聲。

大家不由得往他那邊望過去。

「你在說什麼？」

「一開始就把他們放在隊伍後面，而且……」尚恩指了指繩子，「我發現繩子沒有斷，表示鉤子就沒在他們身上……」

藍袍淡淡瞥了他一眼。

「是這樣嗎？」一位媽媽驚恐的問，「你們卸下他們的繩子？」

「我知道阿同生病了，阿慶則是體能差，吳太太年事已高，連走路都不穩，別說跑了……但是莎莎？」尚恩百思不解，莎莎只是個十五歲，青春年華的少女！「她都能跑過來了，也沒生病……」

「她在流血。魔物就是聞著她的味道來的。」藍袍主動回答。

「不……沒有！她沒受傷！」尚恩肯定的說著，「剛到時是有點擦傷，但早已經好了！」

他了解這裡每個人的狀況、來之前的遭遇、生平、個性，在避難所才一週，他就已經對所有人有足夠的了解了！

「哇！哇哇！」奚落的掌聲響起，來自綠袍。「好厲害，不愧是神父！寬大慈悲，大家都依賴你是吧！」

「沒有！不是！我只是跟大家都不錯而已。」聊個天，互幫互助，自然會知道一些訊息。「我還有帶傷藥讓大家塗抹，所以我確定莎莎沒有受傷。」

「她來月事了。」紅袍蹲了下來。

月事。

眾人幾分呆愣後，有個媽媽還是發難。「也就七天的事，可以叫她留下來，等結束後——」

「要她一個人在那邊待到什麼時候？你們剛剛都知道了，食物不會永遠提供。」藍袍制止了想再開口的人，「我們走後，避難所的庇護就會暫停，不會再有食物跟水，到時莎莎怎麼辦？」

「為什麼？葉鈴之所是避難所，水跟食物不能持續提供給她嗎？」

「首領的靈力無法同時提供這麼多處的資源，這邊得停，才能提供給別處。」綠袍含蓄的說，他知道大家會有疑問，供應是什麼意思？怎麼個供應法？

問題是，除了首領的親信外，根本沒人知道怎麼運行。

大家只知道，在一定週期內，水跟食物會提供給剛好來避難的人就對了！換言之，連到避難所能活下來都是賭運氣，如果剛好沒遇到首領靈力覆蓋之際，就只有死路一條了。

「所以，如果莎莎留下來，還沒餓死前就會被殺了？」尚恩不由得嘆息，「唉，命……命！」

接著，他開始唸起了禱告詞。

禱文像是有種魔力，所有人跟著低下頭，雙手合十的默禱著，有人懂，有人不懂，但不管是誰，心都在尚恩的祈禱中，漸漸平靜下來。

尚恩，有著安定人心的力量。

連略顯緊張的隊員都跟著放鬆下來，他們含了幾口水，討論著下一個地點，再兩天路程就能回去了！

「準備出發。」

再難受，大家還是努力的站起來，蹲得太久，腳都有點麻了，尚恩力不從心的撐著腿，一隻強而有力的手主動將他拉起。

他趕緊道謝，抬起滿是風霜的臉，看見居然是藍袍。

這麼近，他第一次看見斗篷下的那雙眼睛，是如此的堅毅。

「謝謝……謝謝您！」

藍袍將他扶穩，拍了拍他的肩。「你是個定心丸，人們會因你而感到平靜。」

「這是我唯一能做的事了……只要能受到庇護，我會盡我一切能量幫助首領，凝聚人心！」他激動的握住藍袍的手，立下誓言。「這就是我贖罪的方式！」

當年在末日說出現、世界獵殺有靈能力者前，他就已經是堅定的「反異端者」了，所以他們私下早就處決了許多具有靈力、甚至只是敏感些的族群也沒放過！直到末日說正式興起，便更加確認了他的信念——世界會因為異端而滅亡！

得到世人的支持後，他們更是秉持「寧可錯殺、不能放過」的原則展開大屠殺，結果……法則依然扭曲，秩序仍舊崩壞，當魍魎魑魅從地獄爬出之際，卻只有靈能者能保護人類。

他們究竟是犯了多大的錯啊！

藍袍依舊拍了拍他，朝隊員頷首示意，出發。

經過了第一次的驚險後，大家變得更有默契，也不再抱怨，一路歷經艱難危險，也遇上各種魔物，還有心魔出現，幻化成各自的親人、或是逃難路上不得已拋下的親人，哭喊著索命。

這一切，都在堅強的信念中度過，沒有信念者，至少也被結界繩守住，但還是有許多危機，他們又失去了三個同伴，其中有一個還是很崇拜尚恩的亞瑟。

尚恩為亞瑟等人悼念，唱了詩歌送大家最後一程。終於，來到倒數第二個避難所了。

這天他們意外獵捕到動物，直接殺了烤肉，烤肉香味四溢，但因為有強大的結界守護，所以大家都很放心；如果有其他聞香而來的動物，剛好繼續成為大家的食物。

綠袍烤了隻兔子讓大家分著吃，每人分到的不多，但總能解解饞；因為食物是小隊獵捕、處理、烤製而成的，所以他們本來就有分配的權利，更別說未來到了庇護所，資源分配都是把控在首領手上。

覺得不公的，都可以離開，自食其力。

「如果順利，明晚的這時，大家就能在庇護所裡吃飯、喝酒、安心的睡覺了。」綠袍烤著肉，滿心期待著。

「而且是吃大餐喔！」紅袍想著口水都流下來了，「這時間趕巧了，明晚是東方的大年初一……西方的新年就是了！」

「哇！新年了嗎？」無論之前是哪個國籍的人，聽見新年都知道那是一年一度的大日子，欣欣向榮，大餐慶祝。

只是，有更多人早就已經不知道時間與日子了。

「所以大家一定要打起精神，我們一定要在初一回去！」經過這幾天的相處，連青袍都和緩許多。「原本順利的話，我們是預計今天就到的。」

除夕圍爐，更是讓他們心心念念。

藍袍微笑，他一邊烤肉，一邊看著上方露出的天空，雖然都是殘破的建築，但是越靠近庇護所的避難處，結界越強！光是廢墟上有攀爬的藤蔓及植物，就代表這裡注入了她大量的靈力。

「一定沒問題的！」尚恩為大家打氣，「我們等等一起來禱告，絕對不會有事的！」

「絕對不會有事！」所有人應和著，一起低頭禱告。

綠袍翻了個白眼，他對這些沒什麼興趣，但是每次聽見他們的飯前禱告，感謝不相關的神，他就會心生不滿。

「打獵的是我好嗎？也沒謝我半句，光謝什麼神？」他悻悻然的走到烤肉架旁。

「他們認為是神把動物弄過來，你才能有機會獵捕啊。」藍袍平靜的回著，回首看平靜的眾人一眼。

「呿！什麼都能有理由！分那隻兔子的我真蠢。」

藍袍只是輕笑，大家餓這麼久了，聞見烤肉一定會想吃，分肉是必然的。

「明天就回家了，回去後食物就不能這樣私自瓜分了，寬心一點。」藍袍邊說，一邊切下剛好的獅子腿肉給他。

綠袍開心的扯下面罩咬住，「是！」

明天就能到家了，他比誰都想念著遠方的人，這次一別近半年，希望她心裡還有他。

※　※　※

最後一哩路，意外的進入他們過去的城市，城市裡高樓依舊，只是頹圮衰敗，但這時人們才感覺到在市區比在荒野更加令人恐懼。

因為各種物件與建築實在太多了！巷弄又多又複雜，廢棄的建築物裡可能有威脅藏匿，不僅四面八方有危險，連上方都可能隨時有攻擊。

有別於大家的膽戰心驚，小隊倒是從容，他們保持警戒，但是卻從未抬頭過。

「前面有高樓啊！」尚恩忍不住提醒，連腳步都慢了下來。

「繼續往前走。」橘袍不以為意，「步調都不要停！」

孩子們咬著牙不敢哭出聲，在隊伍中間緩步移動，大力不安的張望著，他正走在高樓底下，真的很怕有什麼會破窗而出。

壓隊的藍袍只留意身後的動靜，這條路是設計好的，正因為是市區，電線桿、路燈都不缺，因此相關的柱子上都已先行處理，或繪有佛號、施咒，加上他們整支隊伍圍著的結界繩，其實已經做了最佳防範；無論什麼東西想從上方跳下來，都會在空中就被傷害或滅除。

就算是強大的魔物，至少對他們而言也會是個警告。

隊伍轉進一條布滿車子的大道，盡頭是一間教堂。

尚恩一看見那間教堂，不禁熱淚盈眶，雖然外觀有毀損，但已經是他這幾年來看過保存得最好的教堂了！最上方的十字架，多麼令人感動。

「我們的目標。」綠袍看出尚恩熱淚盈眶，笑著指向了正前方。

尚恩又驚又喜的看向他，獲得肯定的答案時，淚水直接噴湧而出。

只是這瞬間的喜悅很快被小隊手腕上的發光物打斷，綠袍瞬間伸出手，腕上的珠串散發出紅色的光芒。

「高級魔獸！」紅袍大喝一聲，「跑！」

高級魔獸，幾乎是高級惡魔的寵物或座騎，甚至有些本身就是暴戾的惡魔，魔力強、身形龐大且動作敏捷！如果出現兩隻以上，只要花點時間，就能摧毀堅固的結界屏障！

即使不理解什麼是高級魔獸，但也聽得懂「高級」兩個字！加上救援小隊罕見的流露出慌亂，所有人跟著拔腿狂奔。

唰——上方驀地衝出一道陰影，破窗而出，藍袍即刻舉槍，但對方速度太快，他來不及開槍也不願意浪費子彈。

「跑！往教堂裡跑！」

他跟著邁開步伐，甚至解開自己身上的結界繩，朝隊伍前方奔去！

必須有一個人先去打開門，才能讓所有人更快通過！

說時遲那時快，一個龐然大物眼看就要落在他們面前，但立即被上方的結界影響，疼得向旁狼狽滾落！

尚恩瞪圓雙眼簡直不敢相信，那好像是傳說中的……地獄犬？

牠有一層樓那麼高啊！

被結界所傷後忿怒異常，身上冒出了千根硬質的刺，如同刺蝟般，朝他們撞過來。

「跑！我們有結界守護，不怕！」青袍高喊，「不要停。」

說歸說，這有著老弱婦孺的隊伍哪可能在恐懼中穩定，馬上有人跌倒，但在小隊的催促中，誰也不能停下！大力那幾個惡霸二話不說抱起摔倒的孩子，扛在肩頭就往前衝，大人就只能自己想辦法了。

「快爬起來！」大力吼著，卻未曾停下腳步。

撞擊瞬間，結界都出現晃動，藍袍知道這道結界撐不了太久，與此同時，另一端竟也傳來重物落地聲，一條大道的十字路口兩端，都有著體型龐大的地獄犬！

牠們同時撞擊結界，藍袍看著搖晃的號誌燈，只要這根柱子一倒，整道結界就失效了！

藍袍再次擊起槍，瞄準最先展開攻擊的地獄犬。

三、二——在尖刺刺穿結界的那瞬間，他扣動了扳機！

砰！

子彈筆直射出，穿過結界被刺穿的那一個小洞，直接打上魔獸堅不可摧的鎧甲身體裡。

『呵呵呵……』低沉帶著回音的笑聲傳來，彷彿在嘲笑渺小的人類，怎麼會想用子彈來傷害牠？

藍袍沒有遲疑，開槍後轉身就跑，他跑步速度飛快，再度越過隊伍，來到最前方率先推開教堂門！

紅袍跟橘袍馬上鑽入，他們有要做的事，綠袍與青袍則協助把人往門裡丟，大力甚至停下腳步，把一堆人全往門內粗暴的扔進去。

「你！進去！」綠袍拉住大力，把他往裡頭推。

「可是……」他回頭，還有幾個人。

「我來。」藍袍上前，握住大力強而有力的手臂，朝裡頭拉。

「尚恩！你跑快點！」大力喊著，伏低身子也進入了教堂。

不遠處傳來吼聲，地獄犬已經感覺到不對勁了，剛打在牠身上的子彈看似不痛不癢，但其實那不是普通子彈，而是裝有聖水的彈藥！聖水之於魔物，等於濃硫酸，緩速的侵蝕進牠們的體內，再硬的鎧甲都沒有用。

『啊吧！可惡的人類——你們為什麼會有這個！』地獄犬開始痛苦的在原地翻滾，但另一隻地獄犬此時突破了結界。

牠衝進來，看著痛得翻滾、全身開始腐蝕的同伴，沒有多做停留，而是立即朝教堂這兒狂奔。

「你也進去。」藍袍回首下令其他隊員，讓所有人全數進入教堂。

外頭只剩剛剛踉蹌跌倒的三個人，尚恩、三十餘歲的女人，還有一個修車工。

看著教堂外已經都沒有人了，他們益發恐慌，莎莎被扔下的場景歷歷在目，門外又只剩藍袍一人，更是讓他們膽戰心驚。

修車工最快抵達，遠遠的藍袍便伸出手，讓其握上，再借力使力的把他往教堂內甩去；再後面是尚恩，女人的腳看來傷得不輕，咬著牙也跑不贏尚恩。

他們是跑不過地獄犬的，牠張大嘴朝著教堂撲來，目標自是尖叫中的女人，遺憾的是——牠重重的撞上了一片透明的牆！

藍袍親眼看到幾根長牙摔斷飛出，不由得輕笑，地獄犬力大無窮又殘虐沒錯，但有時還是需要點腦子。

這麼重要的據點外頭，哪可能沒有強大的防禦？

女人原本都已經嚇到原地蹲下了，但一聽見怒吼哀號，即刻回首愣住。

「快點！阿滿！」尚恩也停下腳步，不停的招著手。「跑起來！不要看了！」

他看向藍袍，希望得到一個同意，他想去扶女人過來，藍袍闔眼，代表同意！

所以尚恩即刻朝女人奔去，快速的扶住她，半拖半抱著把她推進教堂！

就在尚恩也要進入教堂的最後一刻，身後一股力量突然拽住了他，瞬間將他拉離門邊，讓他向外重重摔去！

「啊啊……」尚恩跌得狼狽，四腳朝天，在教堂前滾了好幾圈。

他疼得差點爬不起身，但是知道情況危急，還是咬著牙趕緊讓自己穩住，既然現在沒事，那他一定要快點……才坐起來，他就意識到剛剛那股力量，不是地獄犬。

「我不可能讓你進去的。」藍袍站在門口，冷冷的睨著他。

「我不懂……為什麼？我沒有生病，我能幫助大家，我——」

「你對異端者的迫害，正是間接造成現在這一切的主因。」藍袍向後退了一步，「我的朋友，幾乎都是你口中的異端！」

尚恩愣住了，這個人恨他？甚至怕他會持續抱持著異端說，去傷害靈能者嗎？

「不！我知錯了！我早就認識到自己的錯誤，所以我想贖——」

吼——後頭地獄犬的碰撞與怒吼，嚇得尚恩回首，打斷了他。

「我不會讓任何人，有機會傷害到我的女人，億萬分之一的可能都不可以。」藍袍頷了首，「祈禱吧，神父。」

祈禱有用的話，他也不需要靠異能者，對吧？

痛恨異端者，不也就是間接除去了能保護這個末世的人？他們手上的血腥這麼多，打著保護世人的幌子，最終還讓全人類買單。

輕飄飄幾句「我知錯了」，逝去的人卻再也回不來了。

更何況……他真的有一定的號召力，也有安定人心的力量，當年才能讓那麼多人跟隨他對靈能者展開追殺，但相對的，有一天當他想反叛時，他就會是個威脅。

寧可錯殺，不可放過，這信念他喜歡，也就收下了。

藍袍一進入教堂，沉重的門即刻被關了起來，綠袍他們早已預做準備。門關上時，還能聽見尚恩在外懇求的哭喊聲。

「不！我能幫你們的！求求你們給我贖罪的機會——」

砰！厚重的門闔了上，教堂裡昏暗不明，唯有透過高處彩繪玻璃窗照進的光線，才有一絲光亮。

隊員們在裡頭開始上鎖，大家才發現這門從頭到尾有二十餘道鎖，可是剛剛看藍袍開門時，彷彿推開自家紗門般，一秒就開啊？

「首領知道你又這樣殺人，會不會不高興啊？」綠袍悄悄的說。

「絕對不會。」他倒是肯定，「因為我們有太多朋友，都死於那些人之手。」

這種劊子手，他怎麼會留？

「大家小心腳下，跟我走！」紅袍與橘袍的聲音傳來，她們手上不知何時已燃起了蠟燭。

眾人其實都還看不清周遭，也不知道身旁有誰，或是少了哪些人！大家或心慌或哭泣，可是小隊沒給他們太多時間，要大家朝地底走去。

真正的，最後一哩路。

※　※　※

「第五小隊！他們還活著！」

本該在三天前集合的第五小隊，終於在這個漆黑的夜歸返，數天前第二小隊在會合點教堂外遭受魔物阻撓，還是首領一柄西瓜刀殺出，手起刀落的解決掉魔物們，再由護衛隊齊力將小隊護送回來。

其他小隊就沒那麼幸運了，陸陸續續回來，只剩寥寥數人，第五小隊剩得還算多，但第三小隊全軍覆沒；在神父灑過聖水，首領也確定所有人都沒問題後，教堂門才重新封上。

大力他們走得眼花撩亂，才知道教堂底下有著種種密道，每條密道又連結著無數教堂，他們只知道跟著走，這都不知道是第幾個教堂了！

但也是唯一一個，聚集這麼多人的教堂！

小隊隊員們此時才一一脫下面罩、摘下斗篷，那瞬間是幾家歡樂幾家愁，有慶幸家人歸返的笑聲，也有再也看不見親人的哭聲，歡笑與悲傷，總是同時交織。

藍袍終於脫下面罩，數月不見頭髮都長了，臉頰上又多了一道過去沒有的刀疤。

剛到的人們看向高處的女人，她居然穿著許久沒見過的紅色洋裝，隻手緊握著一柄刀，激動的衝下來，直接朝著藍袍衝去，不顧一切的跳撲上他的身。

他們之間不需要言語，只要一個深切狂熱的吻。

「我以為等不到你了。」女人撫著他的傷疤，「怎麼又多一條疤，又更帥了。」

「我還捨不得妳。」他笑著，又吻了她一下。「沒聞到什麼味道嗎？」

「有，香死了，帶了什麼？」

綠袍雙眼熠熠有光，身上揹了多包物品。「我們獵到了動物，全分割後烤熟才帶回來的！」

女人哦了聲，「你們拿我的結界守護去烤肉啊？」

「順便嘛，我們可是熬夜烤肉，沒多浪費時間！」

肉啊，肉……在場的所有難民不知道有多久沒吃到這種東西了！

「開酒！」女人從男人的懷抱裡跳下，帥氣回身，裙襬飛揚。「今晚是我們東方的大年初一，有酒有肉，那才能叫過年！」

下屬立刻分配工作，食物部門分配食物、醫療部檢視隊員傷勢，就算這是個隨時是生死關頭的年代，還是能偷一些盡興的時間。

而她，緊緊牽著男人的手，到二樓的辦公室去，進門便是迫不急待的激情熱吻，數月不見，思念綿長。

「我們還遇到了一些特殊魔物，我也收集了他們的血。」他抽空低語著。

「再珍貴罕見的東西，都不如你平安。」她撫過他的半長髮，有些不習慣。「不扎手的頭髮，哪能叫刺毛？」

男人掛上不懷好意的笑容，冷不防的將貼著門的她一把抱起，她雙腳順勢夾住他身體，同時反手鎖上了門。

「妳覺得我們有多少時間？」

「足夠了。」她隻手環著他的頸子，紅唇再度吻上。

不管世界再混亂再危險，只要彼此能在一起，就會有希望。

應該。

# 後記

2013

《異遊鬼簿》系列走到這裡，正式畫上一個句點。

從二〇〇六開始，主軸為世界各國旅遊的靈異故事，至今共七個年頭，也去了許多國家，我試著在靈異故事中加入當地歷史文化或傳說的元素，以期多一些變化及趣味。

這系列開始之後，很高興受到大家喜愛，當收到讀者來信說因為某本書裡記載了某段歷史，讓他上歷史課時特別感興趣也特別熟悉時，我真的相當高興；聽見有讀者說因為某本書讓她去查了相關所有歷史時，我也很開心，開心著在休閒娛樂的閱讀之餘，還能帶給大家更多的學習動力。

但這系列走了這麼多年，終將畫上句點，正式走入歷史。

倒也不是說未來都不會有帶有國外色彩文化的故事，而是指一個正式的系列不會再重複，也不會再走系列制，一如過去我的習慣，很多東西一開始新鮮有趣，久了會成為爛梗。

但愛玩如我，要寫國外風光人文歷史的故事一定會有，這個還請大家放心。

我才從德國回來，德國風光類於歐洲其他各國，卻又有其獨特，但他們很想擺脫卻又擺脫不了的，還是那納粹的共業；柏林我寫過，只是寫的時候我尚未真正去過德國，當實地觸摸柏林圍牆的那一剎那，百感叢生。

本書的法國我去過，還去過兩次，協和廣場是相當重要的景點之一，聖母院、凡爾賽宮，我說若有機會，是定要去走一遭的。

為了紀念《異遊鬼簿》系列的全數告終，我會在部落格展開一連串的記事巡禮，對於我有去過、且書中有出現的景點對照，讓大家看看實景照片，瞭解我幾乎百分之九十都是實景寫作。

近日，我想就從《末日審判》的景點開始吧，讓大家在看完書後，跟著小晨、小林他們再走一次……從我當時住過的巴黎民宿開始，蕾娜跟杜軒真的是那民宿主人夫妻的名字，樓高與陳設概略都一樣，接著就是所有的景點，包括那令人嘆為觀止的禮拜堂，將在部落格一一為大家介紹。

而接下來呢？

在天譴降臨、秩序崩毀的同時，在平行時空的世界另一個角落，童話故事將扭曲的呈現，也因著各界的崩塌，出現更多詭異的現象，《惡童書》系列請大家期待。

而各界秩序崩毀已成事實，新世界業已開始——就請大家翻開下一頁，新世界的篇章即將展開序幕。

笭菁

## 2025

二〇二五年，《異遊鬼簿》第三部的再版到這兒告一段落了。

十二年前的《異遊鬼簿》以末日作為結束，接著五百年後的故事在《妖異魔學園》系列展開；這十數年來一直有人問中間五百年發生的事，事情太多了，我也不太可能寫個編年史，至於有些蛛絲馬跡，的確在《妖異魔學園》的末尾可見端倪。

紀念再版的番外，我挑了之前曾在粉絲專頁連載的隨筆，將之擴張來寫，剛巧也是那沒交代的五百年中的故事，正確來說應該是末日後沒幾年的事情。

無論是舊秩序的崩壞，或是新秩序的重建、靈能者的崛起，或是彤大姐的生存，都在這短短的番外中小小透露些。

去年在粉專上做了問答，才發現原來大家對於《異遊鬼簿》系列還是有興趣的，在鬼故事裡一窺國外風光，大家的趣味真特別（笑），既然我就愛旅遊，那或許是有機會再繼續下去的。

不過會有別於前三部，畢竟前三部都已經末日了，沒有啥國度可言，所以未來我們就單純的，繼續正常的（？）國外鬼故事之旅吧！

最後，由衷感謝購買這本書的您們，購書才是對作者最實質且直接的支持，沒有您們的購書，作者便無法繼續書寫下去，謝謝！

異遊鬼簿III

# 末日審判

等菁作品55

國家圖書館出版品預行編目資料

異遊鬼簿III：末日審判 / 等菁作. --二版. --臺北市：
春天出版國際, 2025.07
面； 公分
ISBN 978-626-7735-07-7 (平裝)

863.57 114006394


ISBN 978-626-7735-07-7
Printed in Taiwan

| | |
|---|---|
| 作者 | 等菁 |
| 封面繪圖 | Moon |
| 美術設計 | 三石設計 |
| 總編輯 | 莊宜勳 |
| 主編 | 鍾靈 |
| 編輯 | 黃郁潔 |

| | |
|---|---|
| 出版者 | 春天出版國際文化股份有限公司 |
| 地址 | 台北市忠孝東路四段303號4樓之1 |
| 電話 | 02-7733-4070 |
| 傳真 | 02-7733-4069 |
| E-mail | frank.spring@msa.hinet.net |
| 網址 | http://www.bookspring.com.tw |
| 部落格 | http://blog.pixnet.net/bookspring |
| 郵政帳號 | 19705538 |
| 戶名 | 春天出版國際文化股份有限公司 |
| 法律顧問 | 蕭顯忠律師事務所 |
| 出版日期 | 二〇二五年七月二版 |
| 定價 | 340元 |

| | |
|---|---|
| 總經銷 | 楨德圖書事業有限公司 |
| 地址 | 新北市新店區中興路二段196號8樓 |
| 電話 | 02-8919-3186 |
| 傳真 | 02-8914-5524 |

苓菁作品

苓菁作品

苓菁作品

苓菁作品